So dunkel die Angst

Melisa Schwermer

E-Mail: melisa.schwermer@gmail.com

www.melisa-schwermer.de

Lektorat: Susanne Pavlovic, Simona Turini

www.textehexe.com

Korrektorat: Jasmin Krieger

Covergestaltung: ZERO Werbeagentur, München

Coverabbildung: FinePic / shutterstock

ISBN-13: 978-1544982571

ISBN-10: 1544982577

Doch die Angst scheint ungebrochen ...

Totmannskopf, Turbostaat

Für Jan, Marten, Peter, Roli und Tobert. Weil ihr meine Welt ein bisschen schöner macht.

Über die Autorin:

Mehr auf: www.melisa-schwermer.de
Melisa Schwermer, geb. 1983 in Offenbach, verschenkte schon als Kind lieber selbst Verfasstes als selbst Gebasteltes an die Verwandtschaft. Nach einer Lehre als Industriekauffrau und dem Abitur am Abendgymnasium studierte sie Germanistik und Philosophie. Derzeit promoviert sie in Literaturwissenschaft.

Mit ihrem Thriller „Injektion" gelang ihr 2014 der Sprung in die Top 20 der Amazon-Kindle-Charts. Nach dem zweiten Teil, „Die Rache", erschien 2015 der Thriller „Abgewiesen", der es bis auf Platz 2 der Kindle-Charts schaffte und sich wochenlang in den Top 10 hielt. „So bitter die Schuld" war sechs Wochen lang in den Top 10 der BILD-Bestsellercharts und mehrere Wochen an der Spitze der Kindle-Charts und wurde außerdem unter die fünf Finalisten des Storyteller-Awards gewählt.

Weitere lieferbare Titel:
So bitter die Schuld
Aus dem Verborgenen
Abgewiesen
Injektion
Die Katzenlady
Der Käfer
Diverse Kurzgeschichten in Anthologien

1. Kapitel

September 2014

Gierig starrte Harald die Frau im Minirock an, die vor ihm an der Kasse stand. Ihre Strumpfhose hatte eine winzige Laufmasche, die in der Kniekehle begann und sich über den Oberschenkel entlang bis unter den Rocksaum zog. Zu gerne hätte er sich hingekniet, seinen Finger ausgestreckt und die kleinen Löcher im Stoff abgefahren, bis er ebenfalls unter ihrem Rock landete. Um ihre warme Haut unter dem zarten Stoff zu spüren. Dann würde er die Strumpfhose packen, an den Rändern der Laufmasche reißen und ihren Körper freilegen.

»Dürfte ich Sie um Ihre Postleitzahl bitten?«, holte ihn die schrille Stimme der Kassiererin unsanft aus seiner Fantasie. Die Frau mit dem Rock stand noch immer da und versuchte angestrengt, ihre Einkäufe in ihre viel zu kleine Handtasche zu stopfen.

»Nein«, antwortete er schroff, setzte dann ein freundliches Lächeln auf und ging ein Stück auf die Frau mit der Laufmasche zu. »Wenn Sie erlauben, würde ich Ihnen gerne eine Stofftasche kaufen. Dann müssen Sie sich nicht damit abmühen.«

Sie sah ihn verwirrt an, als wäre sie nicht sicher, ob er tatsächlich mit ihr gesprochen hatte. Dann runzelte sie die Stirn. »So eine Tüte kann ich mir schon noch selbst leisten. Ich hatte nur gehofft, dass ich sie mir sparen kann. Aber danke.«

»Ich bestehe darauf, sie zu bezahlen«, sagte Harald, bemüht, nicht die Beherrschung zu verlieren. Sie hatte überhaupt keinen Grund, so abweisend zu ihm zu sein. Er hatte nur ein nettes Angebot gemacht.

»Wie Sie meinen. Danke.«

Er nickte, für den Moment ein wenig versöhnt, und nahm eine der Stofftaschen aus dem Fach unter dem Warenband.

»Würden Sie die bitte abscannen, damit die junge Dame endlich ihre Einkäufe verstauen kann?«, fragte er die Kassiererin und hielt der Frau mit dem Rock die Tasche hin.

Sie nahm sie entgegen und schien penibel darauf zu achten, ihn dabei nur ja nicht zu berühren.

Harald zog seine Hand zurück und steckte sie in seine Jackentasche. Seine Finger trafen auf die Kühle der kleinen Flasche, die er einstecken hatte. Versonnen drehte er sie zwischen den Fingern, während die Frau sich wieder ihren Einkäufen widmete. Sie steckte gerade versehentlich die Packung Tampons ein, die er für seine Mädchen gekauft hatte.

Besser konnte es für ihn gar nicht laufen. Er bezahlte und beeilte sich, der Frau zu folgen. Als er den Laden verließ, war es bereits dunkel, doch auf dem Parkplatz war nicht viel los. So konnte er sie auf der rechten Seite ausmachen, wo sie gerade dabei war, in ihren Wagen zu steigen. Sie hatte auf einem Behindertenparkplatz geparkt. Nervös holte er das Fläschchen aus seiner Jackentasche, schraubte es auf und ließ es dann wieder verschwinden.

»Einen Moment, bitte!«, rief er ihr zu und hob die Hand. Die Frau schaute kurz auf, schlug dann aber die Tür zu. Harald stellte seine Tüte ab und lief zu ihrem Auto. Gerade rechtzeitig, denn sie setzte bereits zurück. Als sie in den ersten Gang schaltete, klopfte er an die Scheibe auf der Fahrerseite. Sie hob den Blick, seufzte und ließ dann das Fenster herunter.

»Was wollen Sie denn?«, fragte sie und fischte mit der rechten Hand nach ihrer Handtasche, die auf dem Beifahrersitz lag.

»Entschuldigen Sie, ich will Sie gar nicht belästigen. Aber ... nun ja, es ist mir etwas unangenehm. Sie haben da etwas von mir eingepackt. Meine Töchter würden es mir wirklich übelnehmen, wenn ich ohne ihre Tampons nach Hause käme.«

»Oh«, machte sie und schien kurz zu überlegen. Der Hinweis darauf, dass er ein Familienvater war, ließ sie anscheinend Vertrauen schöpfen. »Warten Sie einen Moment, ich habe die Tasche in den Kofferraum gestellt.« Sie war im Begriff, auszusteigen, da hupte ein Fahrer, der ebenfalls ausgeparkt hatte und nicht an ihr vorbeikam.

»Fahren Sie doch besser noch mal zurück in die Parklücke, bevor dieser Idiot Ihnen noch einen Kratzer in den Lack fährt.«

Sie nickte und lenkte ihren Wagen zurück in die Lücke.

Harald holte in der Zeit seine Tüte und ließ seinen Blick unauffällig über den Parkplatz schweifen. Er konnte keine Kameras entdecken. Mit schnellem Schritt ging er zurück zu ihrem Wagen. Sie war gerade im Begriff, auszusteigen. Er holte das Fläschchen aus seiner Tasche, träufelte sich etwas von der Flüssigkeit auf seinen Ärmel, drückte sie zurück auf den Fahrersitz und presste ihr den Unterarm auf Mund und Nase.

Sie wehrte sich nur kurz, bevor sie in seinen Armen zusammensackte.

»Du sollst doch nicht immer schon so früh trinken«, sagte er laut und schaute sich um. Niemand achtete auf sie.

Er hängte ihr ihre Handtasche um, legte ihren Arm um seine Schulter und zog sie aus dem Auto. So schnell er konnte, schleifte er die Frau über den Parkplatz zu seinem Auto. Dort setzte er sie auf den Beifahrersitz, verstaute ihre Handtasche vor ihren Füßen und lief schnell zurück zu ihrem Wagen. Die Tampons brauchte er unbedingt, da hatte er nicht gelogen. Er kramte sie aus der Tasche im Kofferraum und schlug die Fahrertür zu. Dann hob er seine Einkäufe vom Boden auf und ging zurück zu seinem Auto. Außer Atem ließ er sich auf den Fahrersitz fallen. Er atmete kurz durch, dann lehnte er sich über die bewusstlose Frau, um sie anzuschnallen. Als er vom Parkplatz fuhr, raste sein Herz vor Vorfreude.

Diese wich nervöser Anspannung, als er auf sein Grundstück einbog. Er parkte den Wagen, zerrte die Frau vom Beifahrersitz ins Freie und schleifte sie zur Haustür, wo er den Schlüssel aus seiner Jackentasche zog. Nachdem er aufgeschlossen hatte und in den Flur getreten war, rief er laut: »Ich bin wieder da«, und wartete einen Moment.

Es blieb alles ruhig. Zufrieden stellte er die Einkaufstüte in der Küche ab, trug die Frau nach oben in sein Schlafzimmer und legte sie dort aufs Bett. Ihre Hände fixierte er an der Wandhalterung hinter dem Kopfteil. Am liebsten hätte er sich sofort über sie hergemacht, doch zuerst musste er etwas essen. Außerdem hatte er sich im Auto etwas anderes überlegt. Er würde sich eines der Mädchen aus dem Keller dazu holen. Sein erster echter Dreier. Er konnte es kaum erwarten.

»Wir werden sehr viel Spaß haben«, sagte er und tätschelte das Bein der Frau. Beim Gedanken daran, dass er ihr gleich mithilfe der Laufmasche die Strumpfhose vom Leib reißen würde, wurde er hart in der Hose. Für einen kurzen Moment bereute er, dass im Keller kein Platz mehr für sie war. Aber dann besann er sich eines Besseren. Die Mädchen im Keller würden noch sehr lange für ihn da sein. Mit der Laufmaschenfrau würde er sich vergnügen, kurz aber heftig. Und dann hatte er einen anderen Ort für sie. Oder für das, was noch von ihr übrig war.

Seine Hände zitterten, als er sich zu ihr runterbeugte und seine Lippen auf ihre presste. Er schmeckte einen Hauch von ihrem Kaugummi. Minze. Er drückte ihr noch einen Kuss auf die Wange und ging zurück nach unten.

Er schloss die Tür zum Keller auf, ging hindurch und verriegelte sie wieder ordentlich hinter sich. In den Jahren war er immer nachlässiger geworden, und in letzter Zeit hatte er sich einige Male dabei erwischt, wie er die obere Tür nicht immer hinter sich verschlossen hatte. Er hatte sich vorgenommen, in Zukunft wieder besser darauf zu achten.

In freudiger Erwartung stieg er die Treppen hinab, durchquerte den Raum und auch den nächsten, an dessen Ende er die schwere Stahltür aufsperrte. Dahinter war es stockfinster. Anscheinend schliefen die beiden gerade. Er tastete nach dem Lichtschalter.

»So, ihr beiden Hübschen«, sagte er zu den Frauen, die auf ihren Matratzen in gegenüberliegenden Ecken des Raumes hockten. Die Ketten am Handgelenk der linken klirrten leise, als sie sich bewegte. »Wer von euch beiden hat denn heute das Glück, mit mir den Abend zu verbringen?«

2. Kapitel

März 2007

»Einfach schrecklich. Habt ihr das gesehen?«, fragte Sophie und schob angewidert die Zeitung von sich. Lara machte große Augen und griff augenblicklich danach. Bevor sie jedoch das Ortsblättchen erreichen konnte, zog Sophie es aus der Reichweite ihrer kleinen Schwester.

»Hey«, sagte Lara und schaute Sophie unter ihrem fransigen Pony hervor empört an. »Gib das her.«

»Das ist noch nichts für dich.« Sophie verdrehte genervt die Augen. Immer musste sich ihre kleine Schwester an sie ranhängen. Egal, was sie anpackte, Lara wollte stets wissen, worum es ging und am liebsten sogar mit dabei sein. Die mehr als sechs Jahre Altersunterschied, die zwischen ihnen lagen, schienen sie nicht zu stören. Sophie hingegen nervte es umso mehr. Nie hatte sie ihre Ruhe.

»Lass mich mal sehen«, sagte ihre Mutter und schnappte sich die Zeitung. Sie lehnte sich an die Arbeitsplatte und überflog den Artikel. »Jetzt fängt sogar die Zeitung an, Panik zu machen. Es gibt wohl momentan nichts Interessanteres zu berichten, wenn man so einen Aufriss wegen ein paar entlaufener Katzen macht.«

Offensichtlich wollte ihre Mutter einfach nicht, dass Sophie recht behielt, was den Tierquäler anging.

Dabei war sie sicher, dass irgendjemand Böses hinter dem Verschwinden der Katzen in ihrem Wohnviertel stecken musste. Mickie hatte sein Frauchen geliebt, er hätte sich nicht einfach so eine neue Familie gesucht, wie ihre Mutter behauptete. Und Sophie glaubte auch nicht daran, dass er überfahren worden war. Es gab einfach zu viele vermisste Katzen in letzter Zeit.

»Wohin gehen die Katzen denn?«, wollte Lara wissen.

»Schätzchen, du musst los. Zur Schule«, antwortete ihre Mutter stattdessen und zog sanft an Laras Arm, um sie zum Aufstehen zu bewegen.

Als die Mutter damit beschäftigt war, Laras Tornister aufzuheben, zeigte Sophie ihrer Schwester den Mittelfinger, woraufhin die ihre Zunge rausstreckte.

Ihre Mutter wartete, bis Lara aus der Haustür verschwunden war, und seufzte dann: »Ob ihr beiden euch irgendwann noch mal vertragen werdet? Ich freue mich schon auf die Osterferien mit euch beiden. Da gibt es hier wohl Dauerstreit.«

Sophie zuckte mit den Schultern. »Mich hat niemand gefragt, ob ich Geschwister haben möchte. Die sechseinhalb Jahre als Einzelkind haben mir nämlich echt gut gefallen.«

»Das musst du Lara aber nicht ständig spüren lassen. Du bist ihre große Schwester, also ein Vorbild. Ist doch klar, dass sie irgendwie versucht, ein Teil deines Lebens zu sein.«

»Und ich habe keinen Bock, sie ständig um mich herum zu haben. Sie nervt, und es ist außerdem megapeinlich, wenn ich mit Freunden abhänge und sie ständig reinplatzt. Du kannst dir gar nicht vorstellen, wie das ist.« Den letzten Teil des Satzes nuschelte Sophie nur noch, da sie damit beschäftigt war, eine SMS in ihr brandneues Nokia-Handy einzutippen. Als sie damit fertig war, schob sie sich den Rest ihres Marmeladenbrotes in den Mund.

Beim Kauen ließ sie den Blick durch die Küche schweifen. Sie konnte es kaum erwarten, endlich aus dieser Spießerhölle auszuziehen und sich ihr eigenes Leben aufzubauen. Alles hier drinnen schrie »langweilig«. Die beigefarbenen Schränke mit den braunen Griffen – passend zur Arbeitsplatte – existierten schon, seit Sophie denken konnte, und ähnelten in ihrer Farbzusammenstellung der Zigarettenpackung der Marke Camel. Wie konnte man nur eine Küche einrichten, die aussah wie eine Schachtel Kippen?

»Ich gehe noch mal nach oben«, sagte sie und stand auf. Ihre Mutter warf ihr einen verwirrten Blick zu. Sophie kam der Frage zuvor: »Heute erst zur Zweiten. Habe ich dir gestern erzählt. Der Röbscheider ist krank.« Damit drehte sie sich um und stürmte aus der Küche und die Wendeltreppe hinauf. Ihre Mutter rief ihr noch irgendwas hinterher, doch sie ignorierte es. Sie hatte schon genug Zeit in der Küche verschwendet.

In ihrem Zimmer hatte sich der Computermonitor in den Energiesparmodus geschaltet. Sophie schloss die Tür hinter sich ab und setzte sich auf ihren Schreibtischstuhl. Nervös schubste sie die Maus an und beobachtete ungeduldig, wie das Bild heller wurde. Als sie das blinkende Icon unten in ihrer Taskleiste sah, breitete sich ein Lächeln auf ihrem Gesicht aus. Er hatte ihr geantwortet.

Schnell klickte sie auf das Fenster und überflog atemlos seine Zeilen.

Guten Morgen, du Schöne. Das ehrt mich aber, dass du schon um die Uhrzeit an mich denkst. Wie geht es dir heute?, hatte ihr *Rüdiger, der kleine Vampir* geschrieben.

Sie hatte ihn vor einiger Zeit in einem Forum über Vampirmythen kennengelernt. Dort hatte er sie wegen ihres Namens – *Die Blutgräfin* – angeschrieben und sie mit seinem Fachwissen über die realen Vorbilder der Blutsauger überrascht. Außerdem hatte sich herausgestellt, dass er zufälligerweise wie Sophie auch aus Neu-Isenburg kam. Irgendwann hatte sie dann zugestimmt und ihm die Nummer ihres ICQ-Accounts gegeben. Seitdem chatteten sie beinahe jeden Tag über dieses Programm.

Mir geht es ganz gut. Im Gegensatz zu den armen Katzen. Hast du es gelesen in der Zeitung? Es ist wieder eine verschwunden ...

Es dauerte einen Moment, bis *Rüdiger* seine Antwort tippte. Sophies Blick wanderte zwischen der Uhr und dem Chatfenster hin und her. Nicht mehr lange, dann würde ihre Mutter kommen und sie damit nerven, dass sie sich pünktlich fertigmachen sollte. In Sachen Schule wurde sie von ihr immer noch behandelt, als wäre sie ein Kleinkind. Dabei verpasste Sophie nie irgendwelche Stunden, sie hatte bisher nur einmal geschwänzt und da hatte Ines sie überredet. Dennoch war ihre Mutter misstrauisch und telefonierte sogar regelmäßig mit ihrem Klassenlehrer.

»Mach schon«, murmelte sie. Als hätte *Rüdiger* sie gehört, ertönte der ersehnte Ton aus den vollaufgedrehten Kopfhörern.

Ja, habe gerade die Zeitung aus dem Briefkasten geholt. Wirklich totale Scheiße. Dem Typen müsste man echt mal auflauern, um ihm eine Abreibung zu verpassen.

Sophies Herz schlug einen Takt schneller, als sie seine Worte las. Genau das hatte sie sich auch überlegt, aber was sollte sie gegen jemanden ausrichten, dessen Hobby es offensichtlich war, wehrlose Tiere zu quälen? Eine solche Person würde sicherlich auch nicht davor zurückschrecken, Menschen anzugreifen.

Bei dem Gedanken daran kamen Sophie die Erinnerungen an ihren eigenen Kater wieder hoch. Es war inzwischen schon einige Monate her, dass er einfach nicht mehr nach Hause gekommen war. Wochenlang hatte sie mit ihrer Mutter die Umgebung abgesucht und zusätzlich jeden Abend stundenlang im Garten gestanden und nach ihm gerufen. Vergeblich, Mickie war nie wieder aufgetaucht.

Bist du noch da?

Ja, sorry. War nur grad abgelenkt. Ich finde, du hast total recht. Wenn ich den Typen erwischen würde, ich würde ihm die Eier abschneiden oder so.

Dieses Mal ließ seine Antwort nicht lange auf sich warten.

Was hindert uns daran, es zu tun?

Sophie verstand nicht ganz. *Wie meinst du das?*

Was hältst du davon, wenn ich dich heute Abend abhole, und wir in meinem Auto die Gegend abfahren und versuchen, ihm aufzulauern? Vielleicht haben wir ja Glück, und er geht uns in die Falle.

Diese letzte Nachricht musste sie mehrere Male lesen. Blut schoss ihr in den Kopf und ihr wurde ganz heiß. *Rüdiger* hatte sie gerade tatsächlich gefragt, ob sie ihn treffen wollte. Und nicht nur das. Er stand auf der gleichen Seite wie sie und wollte mit ihr wegen der verschwundenen Katzen Patrouille fahren.

Doch ihr Hochgefühl bekam sofort einen Dämpfer, als sie an sich hinabblickte: Unter ihrem Shirt wölbte sich ihr Bauch über die Hose, die an der Hüfte unangenehm einschnitt. Und das, obwohl sie heute Morgen erleichtert die größten Klamotten aus dem Korb mit der frischen Wäsche gezogen hatte. In diesem Moment wünschte sie sich, sie wäre konsequenter und hätte außerdem auf ihre Mutter gehört, die sie immer wieder dazu gedrängt hatte, sich doch im Volleyballverein anzumelden oder wenigstens einmal die Woche joggen zu gehen. Wie eine Blutgräfin sah sie momentan jedenfalls nicht aus.

Komm schon. Jetzt war ich so mutig und hab dich gefragt, jetzt lass mich bitte nicht hängen.

Sophie schluckte. Sie rang mit sich. Einerseits war Rüdiger ein völlig Fremder, auch wenn es sich nach ihren stundenlangen Chats nicht mehr so anfühlte. Wenn ihre Mutter jedoch von so einem Treffen erfahren würde, könnte Sophie sich warm anziehen. Andererseits war das hier eine einmalige Gelegenheit. Wie oft hatte sie nachts wach gelegen und sich vorgestellt, wie es wohl sein würde, sich mit *Rüdiger* zu treffen, sich ausgemalt, wie er aussehen mochte. Zwischen ihnen war etwas, das spürte sie. Sie kannten sich vielleicht nur über das Internet, aber dafür kannte er sie besser als so manch anderer. Er wusste, wie er sie zum Lachen bringen konnte. Seine Interessen deckten sich genau mit ihren. Sogar über die Geschichte der Untoten und Wiedergänger schien er mehr zu wissen als sie selbst, was sie beeindruckte. Stundenlang konnte sie mit ihm chatten, ohne dass es auch nur eine Sekunde lang langweilig wurde. Im Gegenteil, sie mussten sich nahezu voneinander losreißen, wenn es Zeit wurde, sich zu verabschieden.

Bist du noch da?

Anscheinend wurde *Rüdiger* ungeduldig. Da ihr Bauchgefühl sich nicht entscheiden konnte, beschloss Sophie, das Risiko einzugehen. Wie sagte man so schön? Wer nicht wagt, der nicht gewinnt ...

Ich finde, das ist eine gute Idee, schrieb sie schließlich. Und als er nicht direkt antwortete, fügte sie schnell hinzu: *Wäre echt cool, wenn wir uns heute Abend treffen.*

Wow, jetzt bin ich gerade sprachlos. Das freut mich total. Wo soll ich dich abholen? Ich würde sagen, gegen acht?

Sophies Finger zitterten. Sie traf kaum die richtigen Tasten, als sie die Antwort tippte. Unfassbar, dass sie dieses Gespräch gerade tatsächlich führte. *Klingt gut. Wie wäre es mit dem Isenburg Zentrum? Das ist einfach zu finden.*

Alles klar. Ich muss dir vorher aber noch etwas gestehen. Versprichst du mir, dass du nicht wütend wirst?

In diesem Augenblick konnte sich Sophie kein Geständnis vorstellen, das sie wütend auf *Rüdiger* machen würde. Zu sehr fieberte sie schon jetzt dem Abend entgegen und dem Moment, in dem sie sich endlich sehen würden.

Ich werd nicht böse sein, Ehrenwort.

Er schickte ihr einen lächelnden Smiley. *Na gut, dann hoffe ich mal, dass du nicht zu geschockt bist. Ich bin nämlich ein wenig älter als neunzehn.*

Sophie grinste. Und sie war einige Kilo schwerer als auf dem zwei Jahre alten Foto, das sie ihm mal geschickt hatte. Sie würde sich allerdings hüten, ihm das auf die Nase zu binden. Mit etwas Glück würde ihm das heute Abend im Dunkeln gar nicht so richtig auffallen.

Solange du nicht fünfzig bist, ist das kein Problem, schrieb sie und schickte einen zwinkernden Smiley hinterher.

Auf keinen Fall. Und damit du mich heute nicht mit Rüdiger ansprechen musst: Ich heiße Ralf. Du müsstest mir noch deine Nummer schicken, damit wir uns auch finden.

Sophie schloss die Augen, flüsterte seinen Namen und stellte sich vor, wie der unheimlich gut aussehende, erwachsene Ralf aus seinem Auto stieg, sie in seine Arme nahm und ihr sagte, dass sie genau das Mädchen war, nach dem er so lange gesucht hatte.

»Schatz«, rief ihre Mutter und klopfte an die Zimmertür. Dann drückte sie die Klinke herunter. »Warum hast du schon wieder abgeschlossen? Denkst du daran, pünktlich zur Schule loszugehen?«

»Ja, Mama, ich mache mich gleich auf den Weg.« Normalerweise hätte Sophie genervter reagiert, doch sie wollte keinen Streit provozieren und damit riskieren, sich für heute Abend ein Ausgehverbot einzuhandeln.

Sie tippte schnell ihre Telefonnummer in das Chatfenster und verabschiedete sich von Ralf. Dann schloss sie die Tür auf, damit ihre Mutter Ruhe gab, und packte ihre Schulsachen ein. Das Vorhaben, die Mathe-Hausaufgaben noch schnell vor der Schule zu erledigen, musste sie aufgeben, dafür blieb ihr jetzt keine Zeit mehr. Stattdessen simste sie, während sie noch schnell die Zähne putzte, ihrer Freundin Annika und fragte, ob sie die Aufgaben erledigt hatte.

Auf dem Weg zur Schule dachte sie über Ralf und sein Geständnis nach. Einen Moment lang hatte sie ein ungutes Gefühl. Etwas älter als neunzehn – was bedeutete das? War er dreißig? Vierzig? Hatte er ihr womöglich noch mehr verschwiegen? Sophie schob die Bedenken mit einem Kopfschütteln beiseite. Heute Abend würde sie alles herausfinden, und wenn ihr der echte Mensch hinter ihrem Rüdiger, dem kleinen Vampir, nicht passte, konnte sie sich immer noch umdrehen und gehen. Immerhin kannte er ihre Adresse nicht, und was sollte ihr an einem öffentlichen Ort wie dem Einkaufszentrum schon passieren?

3. Kapitel

März 2007

Ohne großen Appetit zu verspüren, stocherte Sophie in ihrem Gemüse herum. Schon den ganzen Tag über hatte sie vor Aufregung kaum einen Bissen herunterbekommen, und jetzt konnte sie es kaum erwarten, sich endlich auf den Weg zu machen. Sie war schrecklich nervös, nicht nur wegen des Treffens mit Ralf.

Weitaus schlimmer war die Tatsache, dass sie zum ersten Mal ihre Eltern belog, wenn es um ihre Freizeitgestaltung ging. So viele Freiheiten Sophie normalerweise bekam – ihre Mutter hätte unter keinen Umständen erlaubt, dass sie sich mit einem völlig Fremden aus dem Internet traf. Jetzt, da es auf sieben zuging, wurde es langsam Zeit für ihre Notlüge, wenn sie pünktlich um acht am Einkaufszentrum sein wollte.

»Also, die Ines hat gefragt, ob wir heute Abend ins Kino gehen können.« Sie räusperte sich und löste den Blick von ihren Fingern, die sie die ganze Zeit angestarrt hatte. »Geht um acht los, um elf wäre ich wieder zu Hause, denke ich. Ist das okay?«

»Mmh«, brummte ihr Vater.

Ihre Schwester quäkte: »Morgen ist doch Schule, da musst du früh aufstehen.« Sophie streckte ihr die Zunge raus.

»Mama, die Sophie ist wieder blöd zu mir!«

»Ich muss mir doch nicht von meiner kleinen Schwester sagen lassen, was ich darf und was nicht.«

»Jetzt hört schon auf, ihr beiden«, rief ihre Mutter. »Lara hat gar nicht so unrecht. Elf Uhr ist eigentlich keine Zeit für unter der Woche. Was wollt ihr euch denn anschauen? Und wer kommt noch alles mit?« Ihre Mutter war natürlich neugierig, doch das hatte Sophie bereits einkalkuliert.

»Ines und Flo, außerdem Dario, Sina, Gerrit und Manu. *Die Aufschneider* heißt der Film, da spielt der Stromberg-Typ mit. Muss echt gut sein, in der Schule reden alle davon. Da kann man doch mal eine Ausnahme machen. Ich bin auch pünktlich, versprochen.«

»Stromberg, der ist doch primitiv«, sagte ihre Mutter. »Also ich weiß nicht, ob das wirklich sein muss. Du bist sechzehn.«

»Wenn es nach dir ginge, würde Sophie die ganze Zeit nur lesen, oder?«, mischte sich ihr Vater ein. Dann wandte er sich an seine Tochter. »Ist genehmigt. Ich finde den Stromberg lustig. Aber halte dich an die Abmachung. Elf Uhr ist Deadline, keine Minute später.«

Sophie grinste ihn an und murmelte ein »Danke«. In ihr regte sich das schlechte Gewissen, weil sie ihm nicht so weit vertraute, dass sie ihm die Wahrheit über ihre Abendplanung sagte.

»Heute Abend haben wir ein Treffen im Buchclub. Wenn du willst, kann ich dich auf dem Rückweg abholen, dann musst du nicht laufen und wärst auf jeden Fall pünktlich«, bot Sophies Mutter an.

»Ach, Mama. Wir wollen alle zusammen zurücklaufen. Da ist es doch blöd, wenn ich die Einzige bin, die sich abholen lässt.« Ihre Mutter runzelte die Stirn, also fügte Sophie noch schnell hinzu: »Ins Auto passen wir ja eh nicht alle. Du musst dir keine Sorgen machen, wir sind doch zu siebt. Was soll da schon passieren?«

»Ich verstehe. Wäre ja auch peinlich, mit sechzehn noch von der Mama abgeholt zu werden.« Sie lächelte, und Sophie fühlte sich noch schlechter.

»Kann ich dann aufstehen? Ich muss mich noch fertigmachen.«

Ihr Vater schaute auf ihren Teller. »Das Abendessen stehenlassen und nachher ohne Ende Popcorn in dich reinstopfen. Das haben wir gerne.«

Sophie warf ihm einen bettelnden Blick zu. Sie wollte jetzt wirklich nicht darüber diskutieren, warum sie ihren Brokkoli nicht aufaß.

»Nun hau schon ab«, sagte er schließlich, nachdem er sie einen Moment hatte schmoren lassen und nickte mit dem Kopf in Richtung Flur. »Aber nicht zu sehr aufdonnern. Es ist nur Kino.«

»Ich übertreibe es schon nicht«, versprach Sophie eilig, sprang auf und rannte die Treppe nach oben. Schon zwanzig nach sieben. Wenn sie pünktlich am Zentrum sein wollte, blieb ihr gerade mal eine Viertelstunde.

In ihrem Zimmer stand sie ratlos vor dem Kleiderschrank. Auf keinen Fall konnte sie das Shirt anlassen, das sie gerade trug. Es war langweilig und mit dem bunten Aufdruck einfach nur kindisch. Allerdings war es das größte und somit das einzige, das ihr momentan richtig passte. Auch die Hose war ein Problem. Im Stehen passte sie gerade noch so, aber sobald Sophie sich setzte, schnitt der Bund am Bauch ein und sie hatte das Gefühl, sich ihre Eingeweide zu zerquetschen.

Nach einigem Überlegen fiel ihre Entscheidung auf einen dunkelblauen langen Rock, der oben einen bequemen Gummibund hatte. Dazu stibitzte sie sich einen gestreiften Pullover aus dem Schrank ihrer Mutter. Den hatte sie sich schon lange ausleihen wollen, und heute war genau die richtige Gelegenheit dafür. Außerdem umging sie so das T-Shirt-Problem. Auf dem Rückweg vom Schlafzimmer machte sie noch kurz im Bad halt, drapierte mit großer Mühe einen unordentlich aussehenden Dutt auf ihrem Hinterkopf und tuschte sich die Wimpern. Mehr war nicht drin, sonst würde ihr Vater sie zurück nach oben schicken, damit sie sich wieder abschminken konnte.

Im Flurspiegel betrachtete sie noch einmal das Gesamtergebnis und nickte zufrieden. Wenn Rüdiger alias Ralf nicht gefiel, was er sah, dann musste er sich eben eine andere Blutgräfin suchen. Wobei sie zugegebenermaßen hoffte, dass dieser Fall nicht eintreten würde. Sie schnappte sich ihr Handy, steckte es in die Handtasche in Form eines Katzenkopfes und stürmte die Treppe nach unten. An der Haustür rief sie ihren Eltern zu, dass sie jetzt unterwegs war, wartete auf das zustimmende Brummen ihres Vaters und verschwand auf die Straße.

Kurze Zeit später stand Sophie am Einkaufszentrum. Für den Weg, der in gemütlichem Tempo etwa eine Viertelstunde dauerte, hatte sie gerade mal etwas mehr als zehn Minuten gebraucht. Es kam ihr vor, als wäre sie durch einen versteckten Tunnel gelaufen, der sie plötzlich wieder an die Oberfläche gespuckt hatte. Die ganze Zeit hatte sie nur an Ralf denken können. Daran, was sie sagen sollte, wenn sie ins Auto einstieg. Ob er wohl aussteigen würde, um sie zu begrüßen? Und wenn ja, sollte sie ihn umarmen, oder war das zu viel für jemanden, den sie nur aus dem Internet kannte? Würde er ihr überhaupt gefallen? Im Gegensatz zu ihr hatte er sich stets bedeckt gehalten und ihr nie ein Bild von sich geschickt.

Nervös ging sie vor der Tapasbar auf und ab. Der zähe Feierabendverkehr drängte sich auf der Frankfurter Straße an ihr vorbei. Sie beobachtete die Autos und malte sich aus, welcher der Fahrer Ralf sein könnte. Plötzlich vibrierte das Handy in ihrer Hand. Sie war so aufgeregt, dass sie es beinahe fallenließ. Ihr Herz klopfte bis zum Hals und ihre Stimme krächzte, als sie den Anruf annahm.

»Hallo«, sagte sie und räusperte sich. Ihr Mund war auf einmal eine Staubwüste.

»Meine Blutgräfin, der kleine Vampir steht nun zu Ihrer Verfügung«, sagte eine tiefe Stimme und eine Gänsehaut breitete sich auf Sophies Armen aus. Er klang ganz anders, als sie es sich vorgestellt hatte. Viel erwachsener, seine Stimme klang tief und einfach wunderschön. »Ich bin ein bisschen zu früh. Wie sieht es bei dir aus, bist du schon da?«

»Bin ich. Stehe vor dem Zentrum. An der Frankfurter Straße.« Ihre Nervosität war nun nicht mehr zu steigern. In wenigen Augenblicken würde sie wissen, wer *Rüdiger* wirklich war.

»Ich stehe in einer Seitenstraße, wollte nicht extra ins Parkhaus fahren, und auf der Hauptstraße vorne darf man nirgends halten. Kannst du in die Richard-Wagner-Straße kommen? Die müsste irgendwo hinter dem Einkaufszentrum in Richtung Frankfurt liegen, wenn ich mich nicht irre. Ich fahre einen dunklen VW-Kombi.«

»Kein Problem, ich finde das schon«, sagte Sophie. Sie beendete das Gespräch und machte sich auf den Weg. Anstatt einmal außenrum zu gehen, nahm sie den Weg durch das Zentrum. Für all die Bekleidungsgeschäfte, in denen sie sonst so gern stöberte, hatte sie jetzt keinen Blick. Sogar den Bäcker ignorierte sie, wo sie sich immer mal wieder ein süßes Teilchen genehmigte oder einen Cappuccino mitnahm. Lediglich eine Parfümerie betrat sie eilig, suchte nach einer bestimmten Parfummarke und besprühte sich mit etwas Parfum aus einem Tester. Sie kannte den Duft von ihrer Freundin Ines und fühlte sich damit nun richtig erwachsen. In einem Schaufenster überprüfte sie noch mal ihr Aussehen, danach verließ sie das Einkaufszentrum über den Ausgang an der Richard-Wagner-Straße. Die Seitengasse verlief parallel zur Einfahrt des Parkhauses und war wenig befahren.

Von Weitem erkannte sie einen Kombi, der in der Nähe einer Straßenlaterne parkte. Ein Handydisplay beleuchtete das Wageninnere ein wenig. Am Steuer saß ein Mann, der sicherlich so alt war wie Sophies Vater. Das konnte nicht Ralf sein. Als sie jedoch auf der gegenüberliegenden Straßenseite an dem Wagen vorbeigehen wollte, öffnete sich die Fahrertür und der Fahrer stieg aus. Sie beschleunigte ihr Tempo.

»Sophie, die Blutgräfin?«, rief der Mann und es war eindeutig dieselbe Stimme wie eben am Telefon. Allerdings sah er komplett anders aus, als sie sich ihren Rüdiger vorgestellt hatte. Er hatte einen kleinen Bauch, seine Stirn war weit nach hinten gewandert und auch sonst hatte er nur noch wenige Haare. Zusätzlich saß auf seiner Nase eine dicke Hornbrille. Dahinter meinte Sophie, ein Schielen zu erkennen.

Widerwillig blieb sie schließlich stehen und drehte sich um. »Bist du Rüdiger? Ich meine ... Ralf?«

Der Mann hatte sich an sein Auto gelehnt und grinste, die Arme zu einer Umarmung geöffnet. »Der bin ich. Du siehst fantastisch aus.« Da Sophie nicht sofort reagierte, machte er einen Schritt auf sie zu. »Na, was ist? Willst du mich nicht begrüßen? Es gibt keinen Grund, schüchtern zu sein. Ich bin derselbe, mit dem du seit Wochen schreibst.«

Sophie gab sich einen Ruck und näherte sich ihm. So schlimm sah er gar nicht aus, wie sie im ersten Moment gemeint hatte. Ja, er war viel älter als neunzehn, doch so alt wie ihr Vater war er bei genauerem Hinsehen doch nicht. Vermutlich sorgte der hohe Haaransatz dafür, dass man ihn älter schätzte.

»Schön, dass alles so gut geklappt hat«, sagte er und zog sie an seine Brust. Sie atmete sein Parfum ein und entspannte sich etwas.

Im Grunde hatte er ja recht. Er war ihr nicht fremd. Im Chat hatten sie über viele intime Dinge gesprochen, sie hatte ihm ihr Herz darüber ausgeschüttet, dass sie so wenige Freundinnen hatte und sich in der Schule schrecklich unbeliebt fühlte. Bloß, weil er nicht wie ihr Traummann aussah, war das kein Grund, ihn nun in den Wind zu schießen. Immerhin war sie ebenfalls nicht gerade eine Schönheit und mit ziemlicher Sicherheit nicht das, was er sich vorgestellt hatte.

»Wie sieht es aus? Sollen wir los und dem Tierquäler das Handwerk legen?«, fragte Ralf und hellte damit Sophies Stimmung ein wenig auf. Selbst wenn der Abend eine Vollkatastrophe werden sollte und ihr Gefühl diesem Mann gegenüber so gar nicht stimmte, war es doch wenigstens für einen guten Zweck. Und wenn sie nicht wollte, musste sie ihn nicht wiedersehen, denn er wusste weder ihren vollen Namen, noch hatte sie ihm je verraten, wo sie wohnte. Im schlimmsten Fall müsste sie ihre Handynummer wechseln, und er würde sie niemals wiederfinden. Sie lächelte also, nickte und ging auf die Beifahrerseite des dunklen Kombis.

4. Kapitel

März 2007

»Das wäre wirklich Wahnsinn, falls wir den erwischen sollten«, sagte Sophie und schnallte sich an. Ralf startete den Motor. »Was sollen wir denn dann mit ihm machen? Zur Polizei bringen? Oder willst du ihm wirklich eine Abreibung verpassen?«

»Hmm.« Ralf schaute in den Rückspiegel, während er ausparkte. »Welche Strafe hat denn so ein Arschloch verdient, das sich an wehrlosen Tieren vergreift?«

Sophie atmete innerlich auf. Endlich jemand, der sie verstand. Ja, ihre Eltern waren auch traurig gewesen, als Mickie nicht mehr aufgetaucht war. Aber sie hatten sich auch ziemlich schnell damit abgefunden, und ihr Vater hatte versucht, Sophie einzureden, dass es eben der Lauf der Dinge war und Freigänger-Katzen Gefahr liefen, überfahren zu werden. Ihre Mutter hingegen war überzeugt davon, dass Mickie sich freiwillig eine andere Familie gesucht hatte, bei der er nun lebte. An Sophies Theorie von einer Person, die sich an den Katzen in ihrer Umgebung vergriff, hatten sie nie glauben und sie auch nicht bei ihrer Suche unterstützen wollen. Jetzt hatte sie einen erwachsenen Mann an ihrer Seite, der ihr helfen würde. Wenn er auch nicht so aussah, wie sie es sich vorgestellt hatte.

»Was denkst du, wo sollten wir ihm auflauern?«, fragte Ralf und strich ihr beim Schalten wie zufällig am

Oberschenkel entlang. Seine Berührung löste ein Kribbeln auf ihrer Haut aus. Irgendwie unangenehm, aber auch spannend und neu.

»Soweit ich weiß, sind die letzten Tiere in der Nähe vom Waldfriedhof verschwunden. Wir könnten in den Eschenweg fahren, der ist direkt am Wald. Wenn ich irgendwelche Katzen entführen wollte, würde ich vermutlich dort anfangen.« Einen Moment lang hörte Sophie die Stimme ihrer Mutter in ihrem Hinterkopf, die sie warnte. Es war überhaupt keine gute Idee, mit diesem fremden Mann in eine abgelegene Gegend zu fahren. Schnell schob sie den Gedanken beiseite. Was sollte schon passieren? Er würde sie wohl kaum mitten im Wohngebiet in seinem Auto vergewaltigen oder umbringen. Die Gegend lag vielleicht am Wald, aber es wohnten noch genug Leute in der Nähe, bei denen sie sich zur Not Hilfe holen konnte.

»Kannst du mich dorthin lotsen, oder muss ich die Adresse in das Navi eintippen?«

»Kein Problem, ich finde das auch ohne«, sagte Sophie und fühlte sich wahnsinnig erwachsen. Sie wusste, wo es langging, bestimmte den Weg.

Auf der Neuhöfer Straße angekommen, forderte sie ihn auf, die nächste Abzweigung nach rechts zu nehmen. Er ignorierte ihre Anweisung. Auch an der folgenden Kreuzung machte er keine Anstalten, die Neuhöfer Straße zu verlassen. Verstohlen blickte sie zu ihm hinüber.

Ralf schien ihren Blick zu bemerken, denn er legte ihr beruhigend die Hand auf den Oberschenkel. »Mir ist gerade eingefallen, dass ich etwas Wichtiges zu Hause vergessen habe. Wenn wir den Mistkerl wirklich aufspüren oder sogar in flagranti erwischen, brauchen wir doch eine Kamera, oder was denkst du? Wir sollten schließlich irgendwelche Beweise haben, wenn wir ihn bei der Polizei anzeigen.«

Das klang in Sophies Ohren einleuchtend und sie nickte, obwohl sie mittlerweile ein wenig unruhig wurde. »Wo wohnst du denn? Ich meine, ist es weit? Sonst könntest du mich hier rauslassen und ich warte irgendwo auf dich …«

»In Dreieich, es dauert keine zehn Minuten. Wenn du mir nicht vertraust«, Ralf setzte den Blinker und hielt am Straßenrand, »kannst du gerne aussteigen. Ich will ja nicht, dass du dich unwohl fühlst. Aber ich verspreche dir, vor mir hast du nichts zu befürchten.«

»Nein, so ist das ja gar nicht«, sagte Sophie schnell und fuhr sich mit der Hand durch die Haare. Sie kam sich plötzlich furchtbar kindisch vor. Ralf hatte ihr nichts getan, und sie musste zugeben, dass er unheimlich nett war. Ihre Bedenken waren vermutlich weit hergeholt und rührten nur von seinem Aussehen her. Sie musste sich unbedingt davon freimachen, ihn nur nach seiner Hülle zu beurteilen und sich auf *Rüdiger* konzentrieren, den Mann, den sie im Chat kennengelernt hatte. »Ist schon okay, fahr schnell zu dir. Ich muss um elf Uhr wieder zu Hause sein, also sollten wir keine Zeit verlieren.«

»Da hast du recht«, sagte Ralf und reihte sich wieder in den Verkehr ein. Sie verließen Neu-Isenburg und bogen nach rechts in Richtung Dreieich ab. Doch anstatt in den nächsten Ort zu fahren, nahm Ralf die erste Abzweigung links in den Wald.

Sophie sog hörbar die Luft ein.

»Keine Sorge, ich wohne in einem alten Forsthaus. Ist weniger idyllisch, als es klingt. Man hört ständig die Autobahn.«

Nachdem sie einige Zeit durch den finsteren Wald gefahren waren, kamen sie an ein Tor. Ralf stieg aus, öffnete es und fuhr den Wagen auf das Grundstück. Ein Bewegungsmelder sprang an und erhellte die Umgebung ein wenig. Dennoch fühlte Sophie sich äußerst unwohl. Ralf schien zu spüren, was in ihr vorging.

»Willst du vielleicht lieber kurz mit reinkommen, dann musst du nicht so alleine hier im Dunkeln warten. Der Wald kann ganz schön gruselig sein, wenn man es nicht gewohnt ist. Zum Glück habe ich meine zwei Collies, die mich beschützen.«

Sophie war sich nicht sicher, was ihr lieber war. Vermutlich hatte er recht, sobald das Licht wieder ausging, würde sie hier im Stockfinsteren sitzen, umgeben von nichts als Bäumen. Sie musste ja nicht wirklich mit reingehen, sondern könnte stattdessen an der Tür warten. »Ich komme mit«, sagte sie und öffnete die Beifahrertür.

Ralf ging voran und schloss die Tür auf, die sich geräuschlos öffnete. Im Gegensatz zur Fassade wirkte das Haus innen modern und sauber, außerdem war es angenehm warm. Irgendwie so gar nicht, wie sich Sophie ein altes Forsthaus vorgestellt hätte.

»Hier, setz dich doch kurz ins Wohnzimmer. Meine Kamera ist oben, ich hole sie schnell und bin dann gleich wieder bei dir.« Ralf war stehengeblieben und zeigte den Flur entlang.

»Ach, das wird doch sicher nicht lange dauern. Ich warte hier«, sagte Sophie. Und um zu demonstrieren, wie ernst es ihr war, lehnte sie sich mit dem Rücken gegen die Tür und umfasste die Klinke.

Einen Moment starrte Ralf sie durchdringend an. Dann setzte er ein Lächeln auf. »Gut, wenn du meinst. Ich bin gleich wieder da.« Damit drehte er sich um und ging die Treppe hinauf, wobei er immer zwei Stufen auf einmal nahm.

Erleichtert atmete Sophie auf. Einen Moment lang hatte sie sich wirklich unwohl gefühlt, so als hätte sie einen Riesenfehler begangen. Jetzt entspannte sie sich etwas und schaute sich um. Direkt neben der Haustür war eine Garderobe mit einigen Jacken daran. Verschiedene Schuhe standen darunter, die meisten waren schlammverkrustet. Vermutlich arbeitete Ralf viel auf dem Grundstück. Oder war er sogar Förster? Hoffentlich war er nicht so einer, der auch Tiere erschoss. Immerhin hingen in ihrem Sichtfeld keine Trophäen von toten Hirschen herum.

Sophie machte einen zaghaften Schritt nach vorne und blickte suchend um sich. Wo waren die Hunde, von denen Ralf gesprochen hatte? Bisher hatte sie keinerlei Anzeichen der beiden entdecken können. Sie kam an einer Küche vorbei, die allerdings zu dunkel war, um darin etwas erkennen zu können. Da sie keinen Lichtschalter fand, ging sie weiter durch den Flur und kam ins Wohnzimmer. Mit der Hand fuhr sie links neben dem Türrahmen an der Wand entlang. Gerade, als sie den Lichtschalter ertastet hatte, packte sie jemand von hinten und hielt ihr den Mund zu. Sie schrie los, doch die Hand verschloss ihre Lippen und sie brachte kaum einen Ton heraus.

Sophies Arme schossen nach oben. Sie griff nach der Hand, die auf ihren Mund gepresst war, und versuchte, die Finger umzubiegen, während sie rückwärts zurück in den Flur gezerrt wurde. Sie brüllte und strampelte, doch der Griff um sie lockerte sich nicht.

»Au, verdammt. Stell dich nicht so quer«, forderte der Mann hinter ihr schroff. Es war Ralf.

Durch seine Finger versuchte Sophie, ihn anzuschreien. »Lass mich los!«, rief sie mit voller Kraft. Zu hören waren nur dumpfe Laute. Panisch versuchte sie, sich irgendwo festzuhalten. Sie warf sich nach rechts, streckte die Arme nach dem Türrahmen aus, doch vergebens. Sie erreichte ihn nicht. Allerdings lockerte sich Ralfs Griff etwas, und sie ließ sich auf die Knie fallen. Bevor sie sich jedoch komplett befreien konnte, hatte er wieder den Arm um ihren Oberkörper geschlungen und zerrte sie weiter in Richtung Haustür. Sophie bekam kaum Luft, so fest hielt er sie umklammert. Verzweifelt stieß sie mit den Ellenbogen nach hinten, erwischte ihn aber nur einmal, und das störte ihn offensichtlich kein bisschen.

Kurz vor der Tür blieb er stehen und nahm die Hand von ihrem Mund, um die Kellertür zu öffnen. Sofort fing Sophie an zu schreien: »Hilfe! Ich werde entführt! Helfen Sie mir! Lass mich los! Hilfe!«

Ralf schien nicht sonderlich beeindruckt zu sein. Er blieb völlig ruhig. Irgendwann spürte sie seine Lippen an ihrem Ohr. »Du kannst schreien, so viel du willst. Hier hört dich niemand«, flüsterte er. »Es ist einfacher für uns beide, wenn du dich nicht wehrst.«

Mit diesen Worten hob er sie an, als wäre sie leicht wie eine Feder und trug sie die Treppe hinunter. Unten schleifte er sie durch einen Raum, der voller Gerümpel war. Nur eine Wand war frei. Dort befand sich eine weitere Tür. Dahinter war es stockfinster. Er stieß sie hindurch, schaltete das Licht an und zog die Tür hinter sich zu. Sophie landete mit den Knien auf dem harten Betonboden und schrie auf. Ein stechender Schmerz breitete sich in ihrem Bein aus und trieb ihr Tränen in die Augen. Sie wischte sie mit dem Handrücken weg und schaute sich um. Der Raum war komplett leer, lediglich in der hinteren Ecke befand sich eine Wandhalterung mit zwei Ketten daran.

Sophie drehte sich um. Ralfs Gesicht wirkte völlig verändert, jegliche Freundlichkeit war daraus gewichen. Er nickte in Richtung Wand.

»Setz dich dort hinten auf den Boden!«

Sophie folgte seinem Blick, der in die Ecke mit den Ketten ging. Auf dem Boden daneben lagen zwei Handschellen.

»Bitte tu das nicht«, flüsterte sie.

»Wenn du machst, was ich dir sage, werde ich dir nicht wehtun. Also los, setz dich!«

Sophie gehorchte und ging auf die Wand zu. Dort kniete sie sich auf den kalten Steinboden. Die Gedanken rasten durch ihren Kopf, während Ralf die Fesseln an ihren Handgelenken befestigte.

Sie hatte einen Fehler begangen. Den größten – und vermutlich letzten Fehler – ihres Lebens.

5. Kapitel

März 2007

Nachdem Ralf die Fesseln um ihre Hände mit einem massiven Vorhängeschloss an der Kette befestigt hatte, verließ er ohne ein weiteres Wort den Keller und ließ Sophie im Dunkeln zurück.

»Lass mich nicht hier unten«, rief sie ihm hinterher, und als er nicht reagierte: »Bitte! Ich tu alles, was du sagst! Aber lass mich nicht hier!«

Sie hörte, wie von außen der Schlüssel gedreht wurde und Ralfs Schritte sich entfernten. »Nein!«, schrie sie, so laut sie konnte. »Hilfe! Ich werde hier festgehalten!« Doch sie ahnte, dass ihr Schreien rein gar nichts bringen würde. Niemand außer Ralf würde sie hier draußen hören. Um diese Zeit verirrten sich garantiert keine Spaziergänger in diese Gegend.

Hilflos zerrte sie an den Ketten, doch die waren bombenfest in der Wand verankert. Ihre einzige Chance waren die Fesseln um ihr Handgelenk. Sie versuchte, die eiserne Spange über ihre Hand zu streifen. Die bewegte sich zwar, blieb aber am Knöchel ihres Daumens hängen. Sie presste die Finger ganz eng aneinander und versuchte es erneut. Sie zog und schob, doch egal, wie sie ihre Hand hielt oder quetschte, die Fessel wollte einfach nicht über das Daumengelenk rutschen. Es war aussichtslos.

Sophie stieß einen verzweifelten Schrei aus. Tränen strömten über ihre Wangen. Sie wollte nach Hause – zu ihrer bescheuerten kleinen Schwester. Zu ihrer Mutter, die immer zu Lara hielt, wenn es Streit zwischen ihnen gab. Und zu ihrem Vater.

Ein schmerzhaftes Ziehen breitete sich in Sophies Körper aus, als sie an ihren Vater dachte. Er hatte sich noch für sie eingesetzt, als ihre Mutter ihr den angeblichen Kinobesuch nicht hatte erlauben wollen. Er war derjenige gewesen, der sie hatte ausgehen lassen, und zum Dank hatte sie sein Vertrauen missbraucht. Das hatte sie nun davon, dass sie ihre Eltern belogen hatte. Wie hatte sie nur so dumm sein können, sich mit einem Wildfremden zu verabreden? Warum war sie nicht einfach weitergegangen, als sie ihn in dem Auto gesehen hatte? Sie hätte behaupten können, dass sie gar nicht Sophie war. Vermutlich hätte er sie nicht erkannt, die Fotos, die sie ihm geschickt hatte, waren alt. Auf keinen Fall hätte er sie einfach so auf offener Straße entführt. Sie hätte schreien können. Jetzt saß sie in der Falle.

Würde Ralf sie umbringen? Vergewaltigen? Wie lange würde er sie hier festgekettet in der Dunkelheit lassen? Was hatte er mit ihr vor?

In einer Zeitschrift bei ihrer Oma hatte Sophie mal einen Bericht über einen Mann gelesen, der Frauen entführt und ihnen die Brustwarzen mit einem Locher durchstochen hatte, um sie zu quälen. Unerträgliche Angst schnürte ihr die Kehle zu, und ihr ganzer Körper zitterte, so sehr schluchzte sie. Sie war Ralf und seinen kranken Fantasien vollkommen ausgeliefert. Selbst wenn sie es schaffen könnte, die Fesseln loszuwerden – was ihr im Augenblick unmöglich erschien – sie würde nicht aus dem Keller entkommen.

Plötzlich wurde die Tür von außen aufgerissen, und Sophie schreckte hoch. Ralf stürmte in den Raum und packte sie an den Haaren.

»Es reicht! Bis oben höre ich dein Gejammer. Halt einfach dein verdammtes Maul, okay? Dein Geheule wird nicht dafür sorgen, dass ich dich gehen lasse. Im Gegenteil. Es wird dir deinen Aufenthalt eher noch unangenehmer machen. Je mehr du mich nervst, desto schlechter geht es dir hier unten. Merk dir das.«

Sophie wollte ihm antworten, doch stattdessen kam lediglich Gewimmer aus ihrem Mund. Sie schnappte nach Luft und versuchte, das Weinen zu unterdrücken.

Ralf holte aus und schlug ihr mit voller Wucht ins Gesicht. Vor Schreck blieb Sophie der Atem weg. Gleich nachdem sie verstummt war, ließ er ihre Haare los, und sie sank zurück auf den Boden.

»Siehst du«, sagte er, nachdem er kurz abgewartet hatte, ob sie auch still blieb. »Darauf können wir uns einigen. Sollte ich heute noch mal herunterkommen müssen, weil du mir zu laut bist, endet das nicht gut für dich. Überleg dir also genau, ob du rumheulen oder dich lieber an meine Regeln halten willst.«

Bevor Sophie etwas erwidern konnte, drehte er sich um und ließ sie wieder alleine. Ohne auch nur zu atmen, wartete Sophie, bis das Licht ausging und sie hörte, wie er die Kellertreppe hinaufstürmte. Dann presste sie sich ihre Faust auf den Mund, umschloss die Knöchel mit ihren Lippen und weinte geräuschlos.

6. Kapitel

März 2007

Fabian gab Gas. Endlich war er auf der Isenburger Schneise und konnte an dem viel zu langsamen Punto vorbeiziehen. Er war schon wieder zu spät dran, obwohl er seiner Mutter versprochen hatte, sie dieses Mal nicht mit dem Essen warten zu lassen. Hoffentlich war sie nicht sauer. Die regelmäßigen Treffen mit den Söhnen bedeuteten ihr so viel. Angeblich, weil sie nicht wollte, dass sein kleiner Bruder nach so vielen Jahren plötzlich gänzlich ohne Fabian auskommen musste. Nur dass sein *kleiner* Bruder Gerrit mittlerweile neunzehn Jahre alt war und ganz sicher nicht mehr allzu viel Wert auf diese Veranstaltung legte. In Wirklichkeit war es seine Mutter, die ihn bei dieser Gelegenheit immer mit Fragen zu seinem Leben löcherte. Jetzt war es bereits nach eins und Brigitte Prior würde mit Sicherheit nicht begeistert sein, dass er es nicht pünktlich geschafft hatte.

Endlich hatte er das Haus seiner Eltern erreicht und parkte den Wagen. Seine Mutter stand bereits am Küchenfenster und hielt nach ihm Ausschau. Er stieg aus, winkte ihr zu und ging zur Haustür.

»Da bist du ja endlich. Bei uns brennt die Luft, und wie immer in solchen Situationen ist dein Vater nicht da, um ein Machtwort zu sprechen«, begrüßte sie ihn. »Komm rein!« Ohne eine Antwort abzuwarten, drehte sie sich um und stürmte voraus in die Küche.

Fabian streifte sich die Schuhe ab und stellte sie unter die Garderobe neben die von seinem Bruder, der mittlerweile größere Füße hatte als er selbst. Gerrit saß mit hängendem Kopf auf der Eckbank in der Küche und starrte auf seine Hände, als gäbe es dort etwas Interessantes zu entdecken. Seine hellbraunen Haare fielen ihm strähnig ins Gesicht, die Lippen hielt er beleidigt aufeinandergepresst. Vermutlich hatten er und Brigitte mal wieder gestritten. Das passierte in letzter Zeit ständig. Brigitte wollte nicht einsehen, dass sie ihn mit neunzehn nicht mehr kontrollieren musste, und Gerrit verstand nicht, dass sie dies vermutlich immer machen würde, solange er noch hier wohnte, weil sie eben seine Mutter war. Es war an der Zeit, dass Gerrit sich seine eigenen vier Wände suchte. Bald würde er seinen Gesellenbrief haben – vorausgesetzt, er bestand die Abschlussprüfung zum KFZ-Mechaniker – und würde dann genug verdienen, um sich eine eigene kleine Wohnung leisten zu können.

»Ihr macht ein Gesicht wie sieben Tage Regenwetter«, versuchte Fabian, die Situation ein wenig aufzulockern. Er zwinkerte seinem Bruder zu. »Wer ist denn wieder wem auf die Füße getreten? Werdet ihr euch benehmen, oder muss ich die Kollegen rufen?«

Offensichtlich fand seine Mutter Fabians Spruch überhaupt nicht lustig. Sie warf ihm einen tadelnden Blick zu und blies geräuschvoll Luft aus der Nase. »Du musst unbedingt mit deinem Bruder reden, damit er zur Vernunft kommt. Was er sich wieder geleistet hat, das wirst du nicht glauben!« Sie rührte so heftig im Topf, dass sich einige der Linsen auf dem Herd verteilten.

»Gar nichts habe ich mir geleistet«, murmelte Gerrit, als Fabian sich ihm zuwandte. »Sie glaubt mir nur mal wieder nicht. Wirklich eine tolle Mutter.«

»Du warst an dem Abend nicht da. Ein Mädchen ist verschwunden. Die Situation ist ernst, Gerrit. Denkst du nicht, dass es an der Zeit ist, endlich den Mund aufzumachen? Wenn sie euch als Ausrede benutzt hat, muss sie doch mit jemandem darüber gesprochen haben.« Sie schüttelte den Kopf. »Ich weiß langsam nicht mehr, was ich mit dem Jungen machen soll.«

Gerrit sprang so heftig auf, dass er mit dem Oberschenkel an der Tischplatte hängenblieb. Ein Teller rutschte vom Tisch und zerschellte auf dem Boden. Gerrit verzog schmerzhaft das Gesicht und rieb sich das Bein. »Der Junge steht hier vor dir, und er ist bald zwanzig Jahre alt«, presste er zwischen zusammengebissenen Zähnen hervor. »Mann, was glaubst du eigentlich? Dass ich wegen so einer Sache lüge? Vor allem, wenn es so ernst ist und die Gauthiers die Polizei gerufen haben? Als wäre ich zu dumm, zu erkennen, dass die Situation ernst ist.«

Fabian schaute zwischen Gerrit und Brigitte hin und her. Dann ging er an den Besenschrank und holte den Handfeger, um die Scherben aufzukehren. »Will mir nicht einer von euch erst mal verraten, was passiert ist? Das klingt ja wie ein Krimi. Ich nehme an, ihr sprecht von Sophie, die verschwunden ist?«

»Ganz richtig, Sophie«, antwortete seine Mutter. »Die, von der ich hundert Mal gesagt habe, dass es noch Ärger geben wird, wenn sie mit deinem Bruder und seinen Freunden abhängt. Was soll eine Sechzehnjährige mit

Freunden, die drei Jahre älter sind als sie? Und siehe da, jetzt haben wir den Salat.«

»Was hat das denn mit dem Altersunterschied zu tun, dass sie seit ein paar Tagen nicht nach Hause gekommen ist?«, fragte Gerrit. Er ging an den Kühlschrank und nahm sich ein Bier. Dann setzte er sich zurück an den Tisch und entfernte den Kronkorken mit dem Griff seiner Gabel. »Sie ist unsere Nachbarin. Hätte ich sie wegschicken sollen? Sie hat eben keine Freunde in ihrer Klassenstufe gefunden. Wir fanden sie nett. Da ist doch nichts dabei, und es hat überhaupt nichts mit dem zu tun, was passiert ist.«

»Wie lange ist sie jetzt schon nicht mehr zu Hause aufgetaucht? Und wie kommst du darauf, dass Gerrit was damit zu tun haben könnte?« Fabian setzte sich zu seinem Bruder und schenkte sich ein Glas Wasser ein.

»Gar nichts habe ich damit zu tun! Mama glaubt das bloß, weil Sophie behauptet hat, sie wäre mit uns unterwegs. Ich war an dem Abend mit Kollegen noch was trinken nach der Arbeit. Sophie war nicht dabei und ich weiß auch nicht, wo sie sich in Wirklichkeit rumgetrieben hat.« Gerrit nahm einen Schluck aus der Flasche.

»An welchem Abend? Wann ist sie verschwunden?«, fragte Fabian. Er konnte sich nicht vorstellen, dass sein kleiner Bruder eine Ausreißerin deckte.

»Joachim hat gesagt, dass sie Donnerstagabend ins Kino wollte. Angeblich mit Gerrit und ein paar anderen ...«

»Nein! Wie oft soll ich das noch sagen?«

»Wie du hörst, streitet dein Bruder es ab. Und er behauptet, dass sie keinem verraten hat, was sie wirklich vorhatte.«

»Du würdest uns doch sagen, wenn sie einfach keine Lust auf ihre Eltern hat und sich mal irgendwo ein elternfreies Wochenende gönnt, oder, Gerrit?« Fabian schaute seinen Bruder ernst an, der mit den Schultern zuckte.

»Bist du bescheuert? Natürlich würde ich es auch sagen, wenn es so wäre. Aber ich *behaupte* nicht einfach nur, dass ich keinen blassen Dunst habe. Es ist so. Warum sollte sie uns auch verraten, was sie vorhat? Sie hat uns nicht mal eingeweiht, dass sie uns als Alibi benutzt. Du kannst die anderen fragen. Niemand wusste etwas von einem angeblichen Kinoabend, und keiner hat einen Plan, ob sie vorhatte, auszureißen, oder sich mit jemandem zu treffen oder sonst irgendwas.«

»Ich nehme an, eine Vermisstenanzeige ist bereits raus?«, fragte Fabian nun seine Mutter.

»Schon seit gestern«, sagte Brigitte. »Ihre Eltern befürchten, dass ihr etwas zugestoßen ist. Dorette erzählte mir, sie hätte noch ganz normal zusammen mit der Familie zu Abend gegessen und sich dann auf den Weg zum Kino gemacht. Dann kam sie nicht zur verabredeten Zeit wieder, und als sie nachts um eins noch immer nicht zurück war, ist Joachim gleich zur Polizei gegangen.«

»Die werden am Wochenende vermutlich nicht recht viel mehr machen, als ihre Freunde zu befragen. Bei Teenagern kommt es häufiger vor, dass sie die

Abenteuerlust packt, und sie am Sonntagabend schuldbewusst wieder vor der Tür stehen. Sollte das nicht der Fall sein, werden sie am Montag mit der intensiveren Suche beginnen.«

Brigitte hatte den Kochlöffel beiseitegelegt und rieb sich die Schläfen, an denen ihre Haare langsam grau wurden. »Eine Schande ist das. Wie kann man nur so lange untätig bleiben? Wo sich die Eltern doch sicher sind, dass sie niemals von zu Hause ausreißen würde. Was, wenn es Montag schon zu spät ist? Überleg mal: Das Mädchen wurde entführt und die ersten drei Tage passiert rein gar nichts ... Die arme Familie! Allein bei der Vorstellung, wenn mir das mit einem von euch passiert wäre, wird mir ganz anders. Wie erklären sie das bloß der Lara? Die ist doch erst neun, die versteht das doch noch gar nicht.«

»Jetzt mal doch nicht gleich den Teufel an die Wand«, sagte Fabian und drückte die Schulter seiner Mutter. Dann wandte er sich an seinen Bruder. »Weißt du, ob sie vielleicht einen neuen Freund hat? Oder hat sie vielleicht irgendwelchen Ärger erwähnt? Schulstress? Ich meine, in der elften Klasse wird gnadenlos aussortiert, wer da nicht mitkommt, bleibt schnell mal sitzen.«

Gerrit runzelte die Stirn und schüttelte dann langsam den Kopf. »Wenn sie einen Freund hat, dann hat sie ihn uns verheimlicht. Und in der Schule hat sie überhaupt keine Probleme. Sie ist ein Bücherfreak. Ständig am Lesen und so.«

»Was hältst du davon, wenn du nach dem Essen mal drüben vorbeischaust?«, mischte sich Brigitte ein, die gerade die Linsensuppe abschmeckte.

»Ich glaube nicht, dass das viel Sinn macht. Bisher bin ich nicht in die Ermittlungen involviert und kann der Familie nicht wirklich helfen. Es bringt nichts, sie jetzt noch mal zu löchern. Die Kollegen gehen bestimmt sehr gewissenhaft vor.«

»Aber die kennen die Gauthiers doch gar nicht und übersehen vielleicht etwas. Es ist doch möglich, dass dir noch was auffällt.« Sie kam mit dem Topf an den Tisch und stellte ihn auf den Untersetzer. »Außerdem habe ich Joachim und Dorette versprochen, dass du ihre Tochter findest und gesund zurück nach Hause bringst.«

»Du hast was?«, fragte Fabian fassungslos. Das war typisch seine Mutter. Sie meinte es gut, doch sie schoss dabei immer wieder weit über das Ziel hinaus. »Das kann doch nicht dein Ernst sein! Es liegt doch gar nicht in meinen Händen, sie zu finden. Ich kann mir nicht einfach einen Fall aussuchen und beschließen, dass ich jetzt dort als Ermittler zuständig bin. Und selbst wenn es mein Fall wäre, solche Versprechungen macht man einfach nicht, weil man sie möglicherweise gar nicht halten kann.«

»Jetzt bist du es aber, der den Teufel an die Wand malt. Man darf nicht einfach aufgeben, bevor man es überhaupt versucht hat. Ihr werdet doch wohl euer Bestes geben, Sophie zu finden.«

»Richtig. Und genau das ist es, was man den Familien dann auch sagt. Leere Versprechungen helfen niemandem weiter, sie schüren nur die Hoffnung, und am Ende ist die Enttäuschung dann umso größer.«

Brigitte schlug die Hände zusammen. »Das klingt ja beinahe so, als würdest du von vornherein glauben, dass sie nicht mehr auftaucht.«

Fabian ballte unter dem Tisch die Hand zur Faust. Seine Mutter hatte sich wohl vorgenommen, seinen Standpunkt auf keinen Fall zu verstehen. »Natürlich glaube ich das nicht. Aber ich *weiß* es eben auch nicht, und es ist eine Möglichkeit, die man in Betracht ziehen muss.«

Gerrit lehnte sich auf der Bank zurück und verschränkte die Arme vor der Brust. Vermutlich war er erleichtert, dass er aus der Schusslinie war.

»Was ist jetzt, Fabian?«, fragte seine Mutter und legte ihre Hand auf seinen Unterarm. »Tust du mir den Gefallen und gehst schnell rüber, wenn wir gegessen haben? Selbst wenn es ihnen nur das Gefühl gibt, dass ihnen geholfen wird.«

Und um deine Neugierde ein wenig zu befriedigen, dachte Fabian bei sich. Er ließ seine Mutter noch einen Moment schmoren und hob dann kapitulierend die Hände. »Ist gut, ich schaue nachher bei ihnen vorbei.« Vorher würde sie ihm ohnehin keine Ruhe lassen.

7. Kapitel

März 2007

Harald stand am Fenster und starrte nach draußen in die Dunkelheit. Sophie tat ihm leid. Ihr Widerstand war sehr viel schneller gebrochen, als er erwartet oder sich erhofft hatte. Zwei Tage waren erst vergangen und schon war sie ein nervliches Wrack. Ihrem Spitznamen *Blutgräfin* wurde sie jedenfalls nicht wirklich gerecht.

Elisabeth Báthory, die echte Blutgräfin, war eine gerissene und starke Frau gewesen, die vor mehr als vierhundert Jahren unter einem Vorwand Mädchen auf ihr Schloss gelockt und diese dann getötet haben soll, um sich in ihrem Blut zu baden. Manche Quellen sprachen von dreißig, andere von bis zu über achtzig Opfern. Sophie hingegen war schwach. Seit er sie eingesperrt hatte, war sie am Heulen und Jammern. Keine Wut, keine Rebellion. Sie hatte nicht einmal versucht, sich richtig gegen ihn zur Wehr zu setzen. Er musste geradezu nach Gründen suchen, um sie bestrafen zu können, denn das gehörte zu seinem Plan. Er hatte zu viel Zeit investiert, als dass er jetzt einfach davon abweichen konnte.

Bevor er überhaupt ein Mädchen ausgewählt hatte, das seinen Vorstellungen entsprach, und das die Voraussetzungen erfüllte, hatte er Monate mit Recherche und Vorbereitung verbracht. Er hatte Psychologiebücher gewälzt, Interviews mit Entführungsopfern und Biografien gelesen und seine Vorgehensweise bis ins kleinste Detail ausgearbeitet. Sophie musste leiden, damit sie später umso mehr zu schätzen wusste, was sie an ihm hatte. Er durfte nicht nachgeben, bloß weil sie ihm leidtat.

Harald schaute auf die Uhr. Bis zum Abendessen war es noch eine Weile hin, und so setzte er sich ins Auto und fuhr in die Stadt zu Hakims Internetcafé, das rund um die Uhr geöffnet hatte. Es fiel ihm nicht gerade leicht, das Haus unbeaufsichtigt zu lassen, doch wenn alles so funktionierte, wie er sich das vorstellte, würde er diesen Schritt noch etliche Male gehen müssen. Es konnte also nicht schaden, wenn er sich gleich von Anfang an daran gewöhnte und lernte, dass er sich auf seine handwerklichen Fähigkeiten verlassen konnte. Theoretisch war es unmöglich, dass Sophie sich ohne fremde Hilfe befreien konnte.

Bei Hakim angekommen stellte er seinen Wagen auf dem Kundenparkplatz, der eigentlich zum Solarium nebenan gehörte, hinter dem Haus ab. Er betrat den Laden, winkte dem Besitzer zu, der ihn kaum beachtete, und setzte sich in einer ruhigen Ecke an einen PC.

Als der Computer mit dem Internet verbunden war, loggte er sich auf *Knuddels* ein und überprüfte, ob einer seiner Kontakte online war. Er hatte Glück. *Jill Valentine,* die er vor wenigen Tagen zum ersten Mal angeschrieben hatte, hatte sich just in diesem Moment eingeloggt. Wenn er sich richtig erinnerte, lautete ihr echter Name Helen.

Hi, schrieb er ihr direkt und dann: *Auch mal wieder online? Erinnerst du dich an mich? Haben letztens zusammen gechattet ...*

Ihre Antwort kam schnell und war sehr unbefriedigend für Harald.

Sorry du, aber keine Ahnung. Hab jetzt auch null Zeit, gerade Megastress zu Hause, schrieb sie.

Oh Shit. Eltern können einem das Leben echt zur Hölle machen. Es nervte ihn, dass sie sich augenscheinlich nicht mal an ihn erinnern konnte, aber er wollte ihr noch eine Chance geben.

Da kann ich ein Lied von singen, ich schwöre.

Na bitte, da wurde sie doch schon zutraulicher. Jetzt musste er nur in dieselbe Kerbe schlagen. *Echter Mist, dass man sich von seiner Familie nicht scheiden lassen kann.*

Eine Zeit lang kam keine Antwort und Harald befürchtete schon, dass sie nicht mehr am PC war. Doch dann informierte ihn das Programm, dass Helen gerade eine Antwort eintippte.

Hat meine Mutter gemacht. Ist einfach abgehauen und hat uns sitzen lassen. Und mein Vater interessiert sich einen Dreck für mich. Aber der wird schon sehen, wenn er irgendwann feststellt, dass ich meine Sachen gepackt hab und abgehauen bin.

Harald lächelte. Bingo. Er hatte soeben entschieden, wer Sophie demnächst Gesellschaft leisten würde. Noch war es nicht so weit, doch nun kannte er Helens Schwachstelle. Es war nur eine Frage der Zeit, bis sie bereit war, sich mit ihm zu treffen. Solange würde er sich mit Sophie begnügen. Mit ihr hatte er ohnehin noch etwas Arbeit vor sich.

Wenn du mal eine Fahrgelegenheit brauchst, ich nehm dich gern irgendwohin mit. Harald gratulierte sich innerlich zu seiner Idee. Das war ein Angebot, auf das sie bestimmt zurückkommen würde. Jetzt brauchte er nichts weiter als Geduld.

Nett von dir, echt.

Dann lasse ich dich jetzt mal in Ruhe, wir labern demnächst, schrieb er und loggte sich aus. Er hatte sein nächstes Opfer gefunden, nun konnte er sich in Ruhe um Sophie kümmern. Bestimmt war sie hungrig. Die ersten zwei Tage hatte er sie mit Essensentzug bestraft, weil sie ihn nicht angemessen begrüßt hatte, als er zu ihr in den Keller gekommen war. Jetzt war genug Zeit vergangen, und sie würde die halbe Portion eines Fertiggerichtes als ein Geschenk Gottes ansehen. Oder als ein Geschenk von ihm, ihrem Gönner. Harald lächelte zufrieden, verabschiedete sich von Hakim, der ihm wie immer keinerlei Beachtung schenkte, weil er gerade in *Counter Strike* seine Gegner vernichtete, und fuhr zurück zu seinem Haus.

Dort stellte er eine Portion Hähnchengeschnetzeltes mit Kartoffelbrei in dic Mikrowelle und stellte den Timer auf die auf der Verpackung angegebene Zeit.

Was dabei herauskam, roch fürchterlich und schmeckte vermutlich noch schlimmer. Er kratzte die Hälfte davon auf einen Frühstücksteller, nahm einen Löffel und ging nach unten zu Sophie.

Die kauerte in der Ecke des Raumes, in die Decke eingewickelt, die er ihr letzte Woche gebracht hatte. Mit der Hand schirmte sie ihre Augen gegen das Licht der

Glühbirne ab. Ohne ein Wort stellte Harald den Teller neben sie und setzte sich auf den Stuhl, der bei der Tür stand. Er hörte sie schnaufen, dann drehte sie ihren Kopf zum Essen, nahm die Hand von den Augen und griff sich den Löffel.

»Iss langsam, damit nicht alles wieder rauskommt. Mehr gibt es nicht.«

Natürlich hörte sie nicht auf ihn, sondern schlang die gesamte Portion innerhalb kürzester Zeit in sich hinein. Dann trank sie noch die Hälfte von einer der Wasserflaschen, die er ihr als Vorrat hingestellt hatte.

Harald stand auf und nahm den Teller. »Bitte, wenn du nicht auf mich hören willst ... Beschwer dich später aber nicht, wenn du dir die Seele aus dem Leib kotzt.«

Als Harald sie gerade wieder alleine lassen wollte, sagte sie: »Halt.«

Er zögerte. Eigentlich war es ihr in dicser Phase verboten, zu sprechen, ohne dass er sie dazu aufforderte. Allerdings war er neugierig, was sie zu sagen hatte. Er drehte sich um und stellte den Teller ab. »Ich habe dir zwar nicht das Wort erteilt, aber da du nun schon gesprochen hast ... Was willst du?«

Sie holte tief Luft. »Lass mich frei. Bitte. Das hier ist ein schlimmes Verbrechen, die Polizei sucht doch bestimmt nach mir. Meine Eltern sterben vor Sorge. Überleg doch mal, was du so vielen Menschen damit antust.«

Harald lachte laut auf. Glaubte sie wirklich, dass es so einfach war?

»Irgendwann werden sie eine Spur finden. Wenn du mich freilässt, werde ich niemandem etwas verraten. Jeder begeht mal Fehler, aber noch ist es nicht zu spät. Du kannst es noch rückgängig machen ...« Ihre Stimme brach, die restlichen Worte gingen in einem tiefen Schluchzer unter.

Harald kniete sich hin und streichelte mit seiner Hand über ihre Wange. »Du musst nicht weinen«, sagte er mild. Sophie drehte den Kopf von ihm weg. »Es geht dir also um deine Eltern, ja? Dass sie sich sorgen, weil sie keine Ahnung haben, wo du steckst?«

Sophie nickte. »J... ja!«, stammelte sie.

»Kein Problem. Das hättest du mir doch ruhig vorher sagen können. Da hab ich eine Idee.« Er packte ihre Haare, riss daran, sodass ihr Hals überstreckt wurde. »Wie wäre es, wenn ich einfach ein Stück von deinem Bein abhacke? Also, ich meine kein kleines Stück, sondern einfach am Knie abtrennen. Bei den Gelenken kommt man recht gut durch den Knochen. Dann sorge ich dafür, dass die Polizei deinen Unterschenkel irgendwo im Wald findet. Angenagt von Tieren. Sie werden davon ausgehen, dass du tot bist. Dass jemand deine Leiche im Wald entsorgt, und die Wildschweine dich angefressen und die Reste deiner Leiche überall verteilt haben. Deine Eltern bekommen Nachricht von deinem Tod, ihre Sorgen haben sich erledigt. Ist dir diese Vorstellung angenehmer?«

Sophie schüttelte heftig den Kopf.

»Siehst du. Das dachte ich mir. Und mir ist es auch lieber, denn als Krüppel hätte ich nichts von dir und könnte dich genauso gut gleich töten.«

Er ließ ihre Haare los, hob den Teller wieder auf und verließ den Keller. Daran würde sie erst mal eine Weile zu knabbern haben. Der Tag heute war mehr als gut gelaufen.

8. Kapitel - 2007

März 2007

Das Essen lag ihm schwer im Magen, als Fabian wenig später vor dem Haus der Gauthiers stand. Er kramte in der Jackentasche nach seinen Zigaretten und steckte sich eine an. Genüsslich sog er den Rauch ein und blies ihn in den Himmel. Am liebsten würde er sich jetzt in sein Auto setzen, nach Hause fahren und etwas vorschlafen, um seinen freien Abend später in einer Bar zu verbringen und sich ordentlich einen hinter die Binde kippen zu können. Alternativ könnte er ins Fitnessstudio gehen, da war er lange nicht mehr gewesen. Er spannte seine Armmuskeln an, wie um sich zu vergewissern, dass sie noch da waren. Seit er vor dem Abitur über zwanzig Kilo abgenommen hatte, plagte ihn das schlechte Gewissen, wenn er mal ein Training verpasste. Er hatte eine tief sitzende Angst, wieder so stark zuzunehmen.

Doch heute Abend würde ihn vermutlich weder eine Bar noch das Studio sehen. Stattdessen musste er bei den Nachbarn seiner Eltern im Wohnzimmer sitzen und unbezahlte Überstunden schieben, die zu nichts führen würden. Er konnte nichts tun, was nicht seine Kollegen ebenso gut erledigen könnten und mit Sicherheit auch würden. Jährlich wurden in Deutschland etwa hunderttausend Menschen vermisst gemeldet. Die meisten von ihnen tauchten nach ein paar Tagen wieder auf, nach einem Monat lag die Quote der erledigten Fälle sogar bei rund achtzig Prozent. Ob die Ermittler das

Opfer kannten oder nicht, wirkte sich nicht im Geringsten auf die Aufklärungsquote aus.

Ein letztes Mal zog er an seiner Zigarette und schnippte sie in den Gully vor dem Haus. Dann klingelte er. Ein paar Sekunden später wurde das Licht im Flur eingeschaltet und Sophies Mutter öffnete die Tür.

»Hallo, Fabian. Deine Mutter hat gesagt, dass du heute noch vorbeischauen wolltest. Das wissen wir sehr zu schätzen.«

Fabian schüttelte ihre Hand, die sie ihm hinstreckte. Ihre Finger waren eiskalt und die Kleidung, die sie trug, wirkte zerknittert, als habe sie darin geschlafen, wohingegen ihre Augenringe davon zeugten, dass die letzten zwei Nächte eher wenig erholsam gewesen waren.

»Schön, dass du uns bei der Suche nach unserer Tochter unterstützen willst«, sagte Joachim Gauthier, als Fabian hinter Dorette die Küche betrat. Er stand am Fenster und wies mit der Hand auf den Küchentisch. »Setz dich doch bitte.«

»Du glaubst gar nicht, was für ein Stein uns vom Herzen gefallen ist, als deine Mutter uns gesagt hat, dass du dich darum kümmern wirst«, sagte Dorette und fischte mit einer schnellen Handbewegung zwei zerknüllte Taschentücher vom Tisch. »Kann ich dir etwas zu trinken anbieten?«

»Danke, momentan nicht.« Fabian fragte sich, weshalb eigentlich jeder davon auszugehen schien, dass er mehr erreichen würde als seine Kollegen von der Polizeidienststelle. »Erzählen Sie mir am besten erst mal genau, was passiert ist. Bisher weiß ich lediglich, dass Sophie nach dem Kino nicht nach Hause gekommen ist.«

Dorette öffnete den Mund, sagte allerdings nichts. Ihre Augen füllten sich mit Tränen, und sie knetete ihre Finger.

Ihr Mann hielt ihr ein Taschentuch hin und antwortete an ihrer Stelle. »Viel schlauer sind wir auch nicht. Angeblich wollte sie mit Freunden ins Kino, aber es sieht wohl so aus, als wäre dieses Vorhaben nie mit den anderen abgesprochen gewesen. Wir haben also keine Ahnung, wo sie am Donnerstagabend wirklich hingegangen ist.«

»Wir hätten es ihr nicht erlauben dürfen. Sie ist minderjährig und es war ein Wochentag. Da muss man nicht ins Kino gehen. Ich war dagegen«, stieß Dorette hervor und schaute ihren Mann dabei wütend an.

»Vorwürfe bringen Sie jetzt auch nicht weiter«, sagte Fabian. Es war häufig der Fall, dass die Eltern sich gegenseitig die Schuld am Verschwinden ihres Kindes gaben, weil noch niemand anderes greifbar war.

Die beiden Gauthiers schwiegen betreten, und Fabian gab ihnen einen Moment, um seine Worte wirken zu lassen.

»Hat Sophie denn ein Handy?«, fragte er schließlich.

Joachim nickte. »Ja, aber es ist seit dem Abend ausgeschaltet. Wir haben natürlich sofort bei ihr angerufen, als sie gegen dreiundzwanzig Uhr noch nicht zu Hause war, und es seitdem auch immer wieder versucht.«

»Dann werden die Kollegen vermutlich einen Verbindungsnachweis anfordern, um zu sehen, ob sie am Abend vor besagter Uhrzeit telefoniert hat.«

Joachim schnaubte verächtlich und schüttelte den Kopf. »Momentan machen deine sogenannten Kollegen gar nichts, außer Sophies Freunde zu befragen, von denen niemand etwas weiß. Sie sagen, es gibt keinen Hinweis auf ein Verbrechen. Ist das zu glauben? Sophie würde nicht von zu Hause ausreißen. Sie hätte überhaupt keinen Grund dazu. Wir hatten immer ein gutes Verhältnis und konnten über alles reden.«

»Die Beamten wollten uns überhaupt nicht zuhören. Fabian, du kennst Sophie.« Dorette lehnte sich über den Tisch, ergriff Fabians Unterarm und umklammerte ihn. »Sie hat immer die Regeln befolgt, war nie ein schwieriger Teenager. Außerdem weiß sie, dass sie mit uns über alles sprechen kann. Es gibt keinen Grund, weshalb sie von zu Hause ausreißen sollte. Außerdem hat sie keine Kleidung mitgenommen. Das habe ich natürlich als allererstes kontrolliert. Wo sollte sie denn hin, ohne alles?«

»Sophie steckt mitten in der Pubertät, da macht man schon mal dumme Sachen. Aber Sie können sicher sein, dass wir nicht rumsitzen und Däumchen drehen. Sie ist garantiert längst in unserem Informationssystem zur Fahndung ausgeschrieben. Das heißt, wenn sie irgendwo in eine Personenkontrolle gerät, haben wir sie.«

»Man hofft also auf den Zufall, dass sie in eine Personenkontrolle gerät? Ab wann wird richtig nach ihr gesucht? Vielleicht liegt sie irgendwo da draußen, allein in der Dunkelheit und hofft darauf, dass ihr jemand zur

Hilfe kommt.« Dorette wischte sich mit dem Taschentuch über die Augen. »Wenn ich mir vorstelle, was mein Mädchen gerade durchleiden muss ... Unerträglich! Und niemand steht ihr bei.«

»Deswegen ist es besser, wenn Sie solche Gedanken erst einmal ausblenden. Es hilft ihr nicht, egal, in welcher Situation sie sich gerade befindet, und Ihnen selbst tut es nur weh.«

»Es ist eben automatisch in meinem Kopf. Ich habe schreckliche Angst, Fabian. Und ich mache mir solche Vorwürfe. Was bin ich für eine schlechte Mutter, dass ich nicht auf mein Kind aufpassen kann? Ich hätte das nie zulassen dürfen, dass sie unter der Woche so lange draußen ist.«

Nun ging Joachim endlich zu seiner Frau und nahm sie in die Arme. Sie vergrub ihren Kopf an seiner Schulter und schluchzte.

Fabian rieb sich die Schläfen. »Hat Sophie einen eigenen Computer in ihrem Zimmer?«

»Sie hat einen Laptop. Ihr Weihnachtsgeschenk letztes Jahr. Die ganze Familie hat zusammengelegt. Allerdings ist er mit einem Passwort geschützt. Wir sind nicht reingekommen.« Beruhigend streichelte Joachim seiner Frau über den Rücken.

»Sicher haben Sie nichts dagegen, wenn ich mein Glück versuche?«, fragte Fabian.

»Natürlich nicht. Ich bringe dich nach oben.« In der Stimme von Dorette lag wieder etwas Hoffnung. Sie ging vorweg die Treppe hoch, und Fabian folgte ihr.

Im Zimmer von Sophie schaute Fabian sich kurz um. Es war ein typisches Jugendzimmer: türkisfarben gestrichene Wände, daran Poster und Bilder, auf denen Popstars und Figuren abgebildet waren, die stark an Vampire erinnerten. Im Regal hinter dem Bett stand eine Nagellacksammlung, daneben befanden sich diverse Musik-CDs. Weitere CDs waren im ganzen Raum verteilt. Außerdem Schmutzwäsche, die sich neben dem Bett türmte.

»Tut mir leid. Hier sieht es aus, als hätte eine Bombe eingeschlagen«, entschuldigte sich Dorette. Anscheinend hatte sie Fabians Blick falsch gedeutet.

»Ob hier vorher aufgeräumt wurde oder nicht, interessiert mich doch überhaupt nicht. Machen Sie sich darüber keine Gedanken. Mal ganz davon abgesehen sah es in meinem Zimmer früher auch nicht anders aus.« Dass seine Wohnung heute noch teilweise im Chaos versank, verschwieg er lieber. »Es wäre schön, wenn Sie mich einen Moment alleine lassen könnten. Ich werde alles so zurücklassen, wie ich es vorgefunden habe.«

»Tob dich ruhig aus. Hauptsache ist, wir haben unser Mädchen am Ende wieder bei uns zu Hause.« Damit verließ Dorette den Raum und schloss die Tür hinter sich.

Fabian wartete noch, bis sich die Schritte entfernt hatten. Dann schaute er sich um. Es wirkte nicht gerade wie ein Zimmer, das eine Ausreißerin hinterlassen würde. Das Ladegerät für ihr Handy steckte in der Steckdose neben dem Bett, auf dem die Decke am Fußende zusammengeknüllt war. Ein Schlafshirt lag etwa auf der Mitte. Auf dem Nachttisch befanden sich eine Lampe, ein Buch sowie ein angefangener Blister der Antibabypille. Ein erster Hinweis darauf, dass er mit seiner Einschätzung richtiglag, und Sophie nicht freiwillig von zu Hause verschwunden war. Abgesehen von den Klamottenbergen neben der Tür und dem Bett war auch der Schrank bis zum Platzen gefüllt. Wie die Eltern gesagt hatten, sah es nicht danach aus, als hätte Sophie sonderlich viele Kleidungsstücke eingepackt. Wenn sie tatsächlich freiwillig verschwunden war, plante sie vermutlich, bald zurückzukehren.

Da es nichts weiter von Interesse zu entdecken gab, setzte Fabian sich an den Schreibtisch. An einer Pinnwand darüber hingen Bilder von Sophie in einem schwarzen Outfit, das Gesicht weiß geschminkt, die Lippen dunkelrot. Sie sah aus wie eine Anhängerin der Gothic-Bewegung, es war aber vermutlich ihr Vampir-Outfit. Fabian schob Stifte und einen Block zur Seite und fuhr den Computer hoch. Wie erwartet, erschien auf dem Bildschirm das Eingabefeld für ein Passwort. Fabian schloss die Augen und dachte nach. Welches Passwort würde ein sechzehnjähriges Mädchen wählen? Er gab die Namen der Bands ein, die an den Wänden zu finden waren, obwohl er nicht viel Hoffnung hatte. Das wäre zu einfach gewesen. Nachdem er alle durchprobiert hatte, versuchte er dasselbe in unterschiedlichen Schreibweisen, blieb aber ebenso erfolglos. Einen Freund hatte sie nicht, diese Möglichkeit schied also aus. Irgendwann fiel sein Blick auf das Bücherregal.

Neben etlichen Romanen über Vampire und Werwölfe fanden sich auch einige Sachbücher über Wiedergänger. Er kramte alle berühmten Vampire aus seinem Kopf hervor, die er kannte, und hatte schließlich mit Vlad, dem Pfähler, Erfolg. Das Eingabefeld verschwand und das Hintergrundbild baute sich auf. Natürlich ein blutrünstiges Bild von Dracula, der literarischen Figur, für die Vlad als Vorbild gedient hatte.

Als Erstes öffnete Fabian den Browser und schaute sich den Verlauf an. Die letzten Seiten, die Sophie besucht hatte, waren ein Vampirforum namens *Die Blutsauger* und die Seite eines Mailanbieters. Fabian fuhr mit der Maus über den Link zum Vampirforum und verharrte dort einen Moment. Es kam ihm nicht richtig vor, so in der Privatsphäre der Nachbarstochter herumzustöbern. Was, wenn sie heute Abend einfach wieder vor der Tür stand?

Dann weiß sie noch lange nicht, dass du ihre Sachen durchsucht hast, versuchte er, sich zu beruhigen, und klickte auf den Link. Sie war mit ihrem Account eingeloggt. Er schaute sich ihr Profil an und stellte auf den ersten Blick nichts Ungewöhnliches fest. Sophies Beiträge der letzten Woche ließen weder auf häusliche Probleme noch auf Pläne schließen, von zu Hause auszureißen. Dann entdeckte er die privaten Nachrichten. Die meisten davon waren schon einige Wochen alt, die neueren waren für ihn nicht von Interesse. Doch dann stieß Fabian auf etwas, das seine Aufmerksamkeit erregte.

Gespannt überflog er Sophies Konversation mit einem gewissen *Rüdiger, der kleine Vampir.* Ihre letzte Nachricht bestand lediglich aus den drei Buchstaben ICQ und einer neunstelligen Ziffernfolge und war die Antwort auf die Frage, ob sie sich nicht etwas privater unterhalten könnten. Fabian gab ICQ in die Suche des

Computers ein und fand ein Programm, das er öffnete. Es handelte sich um ein Chatprogramm. Auch hier war das Passwort gespeichert. Er klickte sich durch die verschiedenen Kontakte. Nirgends etwas Außergewöhnliches. Enttäuscht schloss er das Programm. Allerdings war er noch nicht bereit, aufzugeben. Er führte die Suche nach ICQ erneut durch und fand den Dateiordner. Dort gab es einen Unterordner *History* mit Textdateien, die er nach Datum sortierte, um die aktuellste aufzurufen. Sie war von Donnerstagmorgen.

Er fand einen Chatverlauf mit einem Kontakt, den er in ihrem Konto nicht gesehen hatte. Er musste also erst kürzlich aus ihrem Profil gelöscht worden sein. Fabian beschlich ein ungutes Gefühl, und er öffnete die Textdatei.

Es dauerte eine Weile, bis er die Unterhaltung zwischen Sophie und diesem *Rüdiger* aus dem Forum überflogen hatte. Sie endete damit, dass sich die beiden treffen wollten. Und zwar an dem Donnerstag, an dem Sophie angeblich mit Gerrit im Kino war.

Fabian stand auf. In seinem Kopf drehte sich alles. Er musste den Eltern eine schlechte Nachricht überbringen, und vor allem musste er dringend seine Kollegen informieren.

9. Kapitel

November 2016

Sophies Füße rutschten in den viel zu großen Schuhen hin und her, als sie durch den Wald nahe des Weges hastete. Die Erde war aufgeweicht vom Novemberregen, und es war eiskalt. Panik schnürte ihr den Hals zu und pumpte gleichzeitig so viel Adrenalin in ihren Körper, dass sie die Schmerzen in ihren Beinen kaum bemerkte. Der Bewegungsmangel der letzten Jahre hatte sich schon nach wenigen Schritten bemerkbar gemacht. Mittlerweile war sie sicher einige hundert Meter vom Haus entfernt und konnte praktisch kaum noch atmen. Doch sie ignorierte das Brennen in ihren Lungen, die schmerzenden Beine und rannte immer weiter.

Auf den ersten Metern hatte sie Angst gehabt, die Orientierung zu verlieren, doch in all den Jahren hatte sich quasi nichts verändert. Es war beinahe so, als wäre sie erst gestern mit ihm den Waldweg entlanggefahren. So oft war sie in ihren Gedanken den Weg gelaufen, hatte sich vorgestellt, wie sie ihrer Freiheit entgegenstürmte. Jetzt war der Zeitpunkt tatsächlich gekommen. Gehetzt schaute sie sich um, ob ihr jemand folgte. Natürlich entdeckte sie niemanden, es war viel zu dunkel. Sie war so kurz vor dem Ziel – ihre Flucht durfte jetzt nicht scheitern.

Als sie die Schnellstraße erreichte, schossen ihr Tränen in die Augen. Auf einmal kam es ihr vor, als befände sie sich in einem Traum. Sie fragte sich, ob sie in

Wirklichkeit noch im Keller lag, auf dem rostigen Bett unter der viel zu dünnen Decke an die Halterungen in der Wand gekettet. Doch das hier war real. Sie beobachtete die Autos, die auf der Straße direkt vor ihr vorbeibrausten. Niemand schien sie zu bemerken oder sich für sie zu interessieren.

Erschöpft ging sie hinter einem Baum in die Hocke und lehnte sich mit dem Rücken an den Stamm, um wieder zu Atem zu kommen. Sie wünschte sich, Helen wäre jetzt bei ihr. Weshalb hatte sie bloß so hysterisch reagiert? Sie war immer die Stärkere von ihnen beiden gewesen, hatte Sophie immer aufgebaut. Jetzt war sie vollkommen auf sich alleine gestellt und Sophie hatte nicht die geringste Ahnung, was sie tun sollte. Sollte sie einfach zur Polizei gehen und sagen: »Guten Tag, mein Name ist Sophie Gauthier, und ich wurde entführt?« Oder wäre es besser, zuerst in ein Krankenhaus zu gehen? Vielleicht könnte sie ein Auto anhalten und den Fahrer bitten, ihr einen Krankenwagen zu rufen? Sie hatte doch gar keine Versichertenkarte. Wer würde das zahlen.

Doch keine der beiden Alternativen, die mit Sicherheit vernünftig waren, sagte ihr zu. Sophie sehnte sich nach ihrem Zuhause. Wenn sie sich jetzt auf einem Revier oder im Krankenhaus meldete, würde sie erst etliche Fragen beantworten müssen und erst nach Stunden – wenn überhaupt – nach Hause dürfen. Außerdem konnte sie ihnen doch unmöglich sagen, dass ...

Ein Auto mit Fernlicht kam angerast. Sie nahm die Hand hoch, um ihre Augen gegen das blendende Licht abzuschirmen.

Nein, sie konnte nicht zur Polizei gehen und dort vollkommen Fremden erzählen, was mit ihr passiert war. Zuerst brauchte sie die vertrauten Gesichter ihrer Eltern. Und sie musste sich dringend bei ihnen dafür entschuldigen, dass sie damals so dumm gewesen war, sich auf ein so gefährliches Treffen einzulassen. Sich für all die Sorgen entschuldigen, die sie ihnen in den letzten Jahren beschert hatte.

Ein Geräusch hinter ihr ließ sie aufhorchen. Sie drehte sich um und starrte in den dunklen Wald. Ein weiteres Knacken und sie stieß sich vom Baum ab. Blindlings rannte sie über die Straße und stolperte auf der anderen Seite ins Dickicht. Von hier aus war es nicht mehr weit zum Waldfriedhof, und wenn sie erst einmal dort war, würde sie bald zu Hause sein. Sie musste es einfach schaffen.

Nie wieder würde sie zurück in das Kellerloch gehen.

Eher würde sie sich umbringen.

10. Kapitel

November 2016

Nach nur wenigen Metern verlangsamte Helen ihren Schritt. Die Dunkelheit hier draußen schien über sie herzufallen. Im Dickicht neben ihr raschelte es und jede Bewegung von ihr verursachte knackende Geräusche. Hier gab es keinen Schutz. Keine Decke, um sich darunter zu verkriechen, und keine Wände, hinter denen sie sich verstecken konnte. Ein sehnsuchtsvolles Ziehen breitete sich in ihr aus. Das alles fühlte sich auf einmal schrecklich falsch an. Sie wusste ja nicht mal, wohin sie gehen sollte. Es war beinahe so, als befände sich vor ihr eine unsichtbare Barriere, die sie nicht überwinden konnte. Sie hielt inne und wandte sich dem Haus zu. Ihrem sicheren Hafen ...

In diesem Moment stolperte Sophie aus der Haustür. Unsicher taumelte sie die Treppe herunter. An den Füßen trug sie seine Schuhe, die ihr viel zu groß waren. Unten angekommen lief sie los und kam, so schnell es die Schuhe zuließen, in ihre Richtung. Helen befürchtete, sie könnte entdeckt werden, und machte hastig einen Schritt zurück ins Dickicht. Unter ihr krachte ein Ast, und Sophie schaute sich gehetzt um. Ihr Blick ging an Helens Versteck vorbei.

Helens Angst war plötzlich wie verflogen. Sie konnte nur noch daran denken, was Sophie ihr genommen hatte. Helen setzte sich in Bewegung und folgte Sophie in einigen Metern Abstand. An einer Umgehungsstraße angekommen blieb Sophie stehen, ging in die Hocke und lehnte sich an einen Baum.

Helen war dankbar für die Pause, ihre Beine schmerzten bereits und ihre Lunge brannte. Viel zu schnell für ihren Geschmack sprang Sophie allerdings wieder auf und rannte über die Straße. Helen wartete das nächste Auto ab und folgte ihr. Sie wusste selbst nicht genau, weshalb sie dem anderen Mädchen hinterherlief. Vermutlich würde Sophie an der nächstbesten Telefonzelle die Polizei rufen. Ab dann würde Helen nicht viel Zeit bleiben.

Sie erreichten den nächsten Ort, und Helen ließ sich noch weiter zurückfallen. Anders als im Wald, wo die Dunkelheit dafür gesorgt hatte, dass Sophie sie nicht entdeckte, fühlte sie sich hier im Licht der Straßenlaternen wie auf dem Präsentierteller. Autos fuhren vorbei, und Helen hatte das Gefühl, als würden die Fahrer sie anstarren und bemerken, dass sie eigentlich nicht hier draußen sein sollte. Dass es falsch war, und sie nicht hierhergehörte.

Vermutlich starrten sie tatsächlich, allerdings eher wegen Helens Erscheinung. An der dünnen Bluse, die sie trug, fehlten die Knöpfe. So gut es ging, hielt sie die flatternden Seiten vorne zusammen und verdeckte dabei gleichzeitig die Blutflecken auf ihrem Oberkörper. Den Rock hatte sie sich an einem Strauch aufgerissen, und er gab zu viel von ihrem Oberschenkel preis. Dazu trug sie Hausschlappen – in der Aufregung hatte sie nicht daran gedacht, sich Schuhe anzuziehen. Dann war da noch ihr kahlrasierter Kopf. Einige Überreste ihrer Haare, die Ralf beim Rasieren nicht richtig erwischt hatte, standen in kleinen Büscheln wild von ihrem Kopf ab. Zusammen mit dem grauenhaften Make-up – das Schminken beherrschte sie einfach nicht – musste sie aussehen wie ein Zombie.

Doch nun war sie so weit gekommen und musste wenigstens sehen, wohin Sophie ging. Ralf zuliebe. Die lief zielstrebig weiter die Straße entlang. Wollte sie etwa doch nicht die Polizei rufen, sondern zurück zu ihrer Familie? Vielleicht hatte sie noch einmal über Helens Warnung nachgedacht und es mit der Angst zu tun bekommen? Nach zwei Kreuzungen bog Sophie links ab, weg von der Hauptstraße, und verschwand kurz darauf hinter einem Gartentor. Helen stützte sich an einer Mauer ab.

Hier lebte Sophie also. Glücklich mit ihrer Familie wiedervereint. Helen hingegen stand vor dem Nichts. Nie und nimmer würde sie zu ihrem Vater zurückgehen. Sie sehnte sich nach der Sicherheit des Kellers. Nach Ralf. Nach seiner Gesellschaft. Hier draußen war sie allein. Sie hatte niemanden, an den sie sich wenden konnte.

Helen drehte sich um und schlug den Weg zurück zum Haus ein. Sie musste sich beeilen, musste sofort Ralf warnen. Vermutlich blieb ihnen nicht mehr viel Zeit.

11. Kapitel

November 2016

Konzentriert führte Lara den Kajalstift über ihr geschlossenes Lid. Sie schaffte es gerade bis zur Mitte, bevor sie mit dem Stift abrutschte und sich vermalte. Genervt schnappte sie sich ein Wattestäbchen, befeuchtete es mit der Zunge und tupfte sich die schwarze Farbe vom Auge. Solche filigranen Arbeiten wie das Augen-Make-up waren einfach nichts für sie, und es kam ihr vor, als wäre besonders der Eyeliner ihr Feind. Wenn sie sich für einen Ausgehabend zurechtmachte, endete der Versuch nicht selten mit schwarz umrandeten Pandaaugen, wie ihre Freundinnen die Ergebnisse ihrer Schminkversuche häufig nannten. Bevor sie von vorne begann, wusch sie sich das Gesicht, da sie sich zu allem Überfluss auch noch einen schwarzen Strich auf die Nase gemalt hatte. Langsam musste sie sich beeilen, bald würde Miriam vor der Tür stehen, und sie war noch nicht mal passend angezogen. Sie wollten zusammen etwas essen gehen und danach in den Gibson-Club in Frankfurt.

Ihre Mutter war wieder mal nicht begeistert gewesen. Ihr war es am liebsten, wenn Lara überhaupt nicht ausging. Selbst wenn sie sich am hellichten Tag um eine Viertelstunde verspätete, verfiel ihre Mutter schon in Panik und malte sich die schrecklichsten Szenarien aus. Nicht selten hatte sie sich dann in ihr Auto gesetzt, war die Stadt abgefahren und hatte Lara schließlich beim

Eisessen mit ihren Freundinnen oder einfach trödelnd auf dem Nachhauseweg aufgesammelt. Ihre Sorge war nachvollziehbar, sie wollte nicht noch eine Tochter verlieren. Doch sie machte Laras Leben zur Hölle. Oft arteten die Diskussionen darüber, was sie durfte und was nicht, zu einem handfesten Familienstreit aus, bei dem ihr Vater ihrer Mutter vorwarf, eine hysterische Glucke zu sein und sie im Gegenzug behauptete, er hätte sich noch nie für seine Familie interessiert. Nun war Lara seit einem halben Jahr volljährig und versuchte, ihrer Mutter Stück für Stück den Kontrollzwang abzugewöhnen. Der erste Schritt war, dass sie in die Einliegerwohnung über der Garage ziehen durfte. Hier konnte sie zumindest ein wenig selbstständiger sein und sich der permanenten Überwachung durch ihre Mutter ab und zu entziehen.

Heute Abend – so hatte Lara es mit ihrem Vater ausgemacht – würden sie ihrer Mutter nichts davon sagen, dass sie unterwegs war. Er hatte ihr sogar etwas Geld fürs Taxi zugesteckt, damit sie sicher wieder nach Hause kam. Lara schaute auf ihr Handy. Noch eine halbe Stunde bis Miriam kam. Da sollte doch irgendwie ein ordentliches Augen-Make-up hinzubekommen sein.

Als sie zum nächsten Versuch ansetzte, klingelte es. Sie seufzte, steckte die Kappe auf den Stift, legte ihn auf die Ablage vor dem Spiegel und ging in den Flur. Normalerweise war Miriam nicht so überpünktlich. Lara hob den Hörer von der Gegensprechanlage, drückte auf den Knopf mit dem Schlüssel drauf und öffnete die Tür. In weiser Voraussicht hatten ihre Eltern damals beim Hausbau einen eigenen Aufgang bauen lassen. Dann ging sie zurück ins Bad.

Als sie hörte, wie jemand die Tür von innen zuwarf, rief sie: »Ich brauche noch einen Moment. Nimm dir was zu trinken und setz dich ins Wohnzimmer.« Für ihre Augen entschied Lara sich nun gegen den Lidstrich und legte stattdessen etwas von dem grünlichen Lidschatten auf, der ihre braunen Augen so gut zur Geltung brachte.

Nur mit einem Handtuch bekleidet huschte sie schließlich über den Flur und rief ins Wohnzimmer: »Bin gleich da, nur noch eine Sekunde.«

Sie schloss die Schlafzimmertür und stieg in die hautengen Leggins in Lederoptik, die sie sich letzte Woche extra für diesen Abend zugelegt hatte. Dann zog sie ein Bandeau-Top an und darüber eine durchscheinende weiße Bluse. Zufrieden begutachtete sie sich im Spiegel und ging dann zu Miriam ins Wohnzimmer.

»Da rechnet man einmal fest mit deiner Unpünktlichkeit und dann ...« Lara blieb abrupt stehen.

Eine fremde Frau saß auf dem Sofa und starrte sie an. Die Frau trug einen viel zu weiten und zu langen Wollpullover und eine Pyjamahose, beides mit dunklen Flecken von Matsch und Erde übersät. Ihre Füße steckten in Männerschuhen, die ihr mindestens fünf Nummern zu groß sein mussten. Ihre Haare waren kurz geschoren und ihr Gesicht war mager und ebenfalls mit Dreck beschmiert. Aus ihren Lippen war jegliche Farbe gewichen, und Lara hatte die Befürchtung, dass sie jeden Moment das Bewusstsein verlieren könnte.

»Brauchen Sie Hilfe? Ich hole Ihnen etwas zu trinken«, sagte sie. Seltsamerweise hatte sie keine Angst vor der Fremden. Irgendwas an ihr kam Lara seltsam vertraut vor, wenngleich sie die Person noch nie gesehen hatte. Sie ging an ihr vorbei zur Küchenzeile auf der rechten Seite des Wohnzimmers und nahm eine Flasche stilles Wasser aus dem Kühlschrank.

Dankbar nahm die Frau die Flasche entgegen und hatte sie bereits geöffnet und angesetzt, bevor Lara ihr überhaupt ein Glas hatte anbieten können.

Lara wartete einen Moment, bis die Frau getrunken hatte. Dann fragte sie: »Weshalb haben Sie bei mir geklingelt? Brauchen Sie einen Arzt oder soll ich für Sie die Polizei rufen?«

Die Frau schüttelte augenblicklich den Kopf. Sie musterte Lara mit zusammengekniffenen Augen. Ihre Mundwinkel zuckten und sie schluchzte. Eine Träne löste sich dabei aus ihrem Augenwinkel und kullerte über ihre Wange. Sie wischte sie mit der Hand weg, und erst jetzt fiel Lara auf, wie abgemagert die Finger der Frau waren. Die Fingernägel sowie die Nagelhaut waren abgekaut, die Haut war voller entzündeter Stellen.

»Was wollen Sie denn dann? Ich gehe meine Eltern holen ...« Lara stand auf. Ihre Eltern waren nicht zu Hause, stattdessen würde sie die Polizei rufen. Langsam wurde ihr die Situation unheimlich. Wer war die Frau, und was wollte sie von ihr?

»Warte kurz«, bat die Frau. Ihre Stimme war so leise, dass Lara sich anstrengen musste, um sie zu verstehen. »Du bist Lara, oder?«

Einen Moment lang glaubte Lara, sich verhört zu haben. Dann wurde ihr schlagartig bewusst, um wen es sich bei der Frau auf ihrem Sofa handelte.

12. Kapitel

Frühjahr 2007

Nach einer Weile im Keller ging Sophie jegliches Zeitgefühl verloren. Es gab kein Fenster, und wenn er ihr nicht gerade einen Besuch abstattete, auch nur selten Licht. Alle paar Stunden schaltete Ralf es für kurze Zeit an, was ihr das Durchschlafen fast unmöglich machte. Wenn sie denn überhaupt einschlief. Die Kette an ihrem Handgelenk war knapp über dem Boden in der Wand verankert und ließ ihr gerade so viel Bewegungsfreiheit, dass sie sich auf der versifften und stinkenden Matratze ein wenig bewegen konnte. Eine auch nur annähernd gemütliche Position zu finden, in der sie ohne Schmerzen liegen konnte, war nahezu unmöglich. Da die Kette so kurz war, dass sie nicht aufstehen konnte, schmerzten außerdem ihr Rücken und ihr Hintern vom vielen Liegen. So blieb ihr nichts übrig, als sich irgendwie mit der Situation zu arrangieren, wenn sie nicht vor Schlafmangel verrückt werden wollte.

Doch nicht nur die Müdigkeit und die Schmerzen quälten sie. Mittlerweile war ihr eigener Körpergeruch unerträglich. Ihre Kopfhaut juckte, als habe sie Läuse, und ihr Gesicht fühlte sich speckig an. Vermutlich blühte darauf eine Landschaft aus Pickeln.

Das Schlimmste aber waren ihre Zähne. So gut es ging, kratzte sie immer wieder den Belag mit ihren Fingernägeln ab, doch das pelzige Gefühl in ihrem Mund blieb ebenso wie der fade Geschmack. Sie hatte panische

Angst davor, hier unten eingesperrt zu sein und plötzlich Zahnschmerzen zu bekommen. Einmal hatte sie eine Wurzelbehandlung gebraucht und konnte sich noch gut daran erinnern, wie schlimm das Wochenende gewesen war, bevor sie montags endlich zum Zahnarzt gehen konnte. Allein der Gedanke daran, dass sie solche Schmerzen hier unten ohne Aussicht auf Hilfe ertragen müsste, bereitete ihr Albträume.

Neben dem Zustand ihres Körpers waren Ralfs Besuche der einzige Anhaltspunkt für die vergangene Zeit. Sie kündigten sich damit an, dass er in einem Zimmer über ihr herumpolterte. Das dauerte immer eine Weile, dann hörte sie die Kellertür und seine schweren Schritte auf der Treppe. Nachdem er die erste Tür aufgeschlossen hatte, setzte sich Sophie jedes Mal aufrecht hin. Sie wollte einen Wutausbruch, wie er ihn am zweiten Tag ihrer Gefangenschaft gehabt hatte, unbedingt vermeiden. Da hatte sie es nämlich gewagt, auf dem – damals noch blanken – Boden liegenzubleiben, als er hereinkam. Diese Unachtsamkeit ihm gegenüber hatte ihn dermaßen aufgeregt, dass er sie zusammengetreten und danach den Keller wieder verlassen hatte. Seitdem achtete sie stets darauf, eine angemessene Position einzunehmen, wenn er kam.

Der offenkundige Respekt, den sie ihm damit erwies, hatte gewirkt. Irgendwann hatte er ihr die Matratze gebracht und setzte sich zu ihr, um sie dabei zu beobachten, wie sie die Mahlzeiten zu sich nahm, die er ihr brachte.

Mehr war bisher nicht passiert. Er kam in den Keller, stellte das Essen und einen frischen Eimer für ihre Notdurft vor ihr Lager, setzte sich auf einen mitgebrachten Stuhl neben die Tür und beobachtete sie schweigend. Überhaupt hatte er, seit er sie hier unten eingesperrt hatte, kaum ein Wort mehr mit ihr gesprochen, was die ganze Sache irgendwie noch unerträglicher machte. Sophie war nicht sicher, was schwerer wog: die Erleichterung, dass er ihr – noch – nichts getan hatte oder die Angst davor, was sie wohl erwartete. Ganz sicher hatte er kein Gefängnis in seinem Keller gebaut, bloß um sich dort ein Mädchen zu halten, mit dem er sich nicht weiter beschäftigte. Irgendwann würde der Tag kommen, an dem er seinen eigentlichen Plan mit ihr umsetzte.

Sophie fragte sich, wie es ihrer Familie ging. Sie wünschte sich nichts sehnlicher, als kurz zu Hause anzurufen. Einmal mit ihrem Vater reden und ihm sagen, dass sie noch am Leben war. Dass sie einen schrecklichen Fehler begangen hatte, und dass sie an allem schuld war. Sie konnte sich genau vorstellen, welche Vorwürfe er sich jetzt von ihrer Mutter würde anhören müssen. Ob überhaupt noch jemand Hoffnung hatte, dass Sophie am Leben war? Oder hatten sie bereits aufgegeben, nach ihr zu suchen? Wie war es möglich, dass sie so nah an ihrem Zuhause war und sie doch niemand fand?

Tränen schossen ihr in die Augen, doch sie hielt sie zurück. Sie durfte nicht weinen – das hatte sie in den ersten Tagen schmerzlich lernen müssen. Etwas zu trinken bekam sie nur, wenn er ihr Essen brachte. Wenn sie also weinte, musste sie unter Umständen stundenlang mit ausgetrocknetem Mund und verstopfter Nase darauf warten, endlich ein wenig Wasser zu bekommen. Also konzentrierte sie sich auf ihre Atmung und zählte im Kopf bis zwanzig. Dann hörte sie, wie oben die Tür zur Kellertreppe geöffnet wurde. Schnell setzte sie sich auf. Schritte kamen die Treppe herunter und plötzlich vernahm sie Stimmen. Zwei. Eine davon weiblich.

Ihr Herz begann zu rasen. Sollte sie schreien? War sie kurz davor, gerettet zu werden? Doch ihre Hoffnung wurde sofort gedämpft.

»Wo ist denn das Heimkino, das du mir versprochen hast?«, fragte die weibliche Stimme.

»Weißt du, was ich so gerne an dir mag?«, fragte Ralf. »Dass du unheimlich naiv bist. Glaubst du etwa immer noch daran, dass wir hier gemeinsam einen gemütlichen Filmabend verbringen?«

Einen Moment herrschte Stille, dann hörte Sophie wieder Schritte. Kurz darauf ein Poltern und einen Schrei. Anscheinend hatte die Frau, die sich jetzt unmittelbar vor der Tür befinden musste, versucht wegzulaufen.

»Lass mich sofort los, du bescheuerter Irrer!«, schrie sie. Und dann: »Hilfe, hier versucht einer, mich zu entführen!«

Ralf lachte nur. Die Stimmen kamen näher. Anscheinend wollte er das Mädchen vor der Tür zu Sophie sperren. »Hast du gesehen, wo ich wohne? Du glaubst doch nicht im Ernst, dass dich hier einer hört.«

Das Mädchen schien sich nicht für seine Worte zu interessieren und brüllte sich weiterhin die Seele aus dem Leib. Selbst als er die Tür öffnete, sie in den Raum schubste und in die Ecke zerrte, verstummte sie nicht. Erst als Ralf von draußen die Tür zuknallte und den Schlüssel herumdrehte, hörte sie auf.

Sophie räusperte sich leise. Aus der anderen Ecke des Raumes erklang nur das Klirren der Ketten.

»Was zur Hölle ...?«, stieß das Mädchen aus. Ihre Stimme war heiser vom vielen Schreien. »Du hast mich zu Tode erschreckt.«

»Es tut mir leid. Ich bin in der anderen Ecke.«

»Und wer bist du bitte schön?«

»Ich bin Sophie. Und du?«

Als Antwort kam ein erneutes Klirren, dann ein Ächzen. »Hat er dich auch mit diesen Scheißketten festgemacht?«

»Ja«, sagte Sophie und hob zum Beweis ihre Arme, um ihre Ketten rasseln zu lassen.

»Verdammte Scheiße. Wie lange bist du schon hier drin?«

»Willst du mir nicht erst mal deinen Namen verraten?«

Die andere schnaubte verächtlich. »Ich heiße Helen. Aber was macht das schon für einen Unterschied?« Den Geräuschen zufolge machte sie sich an ihren Fesseln zu schaffen und fluchte dabei leise vor sich hin.

»Was will der Typ denn von uns?«, fragte sie schließlich. Ihre Stimme klang nun resigniert.

»Keine Ahnung«, antwortete Sophie.

»Wie meinst du das, keine Ahnung? Wie lange bist du denn hier drin?«

»Seit März.«

»Nicht dein Ernst? Fuck, Mann!« Helen klang bestürzt. »Warum zur Hölle hat dich noch niemand gefunden?«

»Welchen Monat haben wir jetzt?«, fragte Sophie bange.

»Wir haben den vierzehnten Mai.«

Sophie schluckte schwer. Das bedeutete, sie war bereits seit mehr als zwei Monaten hier unten. »Und hast du von mir gehört? Gibt es Suchplakate und Zeitungsberichte? Vielleicht werden sie uns finden.«

»Als würde ich Zeitung lesen«, sagte Helen abfällig. »Von Suchplakaten habe ich nichts gesehen.«

Sophie fühlte Verzweiflung in sich aufsteigen. Suchten ihre Eltern etwa gar nicht nach ihr? Waren sie wütend, weil sie gelogen hatte?

»Was zieht der denn für einen kranken Scheiß mit uns ab?«, unterbrach Helen die Stille. »Das ist doch echt ein Hurensohn. Der kann uns doch nicht einfach so einsperren. Hey, du Scheißer, komm runter! Was bildest du dir eigentlich ein?«

»Du solltest besser ruhig sein. Er ist sehr leicht reizbar, und du willst lieber nicht erleben, was dann passiert.«

»Ich lasse mir doch von so einem Penner nicht den Mund verbieten. Wir sind zu zweit. Irgendwie befreien wir uns, und dann ziehen wir ihm eins über, wenn er reinkommt. Soll er doch selbst in diesem Kackkeller verrotten. Ich hab da keinen Bock drauf.«

Sophie glaubte nicht daran. In der Theorie klang es natürlich machbar, und Helen hatte sich draußen schon heftig gegen Ralf zur Wehr gesetzt. Doch in der Praxis waren sie beide angekettet wie Hunde und hatten nicht den Hauch einer Chance, ihm überhaupt nahezukommen, wenn er es nicht wollte. »Vielleicht müssen wir ihn nicht überlisten«, sagte Sophie nach einer Weile. »Mit dir sind jetzt schon mindestens zwei Mädchen als vermisst gemeldet. Die Polizei findet ihn vielleicht.«

Das andere Mädchen schnaubte. »Könnte sein, dass du damit ziemlich daneben liegst. Mich wird bestimmt keiner als vermisst melden. Wenn es überhaupt jemandem auffällt, dass ich nicht mehr da bin.«

»Aber deine Eltern ...«

»Vergiss es. Meine Mutter interessiert sich nur für ihren neuen Stecher und ihr Leben, das sie jetzt ohne mich führt. Und mein Vater ... Lass uns einfach nicht über ihn reden, okay? Von denen wird garantiert niemand zur Polizei gehen.«

Sophie fragte sich, weshalb Helen sich da so sicher sein konnte. Doch sie traute sich nicht, die Frage auszusprechen, also schwieg sie.

»Was wird jetzt passieren? Hat er dir etwas angetan?«, fragte Helen nach einer Pause und klang nun etwas besorgter.

»Tu einfach, was er dir sagt. Dann wird er nichts Schlimmes machen.«

Helen seufzte in der Dunkelheit. Dann klirrte und schepperte die Kette, mit der sie an die Wand gefesselt war. Anscheinend versuchte sie, die Halterung zu lösen. Doch sie würde keine Chance haben, zumindest nicht, wenn ihre so fest in der Wand verschraubt war wie die von Sophie.

»Verdammt«, fluchte sie nach einer Weile. »Da rührt sich echt gar nichts. Wie ist das bei dir? Alles fest?«

»Bombenfest. Ich komme hier nicht raus. Und du kannst mir glauben, dass ich es lange versucht habe.«

Die andere schnaubte abfällig. »Findest du dich einfach damit ab? Also, ich hab das nicht vor. Ich finde schon eine Lösung, verlass dich drauf. Irgendwie hole ich uns hier raus.«

»Ich hoffe so sehr, dass du recht hast«, flüsterte Sophie.

13. Kapitel

Frühjahr 2007

»Wie lange hat es gedauert, bis er dir deine Scheißmatratze gebracht hat?«, fragte Helen. Ihre Stimme klang müde. Kein Wunder, hatte sie doch die letzten Stunden damit verbracht, ständig neue, völlig abwegige Fluchtpläne zu schmieden. Sophie hatte zu Anfang noch Vorschläge eingebracht, aber nach einer Weile lief alles darauf hinaus, dass sie einen Bolzenschneider, den Schlüssel oder ein anderes Gerät brauchten, mit dem sie sich von ihren Fesseln befreien könnten.

»Es dauert, so lange es eben dauert«, antwortete Sophie. »Geduld und ein dickes Fell sind die ersten Eigenschaften, die du dir hier angewöhnen solltest.«

»Ach, ich muss mir also was angewöhnen? Als würde ich dem Typen auch noch einen Gefallen tun. Der Wichser hat mich immerhin hier eingesperrt.« Den letzten Satz schrie sie und Sophie hoffte, dass Ralf sie nicht gehört hatte.

Oft genug hatte sie selbst erleben müssen, wie er auf solch eine Respektlosigkeit reagierte. Doch man musste ihn nicht mal beleidigen, um ihn zum Explodieren zu bringen. Es genügte auch schon, wenn Sophie für seinen Geschmack zu sehr beim Essen trödelte. Dann sprang er ohne Vorwarnung auf und schlug ihr mit der flachen Hand ins Gesicht. Einmal hatte er von unten gegen den

Teller in ihrer Hand geschlagen, sodass ihr das heiße Essen ins Gesicht gespritzt war. Ein anderes Mal hatte er ihr in die Rippen getreten, weil sie sich nicht schnell genug aufgesetzt hatte, nachdem er in den Raum gekommen war. Für ihn ein eindeutiges Zeichen, dass Sophie nicht genug Respekt vor ihm hatte.

»Das ist doch echt total abgefuckt. Wie lange soll ich denn noch hier auf dem Boden hocken? Vielleicht bis ich eine beschissene Blasenentzündung habe und mir dann in die Hose mache? Gibt es hier überhaupt ein Klo?«

»Ich habe einen Eimer. Keine Ahnung, ob er dir auch einen hingestellt hat.«

»Pah«, machte Helen. »Das ist ja das Ekelhafteste, was ich seit langem gehört habe.«

»Du hast aber keine andere Wahl, außer es einfach laufen zu lassen«, sagte Sophie. Sie konnte Helen verstehen. Auch sie hatte am Anfang ihre Probleme mit dem Eimer gehabt. In den ersten Tagen hatte er ihr nicht mal Klopapier gegeben, sodass sie sich auch noch mit der Hand abwischen musste, wenn sie nicht wollte, dass ihre Unterhose ständig feucht war.

»Ich friere mir hier wirklich noch den Arsch ab«, jammerte Helen weiter.

Sophie nahm seufzend die dünne Wolldecke von ihren Beinen. »Achtung, ich werfe dir jetzt etwas zu«, sagte sie und schleuderte die Decke durch den Raum in die Richtung, aus der Helens Stimme kam.

»Was ist das denn?«, fragte die. Anscheinend hatte Sophie getroffen.

»Ist das dein fucking Ernst? Du hockst die ganze Nacht mit einer gemütlichen Decke hier rum und lässt mich auf dem Steinboden schmoren? Schönen Dank auch!«

»Gern geschehen. Ich friere gern, damit du dich etwas aufwärmen kannst«, murmelte sie. Und als würde es die Situation für Helen einfacher machen, fügte sie noch hinzu: »Ich hatte die erste Zeit auch gar nichts.«

Helen schnaubte verächtlich. Eine ganze Weile sagte keine von beiden etwas. Sophie lag ruhig auf ihrer Matratze und lauschte dem Atem der anderen, der mit der Zeit ruhiger und gleichmäßiger wurde. Vermutlich war sie eingeschlafen. Der Gedanke war sicher nicht gut für Sophies Karma, doch sie war auf eine gewisse Art froh, dass Helen nun bei ihr war. Sie fühlte sich plötzlich sicherer, hatte eine Verbündete. Vielleicht könnten sie ja tatsächlich gemeinsam gegen Ralf ankommen. Mit diesem Gedanken rollte sie sich auf die Seite und schlief schließlich auch ein.

Allerdings war der Schlaf nicht sonderlich erholsam, und schon kurze Zeit später wachte sie von ihrem eigenen Zähneklappern wieder auf. Sie zitterte am ganzen Körper, ihre Füße und Hände waren eiskalt, und sie spürte ihre Zehen kaum.

»Helen?«, flüsterte sie, doch bekam keine Antwort. Sie rappelte sich auf der Matratze hoch, als plötzlich das Licht anging. Dann öffnete sich die Tür, und Ralf kam rein.

»Guten Morgen, ihr zwei«, sagte er und schaute zwischen ihnen hin und her. »Habt ihr endlich ausgeschlafen? Es wird Zeit.«

Sophie hielt sich die Hand über die Augen, um sie vor dem grellen Licht zu schützen, und schaute zu Helen. Die lag zusammengekauert unter ihrer Decke und zeigte keine Reaktion.

»Ich sehe schon, hier hat jemand nicht den nötigen Respekt vor mir«, sagte Ralf, der Helen nun ebenfalls taxierte. Er ging rüber in ihre Ecke und stieß sie mit dem Fuß an.

»Du verdammtes Arschloch«, zischte Helen und zerrte an ihrer Fessel, als wolle sie nach ihm schlagen. »Lass mich sofort hier raus! Was bist du überhaupt für ein erbärmlicher alter Sack, der sich kleine Mädchen aus dem Internet anlachen muss? Hast du es wirklich so nötig?«

Ralf lächelte, als hätte sie ihm gerade ein Kompliment gemacht. »Schade, dass dir nie jemand Manieren beigebracht hat. Dann muss ich das wohl erledigen. Die erste Lektion lautet: Wer sich nicht beherrschen kann, bekommt die Konsequenzen zu spüren. Ich kann sehr umgänglich sein, aber wenn ich das Gefühl habe, dass ihr beiden mich verarscht, werde ich auch sehr unleidlich. Und jetzt gib Sophie sofort die Decke zurück. Wenn es an der Zeit ist, bringe ich dir deine eigene.« Er stand auf, hockte sich an das Fußende von Sophies Matratze und starrte sie eindringlich an. »Und wenn du noch einmal ohne meine Erlaubnis etwas weitergibst, das ich dir – und zwar nur dir – heruntergebracht habe, dann verschwinden deine Annehmlichkeiten hier schneller, als du schauen kannst. Du erinnerst dich doch bestimmt noch an die ersten Tage?«

Sophie nickte. Sie versuchte, ihm zu antworten, doch ihre Stimme versagte ihren Dienst.

»Und willst du, dass es wieder so wird wie am Anfang?«

»Auf keinen Fall!« Es kam kaum mehr als ein Krächzen aus ihrem Mund.

»Gut«, sagte Ralf, wandte sich wieder an Helen und streckte fordernd die Hand aus. »Und du machst es Sophie jetzt nach und bist ein braves Mädchen. Gib mir die Decke.«

»Du kannst mich mal.« Demonstrativ zog sie die Wolldecke enger um ihre Schultern.

Ralf machte einen Schritt auf sie zu und ballte die ausgestreckte Hand drohend zur Faust. »Her damit! Sofort!«, presste er durch die Zähne. Als Helen sich weiterhin unbeeindruckt zeigte, schlug er ihr mit der Faust ins Gesicht. Sie schrie auf und duckte sich vor ihm weg. Sofort schoss Blut aus ihrer Nase und tropfte auf die Decke. Mit einem kräftigen Ruck zerrte Ralf daran und warf sie in den Vorraum zu ihrem Gefängnis. Helen, die sich ihre Nase hielt, stöhnte vor Schmerzen. Blut benetzte ihr Oberteil.

»Das hätten wir«, sagte er und kam zurück zu Sophie. »Jetzt zu uns beiden. Du riechst, nein du stinkst unerträglich. Es wird Zeit, dass du dich wäschst.« Er löste die Kette von den Fesseln an ihrem Handgelenk und signalisierte ihr, aufzustehen.

Sophie rappelte sich auf und folgte ihm schwerfällig und leicht taumelnd zur Tür. Weil sie so lange gesessen hatte, zitterten die Muskeln in ihren Beinen. Bei jedem Schritt befürchtete sie, dass sie den Dienst versagten, und sie einfach nach vorne kippte. Doch sie schaffte es bis zur Kellertreppe, ohne zu stürzen.

»Bleib dort stehen«, befahl Ralf. Er beugte sich nach vorne, bis sein Mund ganz nah an ihrem Ohr war und flüsterte: »Wag es nicht, einen einzigen Schritt zu machen, ohne dass ich es dir erlaubt habe.« Dann drehte er sich um und ging zurück zu Helen.

Sophie starrte ihm hinterher. Ihr Kopf befahl ihr, die Situation auszunutzen. Die Beine in die Hand zu nehmen und die Treppe nach oben zu rennen. Vielleicht schaffte sie es bis zur Tür. Wenn sie erst draußen war, könnte sie sich vor ihm verstecken. Wie weit war es bis zur Umgehungsstraße? Es wäre mehr als nur riskant, aber es war eine Chance. Vielleicht sogar die einzige, die sie in nächster Zeit bekommen würde. Ihr Herz raste bei der Vorstellung, wie sie die Straße erreichte und dort ein Auto anhielt, dessen Fahrer sie in Sicherheit brachte. Doch ihre Muskeln wollten nicht auf sie hören. Sie stand stocksteif vor der Treppe und konnte sich einfach nicht bewegen. Es war, als hielt die Angst vor Ralf sie gefangen und lähmte sie. Mit aller Macht zwang sie sich, einen Schritt nach vorne zu gehen. Sie streckte den Arm aus und klammerte sich am Handlauf fest. Ihre Knie zitterten, als sie den Fuß auf die erste Stufe stellte. Selbst wenn sie es bis nach oben schaffen sollte, würde er sie spätestens dort einholen.

Gerade als Sophie die zweite Stufe erklommen hatte, kam er zurück, schlug die Tür zu und schloss sie ab. Dann drängte er sich an ihr vorbei, packte sie am Arm und zerrte sie hinter sich die Treppe hinauf, wo er die

Tür zum Flur entriegelte. Sie hatte nie wirklich eine Chance gehabt. Ralf war zu schlau für sie.

»Bevor du dir Hoffnungen machst: Alle Fenster und Türen sind ebenfalls verschlossen. Außerdem werde ich dich keine Sekunde aus den Augen lassen. Wenn du mir allerdings beweist, dass ich dir vertrauen kann, wirst du davon profitieren«, sagte er. Dann stieß er sie auf den Flur.

Dort war es überraschend dunkel. Offenbar hatte Ralf überall die Rollläden heruntergelassen, und nur durch wenige Schlitze darin fiel etwas Tageslicht. Sophie blieb stehen, schloss die Augen und atmete tief ein. Es fühlte sich an, als würde sie mit jedem Atemzug ein wenig regenerieren. Dort unten im Keller stank es nach Fäulnis und Moder. In dem kleinen Raum befand sich fast nur noch ihre ausgeatmete Luft, die so stickig war, dass Sophie sich manchmal richtig benebelt fühlte. Hier im Flur dagegen war es herrlich und es schien, als würde ihr Gehirn langsam wieder aufwachen.

»Nach oben«, sagte Ralf, da Sophie nicht weiterging. »Dort gibt es eine Badewanne und du kannst dich waschen. Du riechst wirklich übel.«

Sie verkniff sich den Kommentar, dass sie diesen Geruch nur ihm zu verdanken hatte. Wie verlangt machte sie sich daran, die nächste Treppe hochzusteigen. In ihrem momentanen Zustand wirkten die Stufen wie ein unüberwindbares Hindernis, doch sie schaffte es irgendwie in den ersten Stock, wo ebenfalls alle Läden geschlossen waren.

Ralf lotste sie ins Bad. Die Fliesen waren warm, er hatte die Fußbodenheizung angemacht. Sophie blieb stehen, genoss die Wärme unter ihren Füßen und schaute ihn unschlüssig an. Erwartete er, dass sie sich jetzt vor ihm auszog?

»Los geht's«, sagte er, drängte sich an ihr vorbei und setzte sich auf den Klodeckel. »Wenn du baden willst, solltest du dir Wasser einlassen.«

»Du wirst also nicht rausgehen?« Sophie hatte sich noch nie vor einem anderen Mann als ihrem Vater ausgezogen.

»Natürlich nicht. Ich will doch nicht, dass du mir am Ende aus dem Fenster springst. Dafür habe ich noch zu viel mit dir vor. Außerdem bringe ich jeden Tag deine Pisse und deine Scheiße in einem Eimer weg. Du musst dich vor mir nicht schämen, für nichts.«

Sophie senkte den Blick. Bei dem Gedanken daran, dass er ihre Ausscheidungen transportierte, errötete sie. Sie wollte ihn nicht an solchen intimen Dingen in ihrem Leben teilhaben lassen, wollte einfach nur noch weg von ihm. Jetzt war allerdings nicht der Zeitpunkt, sich ihm zu widersetzen. Vielleicht würde ihr gemeinsam mit Helen die Flucht gelingen.

Um ihn nicht zu provozieren, machte sie sich daran, das Badewasser einzulassen. Sie drehte das warme Wasser auf, nahm eine der Flaschen vom Rand der Wanne und spritzte etwas von der orangefarbenen Flüssigkeit hinein. Sofort bildete sich eine kleine Schaumkrone. Während die Wanne sich füllte, zog Sophie ihre Kleidung aus. Dabei wandte sie Ralf den

Rücken zu, damit er möglichst wenig von ihrem Körper sehen konnte. Dann stieg sie in das Wasser, das ihr gerade erst bis zur Hüfte reichte. Sie hockte sich hin und umschlang ihre Knie mit den Armen. Der Schaum kribbelte auf ihrer Haut und sie genoss die Wärme, die langsam an ihr nach oben kroch. Seit er sie in den Keller gesperrt hatte, war ihr ohne Unterbrechung kalt gewesen. Manchmal so sehr, dass sie ihre Glieder kaum noch gespürt hatte. Umso wohliger war jetzt das Gefühl ihrer langsam auftauenden Muskeln.

Leider hielt die Entspannung nicht lange an. Kaum war die Wanne vollgelaufen, drängte Ralf sie zur Eile. Mit dem Schwamm, den er bereitgelegt hatte, schrubbte sie ihren Körper ab. Der Schaum verschwand und machte die vielen Flöckchen abgerubbelter Hautschuppen sichtbar, die durchs Wasser schwebten. Dann wusch sie sich die Haare gleich zweimal mit dem auf dem Wannenrand bereitgestellten Kindershampoo, das furchtbar chemisch nach irgendeiner Frucht roch. Überhaupt standen im Badezimmer lauter Pflegeprodukte, die eigentlich für Kinder bestimmt waren. Zahnpasta mit einem kleinen grünen Drachen darauf, Badezusatz mit Kaugummi-Duft, Erdbeershampoo und Duschgel von Disneys König der Löwen.

Entweder hatte Ralf keine Ahnung, was sechzehnjährige Mädchen gern hatten, oder er hatte all diese Dinge tatsächlich für ein kleineres Kind angeschafft. Ein eiskalter Schauer lief ihr über den Rücken, als Sophie darüber nachdachte, ob vor ihr schon mal jemand in dem Keller eingesperrt gewesen war. Jemand, der wesentlich jünger war als sie, und der offensichtlich nun nicht mehr existierte. Würde sie dasselbe Schicksal ereilen? War es nur eine Frage der Zeit, bis er seine Drohung wahrmachte und sie umbrachte, und ihre Leiche dann irgendwo im Wald verscharrte, sodass niemand sie jemals finden würde?

»Es wird Zeit«, sagte Ralf und stand von der Toilette auf. Sie gehorchte ihm und stieg aus dem Wasser, das sich mittlerweile in eine trübe Brühe ohne Schaum verwandelt hatte.

Das Handtuch, das er ihr hinhielt, war alt und kratzte. Während sie sich abtrocknete, stellte er sich hinter sie und nahm ihre Haare.

»Ich habe mir etwas überlegt«, sagte er und spielte mit den Spitzen zwischen seinen Fingern. »Was hältst du davon, wenn wir die hier abschneiden?«

Sophie starrte ihn durch den Spiegel an. Meinte er etwa ihre Haare?

Ralf streichelte ihr beruhigend über den Kopf. »Dieser Vorschlag kommt jetzt plötzlich für dich, das kann ich mir vorstellen. Haare sind ja für Mädchen heilig. Aber denk einen Moment darüber nach. Ich werde dich nicht jeden Tag nach hier oben lassen, damit du dich waschen kannst. Kurze Haare wären sehr viel einfacher zu handhaben. Sieh doch nur, wie verfilzt sie sind ...«

»Du willst ... meine Haare?«, stammelte Sophie, woraufhin Ralf nickte. Seitdem sie einmal wegen eines in ihren Spitzen verklebten Kaugummis ein ganzes Stück davon hatte abschneiden müssen, war sie nicht mehr beim Friseur gewesen. Endlich hatten ihre Haare wieder annähernd die Länge von vorher erreicht, und nun wollte er sie ihr nehmen? Tränen traten ihr in die Augen. Sie senkte den Blick, damit Ralf nichts davon mitbekam. Er durfte auf keinen Fall wütend werden.

»Was ist?«, fragte er und zupfte an der Strähne, die er zwischen den Fingern hielt. »Runter damit?«

Sophie nickte matt. Wenn eine Kurzhaarfrisur dafür sorgte, dass er sie in Ruhe ließ, dann würde sie sich schon irgendwie daran gewöhnen.

Ralf öffnete die Tür des Spiegelschranks, entnahm ihm einen Langhaarrasierer sowie ein passendes Netzteil und stöpselte ihn in die Steckdose. Durch den Spiegel lächelte er sie an.

»Du bist ein braves Mädchen. Hast eingesehen, dass es euch doch gut bei mir geht. Immerhin hätte ich euch längst umbringen und im Wald verbuddeln können. Euch würde niemals jemand finden, weißt du? Solange ihr euch benehmt, wird euch nichts passieren, das verspreche ich dir. Ihr müsst nur akzeptieren, dass ihr ab jetzt zu mir gehört.« Dann schaltete er das Gerät ein und fuhr Sophie damit quer über den Kopf.

14. Kapitel

November 2016

Es war Samstagabend, und dementsprechend gut besucht war die Apfelweinkneipe im Brückenviertel. Als Fabian den Gastraum betrat, wünschte er sich, er hätte Josi eine andere Location vorgeschlagen. Es war laut hier drin, stickig und nicht gerade das, was er als gemütlich empfand. Er glaubte, beinahe den abgestandenen Rauch riechen zu können, der sich über viele Jahre in den Holzbalken gesammelt hatte. Eigentlich bevorzugte er modernere Läden mit mehr Stil. Aber Josi hatte von dem guten Essen hier geschwärmt, und so hatte er eingewilligt.

Er hängte seine Jacke an die Garderobe und schaute sich suchend um. Die Wände waren bis auf Brusthöhe mit dunklem Holz vertäfelt, und die Einrichtung war altbacken und wild durcheinander gewürfelt. Nicht ein Stuhl schien zum anderen zu passen, beinahe so, als hätten die Betreiber der Kneipe das Interieur vom Sperrmüll zusammengesammelt. Im Gegensatz zu ihm war Josi offensichtlich pünktlich gewesen. Sie saß an einem der Tische an der Fensterseite des Gastraumes und winkte ihm lächelnd zu. Ihre blonden Locken wippten dabei auf und ab.

Fabian winkte zurück und ging in ihre Richtung. Er hatte sie vor einigen Monaten bei Ermittlungen zu einem Mordfall kennengelernt. Unwillkürlich berührte er die Narbe auf seiner Stirn, die ihn immer an den Fall erinnern würde. Nach dem Abschluss der Ermittlungen hatten er und Josi sich im Krankenhaus lange unterhalten, woraus irgendwann eine Freundschaft entstanden war. Heute war es das vierte Treffen der beiden, und Josi sah von Mal zu Mal besser aus. Entspannter, gelassener. Offensichtlich hatte sie ihre Entführung gut verarbeitet.

Als er am Tisch ankam, stand sie auf und umarmte ihn zur Begrüßung. Er gab ihr einen Kuss auf jede Wange und atmete den Duft ihrer Haare ein. Apfelshampoo. Dazu ein Hauch irgendeines fruchtigen Parfums.

»Schön, dass du es auch endlich geschafft hast. Dabei sagt man doch immer, die Frauen seien unpünktlich.«

Fabian grinste und machte eine angedeutete Bodybuilder-Pose. »Das Studio hat mich aufgehalten. Du wolltest doch nicht, dass ich ungeduscht hier auftauche, oder?«

»So ist das also. Du ziehst den Sport einer Verabredung mit mir vor.« Wie ein kleines Kind schob Josi die Unterlippe nach vorne und verschränkte die Arme vor der Brust. Dann lachte sie und winkte ab. »Quatsch, ist doch kein Problem. Mach dir keine Gedanken, so lange habe ich nicht gewartet. Ich habe mir in der Zwischenzeit schon mal einen Sauergespritzten bestellt.«

»Du bist natürlich eingeladen. Ich habe wirklich ein schlechtes Gewissen.«

»Ist aber gar nicht nötig. Allerdings müssen wir jetzt unbedingt etwas zu Essen bestellen, ich bin nämlich am Verhungern.« Josi zwinkerte ihm zu. Er schenkte ihr ein breites Grinsen, griff sich eine der Speisekarten und studierte sie. Es gab – wie von Josi angekündigt – hauptsächlich regionale Küche.

Der Kellner kam an den Tisch, um ihre Bestellung aufzunehmen. Alkohol war nach dem Sport tabu, also bestellte er sich ein alkoholfreies Weizenbier und dazu Tafelspitz mit Frankfurter Grüner Soße. Josi entschied sich für einen weiteren Apfelwein sowie ein Wiener Schnitzel mit Salzkartoffeln.

»Wie ist es dir die letzten Wochen ergangen?«, fragte Josi und unterbrach damit die unangenehme Stille, die sich gerade zwischen ihnen einstellen wollte. Fabian war einfach nicht gut darin, Smalltalk zu betreiben.

Er pustete geräuschvoll die Luft aus und zuckte mit den Schultern. Bei ihm war in letzter Zeit nicht viel passiert, und bis auf das Büro und das Fitnessstudio hatte er nicht viel gesehen. In diesem Moment kam ihm sein Leben schrecklich langweilig vor.

»Was soll ich sagen?«, antwortete er schließlich. »Auf der Arbeit herrscht der übliche Stress. Gerade jetzt in der dunklen Jahreszeit sind viele Einbrecherbanden unterwegs. Einige gehen mittlerweile so rücksichtslos vor, dass sie in abgelegenen Gegenden sogar in Häuser einbrechen, während die Bewohner da sind. Letzte Woche kam bei so einem Vorfall eine achtundsiebzigjährige Frau ums Leben. Ihr Mann fand sie, als er vom Einkaufen zurückkam, erschlagen im Flur liegen. Im Endeffekt haben die Einbrecher nicht mehr als ein paar Hundert Euro erbeutet und dafür ein Leben genommen.«

»Das ist ja schrecklich. Wie kann man nur jemanden für ein bisschen Geld umbringen?«

Fabian zuckte mit den Schultern. »Menschen töten schon für weitaus weniger. Oft gibt es da rein gar nichts zu verstehen. Wir können nur dafür sorgen, dass sie es nie wieder tun.«

»Es ist bestimmt nicht leicht, nach der Arbeit abzuschalten und all diesen Horror nicht mit nach Hause zu nehmen.«

»Da hast du recht. Man muss aber lernen, damit umzugehen, sonst macht man sich kaputt. Es ist mein Beruf, und ich muss mir andauernd klarmachen, dass ich darin nur einen kleinen, sehr negativen Ausschnitt des Lebens sehe. Außerdem puste ich mir im Training quasi das Gehirn frei. Wenn man sich so richtig auspowert, kann man wieder klarer sehen. Es ist, als würde ich den Stress im Fitnessstudio lassen.« Fabian schaute betreten auf seine Hände. Da hatte er ja ein tolles Thema angeschnitten. Ein richtig guter Start in den Abend. Wenn das hier ein Date wäre, hätte er es gerade ordentlich vermasselt.

Zum Glück unterbrach der Kellner das Gespräch, indem er Fabian sein Getränk hinstellte. Fabian bedankte sich und nahm einen großen Schluck von dem Weizen. Als er sich nach vorne lehnte, um das Glas wieder abzustellen, spürte er einen stechenden Schmerz im Genick und verzog das Gesicht. Anscheinend hatte er es bei den Klimmzügen übertrieben. Josi musterte ihn aufmerksam mit ihren blauen Augen dabei, wie er fast die Hälfte seines Glases leerte und es dann abstellte.

»Und?«, fragte sie und schaute sich um.

Fabian sah sie verständnislos an und zuckte mit den Schultern. »Wie ich es hier finde, meinst du? Ehrlich gesagt etwas altbacken, aber wenn das Essen so gut ist, wie du es versprochen hast, ist mir die Umgebung eigentlich egal.«

»Darauf kannst du dich verlassen. Ich kenne die Speisekarte in- und auswendig. Wir feiern hier immer unsere Weihnachtsfeier, und manchmal gehen wir nach einem anstrengenden Elternabend noch einen trinken.«

Fabian erinnerte sich daran zurück, als er in der Kinderbetreuung der Grundschule Josis Kollegin befragt hatte. Fast alle Mitarbeiterinnen der Einrichtung waren blond gewesen, und er hatte sich im Scherz gefragt, ob das eine Einstellungsvoraussetzung war. Er stellte es sich amüsant vor, wie einmal im Jahr eine Horde Blondinen in diese Kneipe stürmte. Vermutlich konnten sie sich an diesem Abend vor den Blicken der Männer kaum retten.

»Bei mir gibt es übrigens Neuigkeiten. Mein Leben wird sich in nächster Zeit radikal ändern«, sagte Josi und grinste ihn dabei fröhlich an.

Fabian erwiderte ihr Lächeln. Vermutlich würde sie ihm gleich eröffnen, dass sie schwanger war. »Da machst du mich jetzt aber neugierig. Worum geht es?«

Der Männertisch neben ihnen stieß lautstark mit ihren Apfelweinbechern darauf an, dass die Eintracht ihre beste Saison seit Langem spielte. Sie redeten etwas von Herbstmeister und lachten so laut, dass auch der Rest der Kneipe etwas davon hatte. Jeder der Herren hatte vor seinem Glas einen eigenen Bembel stehen.

Ihre Gesichter waren leicht gerötet, und sie hatten anscheinend schon ordentlich einen sitzen.

Josi wartete, bis die Männer wieder ruhiger wurden, und antwortete dann mit gesenkter Stimme: »Ich weiß nicht genau, wie man so etwas mitteilt, also platze ich jetzt einfach heraus: Ich habe mich von Elias getrennt.«

Beinahe spuckte Fabian, der gerade einen Schluck genommen hatte, das Bier zurück ins Glas. Das war eine Information, mit der er so überhaupt nicht gerechnet hatte. Er musterte Josi und überlegte, ob er ihr sein Mitleid oder seinen Glückwunsch aussprechen sollte. Sonderlich traurig oder mitgenommen sah sie nicht aus. Sie schaute ihn eher erwartungsvoll an. »So plötzlich?«, fragte er deswegen bloß.

Josi nickte. »Im letzten Jahr ist mir einiges klar geworden. Vielleicht auch durch die extreme Situation in dem Keller ... Ich habe mich danach ständig gefragt, was gewesen wäre, hätten wir es nicht mehr dort rausgeschafft. Irgendwie wurde mir klar, dass man seine Zeit nicht verschwenden sollte. Dass man Dinge nicht zu lange aufschieben darf. Und dann habe ich beschlossen, dass ich keine Lust mehr habe, die Zeit, die ich noch habe, jemanden über mich bestimmen zu lassen. Ich bin eine erwachsene Frau.«

Fabian hatte Elias nur kurz kennengelernt, konnte sich aber lebhaft vorstellen, was Josi meinte. Als er damals mit Thomas bei ihnen gewesen war, um Josi zu befragen, hatte ihr Mann die ganze Zeit wie ein Anstandswauwau neben ihr gestanden und versucht, ihnen dazwischenzufunken. Das war so weit gegangen, dass Thomas ihn sogar kurzzeitig verdächtigt hatte,

Josis besten Freund umgebracht zu haben. »Sieht so aus, als wäre das die richtige Entscheidung für dich gewesen. Zumindest wirkst du nicht besonders betroffen auf mich.«

»Ganz recht. Mir geht es sogar bestens.« Josi lächelte breit, wie um das Gesagte zu untermauern. »Klar, es ist nie wirklich eine leichte Entscheidung, wenn man nach so einer Zeit auseinandergeht. Wir waren vier Jahre verheiratet, über zehn Jahre zusammen. Aber um ehrlich zu sein, war die Trennung längst überfällig. Schon seit Jahren haben wir nicht mal mehr im selben Bett geschlafen. Manchmal kam es mir vor, als wären wir nur noch aus Gewohnheit zusammen. Jetzt fühle ich mich so frei wie schon lange nicht mehr.«

»Dann weißt du, dass du das Richtige getan hast.«

»Oh, sieh mal, da kommt unser Essen schon«, sagte Josi, die an Fabian vorbeischaute.

Der Kellner stellte die mit ordentlichen Portionen beladenen Teller vor ihnen ab, und Josi bestellte sich noch einen Apfelwein. Fabian blieb beim Bier. Während sie aßen, stierte er ein wenig neidisch das panierte Schnitzel und die Kartoffeln auf Josis Teller an. Das war einer der Momente, in denen er das Training mitsamt den dazugehörigen Essensplänen verfluchte. Doch er hatte sich vorgenommen, weniger Kohlenhydrate zu sich zu nehmen, und wollte nicht schon nach so kurzer Zeit wieder aufgeben. Außerdem gab es bei seinem Tafelspitz nichts zu motzen. Josi hatte nicht zu viel versprochen. Das Fleisch war butterzart, die Soße in jedem Fall hausgemacht und superfrisch.

»Und wie geht es jetzt weiter?«, fragte Fabian.

»Momentan ist Elias in Hamburg. Dort wird er auch noch eine Weile zu tun haben, und so lange werde ich in dem Haus bleiben. Bis er zurückkommt, will ich ausziehen, denn er behält es.«

»Oh, das ist schade. Die Lage ist traumhaft.« Josi und ihr Mann wohnten mit einem Jack-Russel-Terrier in einem Hinterhaus direkt gegenüber des Holzhausenparks. Für den Hund war das perfekt, und man konnte zeitweise glatt vergessen, dass man sich mitten in Frankfurt befand.

»Ja, das ist wirklich traurig, und ich werde die Gegend vermutlich mehr vermissen als Elias. Aber mit meinem Gehalt kann ich mir die Miete für das Haus einfach nicht leisten. Ich werde mich wohl oder übel nach etwas Kleinerem umsehen müssen. Wenn ich Pech habe sogar etwas weiter draußen.«

»Frankfurt wird immer teurer«, bestätigte Fabian. »Da kann man wirklich froh sein, wenn man eine bezahlbare Bleibe findet.«

»Vor allem mit Hund. Das ist wahrscheinlich das größte Problem an der Sache. Aber da wären wir gleich beim Thema. Ich wollte dich was fragen.«

»Schieß los«, sagte Fabian und schob sich eine Gabel voller Fleisch mit Soße in den Mund.

»Würdest du mich eventuell bei den Wohnungsbesichtigungen begleiten? Ich weiß gar nicht, worauf ich achten muss. Bei meinem Glück verliebe ich mich in eine zugige Schimmelbude, ohne es zu merken;

vermutlich in den zugigsten und verschimmeltsten Altbau, den ganz Frankfurt zu bieten hat. Es wäre nicht schlecht, wenn ich jemanden dabei hätte, der mich im Notfall etwas zügeln und meinen Blick aufs Wesentliche lenken kann.«

Fabian überlegte, dass auch er nicht gerade das beste Auge für Mängel in Wohnungen hatte, geschweige denn das Wissen, worauf man achten musste. Aber auf keinen Fall wollte er Josi abblitzen lassen. »Aber sicher. Wenn ich nicht gerade arbeiten muss, unterstütze ich dich gerne.« Als hätte er es durch die Erwähnung der Arbeit heraufbeschworen, vibrierte Fabians Handy in seiner Jackentasche. Er zog das Smartphone ein Stück heraus und erkannte die Nummer seiner Mutter auf dem Display.

»Willst du nicht rangehen?«, fragte Josi. »Es stört mich nicht.«

Zögernd ließ Fabian seinen Finger über dem Display schweben. Vielleicht würde seine Mutter ja aufgeben, wenn er nicht sofort dranging. Leider blieb sie hartnäckig, und schließlich nahm er den Anruf an.

»Du wirst nicht glauben, was passiert ist!« Brigitte klang gehetzt.

»Dir auch einen schönen Tag. Ich bin gerade mit ...« Er warf Josi einen Blick zu, die damit beschäftigt war, ihre Kartoffeln mit der Gabel zu zerdrücken. Genau, wie es Fabian auch immer tat. »Mit Freunden unterwegs. Etwas essen. Kannst du es kurz machen?«

Seine Mutter seufzte vorwurfsvoll, als hätte er sie persönlich beleidigt. »Nun sei doch nicht immer so.«

»Entschuldige. Allerdings wird mein Essen kalt. Vielleicht magst du mir ja verraten, was passiert ist?«

Josi hatte mittlerweile ihre Gabel neben den Teller gelegt und beobachtete Fabian mit einem leichten Grinsen auf dem Gesicht.

»Sie ist wieder da. Es ist unmöglich, nach all den Jahren, aber Sophie ist zurück.«

15. Kapitel

September 2014

Mit voller Wucht warf sich Harald gegen die Tür des Eiskellers, damit sie zublieb. Über die Jahre hatte sie sich verzogen und die Scharniere waren so verrostet, dass er sie am Morgen kaum aufbekommen hatte. Jetzt waren sie geölt, und die Tür schwang immerhin problemlos auf und zu. Nur im Rahmen wollte sie einfach nicht bleiben. Noch einmal rammte er mit seiner Schulter gegen das Türblatt und hatte endlich Erfolg. Die Tür kam ihm nicht mehr entgegen, sondern blieb verschlossen. Damit war der Eiskeller das perfekte Versteck.

Niemand, der nicht die Pläne von dem Grundstück besaß, würde ihn ohne Weiteres finden, denn er lag verborgen unter einem Hügel. Der Einstieg zur Tür, der zum Wald geneigt war und aussah wie ein Eingang zu einer Erdhöhle, war mit Sträuchern zugewuchert, die sich im Laufe der Jahre unkontrolliert ausgebreitet hatten. Selbst er hatte einen Moment gebraucht, bis er den Zugang gefunden hatte.

Nun lag Juliane – ihren Namen hatte er aus ihrem Führerschein erfahren – hinter der Tür und niemand würde sie je finden. Harald war ein wenig traurig, dass er schon so früh ohne sie sein musste. Als er jedoch endlich alleine mit ihr im Bett gewesen war, hatte er sich nicht beherrschen können. Zunächst war ihm gar nicht aufgefallen, dass sie nicht mehr geatmet hatte, doch dann ...

Aber es war besser, dass sie jetzt weg war. Der Keller war nun mal zu klein für drei Frauen. Gerade hatte er sich bei Helen ein wenig Vertrauen erarbeitet. Das wollte er nicht enttäuschen, zumindest nicht für einen kurzen Moment der Freude mit Juliane. Deshalb hatte er auch Sophie mit nach oben genommen, um sich zu dritt zu vergnügen.

In letzter Zeit spürte er immer deutlicher, dass Helen sich ihm nicht mehr bloß unterwarf. Sie hatte endlich wahre Gefühle für ihn entwickelt, was er durch Geschenke und gemeinsame Abende honorierte. Dabei hätte er nie damit gerechnet, dass sie die Erste wäre. Zu Beginn hatte sie sich dermaßen gewehrt und seine Strafen für ihr Verhalten ohne einen Mucks ertragen. Sie war so zäh und ablehnend ihm gegenüber gewesen, dass er geglaubt hatte, sie würde diese Antihaltung niemals ablegen. Doch nun war Helen zahm wie ein Lamm und las ihm jeden Wunsch von den Augen ab, während er bei Sophie das Gefühl hatte, dass sie mit jedem Tag lethargischer und gleichgültiger wurde – keine Spur von Zuneigung. Helen hingegen zeigte inzwischen sogar schon eifersüchtige Züge gegenüber Sophie.

Wenn Harald mal Sophie statt Helen nach oben holte – was mittlerweile recht selten vorkam – war Helen danach in sich gekehrt, abweisend und manchmal ein wenig zickig. Dann musste er sie bestrafen – wegen des Fehlverhaltens, und damit sie nicht vergaßen, dass sie von ihm abhängig waren. Und die Bestrafungen zeigten schnell ihre Wirkung. Wenn er das nächste Mal in den Keller kam, schmiss Helen sich an ihn ran und wurde nicht müde, immer wieder zu betonen, wie leid ihr ihr Verhalten tat, und dass sie ab jetzt alles richtig machen würde. Im Gegensatz zu Sophie, die dann meist nur in sich gekehrt auf ihrem Bett saß und schwieg. Egal was er tat, sie wollte sich ihm einfach nicht öffnen.

Harald war froh, damals auf sein Bauchgefühl gehört und zwei Mädchen für seinen Keller ausgewählt zu haben. Wie sich jetzt zeigte, garantierte all seine Vorbereitung nicht, dass sein Plan aufging. Sophie war anscheinend einfach nicht zu knacken. Noch nicht.

Theoretisch war sie damit überflüssig, doch er war noch nicht bereit, sie aufzugeben. Sie war diejenige, die er lieber mochte. Sie hatte die feineren Gesichtszüge, die schöneren Augen und die weiblichere Figur. Zumindest dann, wenn sie genug zu essen bekam. Außerdem war sie intelligent, und er konnte, wenn sie sich darauf einließ, wunderbare Gespräche mit ihr führen. Helen hingegen war plump und ungeschickt und sah mit ihren eng beieinanderstehenden Augen ein wenig unterbelichtet aus. Wenn er sich vorstellte, dass sie die Frau an seiner Seite werden sollte, eventuell sogar die Mutter seiner Kinder ...

Nein, er war noch nicht soweit, sich von ihr zu trennen. Juliane musste noch eine Weile alleine im Eiskeller ausharren. Er würde Sophie noch etwas Zeit geben.

16. Kapitel

November 2016

Fabian versuchte, den Namen irgendwie einzuordnen, doch es klingelte nichts. »Sophie? Sagt mir leider gerade wenig.«

»Das wundert mich nicht nach der langen Zeit. Neun Jahre ist es jetzt her. Die Tochter von den Gauthiers. Erinnerst du dich?«

Und wie Fabian sich erinnerte. Er hatte damals die Chatprotokolle auf dem PC des Mädchens entdeckt und an die Kollegen weitergeleitet. Über Wochen hatte man versucht, sie zu finden. Ohne Erfolg. Der Mann hatte seine Tat offensichtlich zu gut geplant. Das Handy, mit dem er bei Sophie angerufen hatte, war mit einer Prepaidkarte ausgestattet und sein Internetzugang war verschlüsselt gewesen. Die Familie hatte nie wieder etwas von ihrer Tochter gehört. Bis heute anscheinend.

»Ist das dein Ernst?«, fragte er fassungslos. »Sie wurde gefunden? Geht es ihr gut?«

»Kaum zu glauben, oder? Sie ist wieder aufgetaucht. Stand einfach vor der Tür. Und ja, es geht ihr gut. Den Umständen entsprechend, sagt ihre Mutter. Allerdings will sie im Augenblick niemanden von der Polizei sehen. Vermutlich hat sie Angst. Die Gauthiers wissen gar nicht, wie es weitergehen soll. Kannst du bitte vorbeikommen?«

Etwas wehmütig schaute Fabian erst Josi und dann seinen Teller an. Eigentlich hatte er keine Wahl, die Sache interessierte ihn brennend. Ein vermisstes Mädchen tauchte nach fast zehn Jahren urplötzlich wieder auf. Josi würde verstehen, dass es sich hierbei um einen dringenden Notfall handelte. »Ist gut. Ich mache mich sofort auf den Weg.«

Brigitte war die Erleichterung anzuhören. »Wunderbar. Ich bin drüben, klingle also am besten gleich bei den Gauthiers. Bis dann.«

Fabian verabschiedete sich von seiner Mutter und legte auf.

»Notfall in der Familie?«, fragte Josi und Fabian nickte.

»So ähnlich.« Auf einmal war er furchtbar nervös. Was steckte hinter dieser Sache? War Sophie freiwillig mit dem Chatpartner gegangen und hatte jetzt beschlossen, nach Hause zurückzukehren? Oder war sie entführt worden und hatte sich endlich befreien können? Spätestens seit Natascha Kampusch war klar, dass so etwas nicht nur in Filmen passierte. Er bemerkte, dass Josi ihn noch immer fragend anschaute. »Ich kann noch nichts Genaues dazu sagen. Anscheinend ist die Tochter der Nachbarn meiner Mutter wieder aufgetaucht. Sie verschwand vor einigen Jahren als Teenager.«

»Verrückt. Nett von dir, dass du sofort bereit bist, zu helfen.«

»Das hat nichts mit Nettigkeit zu tun. Wenn es tatsächlich Sophie ist, muss ich das sogar. Wenn eine vermisste Person auftaucht, und ich davon in Kenntnis gesetzt werde, muss ich das umgehend melden. Das ist meine Pflicht.«

Josi nickte und nahm ihre Gabel wieder in die Hand. »Aufessen willst du aber schon noch?«

»Auch das muss ich«, sagte Fabian und grinste. »Sonst komme ich nämlich total unterzuckert dort an. Und das will doch niemand.«

Fabian ließ sich Zeit beim Essen, und doch war er viel zu schnell fertig. Gerne hätte er noch mehr über Josis Zukunftspläne erfahren. Außerdem fiel es ihm schwer, sie jetzt einfach alleine sitzen zu lassen. Bevor er die Rechnung für sie beide beglich, bestellte er noch eine Portion Handkäse mit Brot zum Mitnehmen für den Obdachlosen Peter, der hin und wieder in dem Bahnwartehäuschen vor Fabians Haustür übernachtete. Wann immer es Fabians Zeit zuließ, setzte er sich zu ihm und unterhielt sich mit ihm, steckte ihm den einen oder anderen Euro zu oder brachte ihm was zu essen. Auch die letzten Tage hatte Peter mit seinem für die Jahreszeit viel zu dünnen Schlafsack dort geschlafen, und Fabian hielt es für an der Zeit, dass er mal wieder etwas Gescheites zwischen die Zähne bekam.

Nachdem er bezahlt hatte, gingen sie gemeinsam nach draußen. Vor der Gaststätte umarmte er Josie zurückhaltend.

»Halt mich auf dem Laufenden, okay? Und mein Angebot von vorhin steht. Wenn du eine Wohnung zum Besichtigen gefunden hast, melde dich. Ich begleite dich sehr gerne, sollte ich es zeitlich irgendwie einrichten können.«

»Worauf du dich verlassen kannst«, sagte sie und ließ ihre Hand noch einen Moment auf seinem Oberarm liegen.

Fabian war kurz verführt, den Anruf seiner Mutter zu vergessen und Josi ins Kino einzuladen. Doch dazu hatten sie immer noch ausreichend Gelegenheit. Das hoffte er zumindest.

»Ich muss dann mal«, sagte er. Josi schaute ihm in die Augen.

»Wir sehen uns bald«, sagte sie, winkte ihm zu und ging langsam die Straße entlang.

Fabian schaute ihr noch eine Weile hinterher, wie sie in Richtung Lokalbahnhof an der nächsten Kreuzung um die Ecke verschwand. Dann holte er den Autoschlüssel aus der Jackentasche und machte sich auf den Weg nach Neu-Isenburg.

Bei den Gauthiers angekommen, öffnete ihm seine Mutter die Tür.

»Da bist du ja endlich. Ich dachte schon, du hättest uns vergessen«, flüsterte sie ihm vorwurfsvoll zu. »Schuhe bitte ausziehen.«

»Ich habe nur eben schnell aufgegessen«, sagte Fabian, doch seine Mutter war bereits auf dem Weg in die Küche. Dort erwarteten ihn Dorette und Joachim Gauthier, die am Tisch saßen. Eine angebrochene Flasche Schnaps stand in der Mitte, drum herum verteilt drei Gläser. Die Sorge hatte aus den Nachbarn alte Menschen gemacht. Dorettes Haare waren vollständig ergraut, wohingegen Joachim kaum noch welche hatte.

Um Dorettes Augen und Lippen hatten sich tiefe Falten eingegraben, die sie mit zu viel Make-up zu verdecken versuchte.

»Ist das zu glauben«, begrüßte sie Fabian und warf ein zerknülltes Taschentuch auf den Tisch, das sie offenbar die ganze Zeit über in der Hand gehalten hatte. »Unser Mädchen. All die Jahre war sie verschwunden und jetzt: Paff! Wie aus dem Nichts klingelt sie einfach an der Tür ihrer Schwester!« Ihre Stimme klang belegt und sie lallte etwas. Vermutlich hatte sie mehr als nur ein Glas geleert.

»Wir waren nicht zu Hause«, fügte Joachim erklärend hinzu. »Zum Glück kam sie überhaupt auf die Idee, es bei der Einliegerwohnung zu versuchen. Dort gibt es nicht mal ein Klingelschild.«

»Vermutlich hat sie das Licht gesehen und ...« Dorette stockte und presste sich die Hand auf den Mund. In ihren Augen sammelten sich Tränen.

»Sie müssen sich wie im Märchen fühlen«, sagte Fabian. »Solche Fälle sind äußerst selten. Hat sie Ihnen gesagt, was passiert ist? Wo sie all die Jahre gesteckt hat?«

Dorette nahm das zerknüllte Papiertaschentuch, das vor ihr auf dem Tisch lag, und wischte sich damit über die Augen. Ihr Mann sprang für sie ein.

»Nein, kein Wort. Sie hat sich ständig bei uns entschuldigt. Dafür, dass sie uns so viel Kummer bereitet hat. Als wäre das jetzt wichtig für uns. Wir sind einfach nur froh, unsere Tochter wiederzuhaben.«

»Sie sind sich also zu hundert Prozent sicher, dass es Ihre Tochter ist?«, fragte Fabian und handelte sich damit missbilligende Blicke von seiner Mutter und Dorette Gauthier ein. »Es gibt Fälle, in denen sich fremde Personen als die Verschwundene ausgeben, aus den verschiedensten Gründen. Und nach so einer langen Zeit ...«, fügte er schnell entschuldigend hinzu.

»Natürlich hat sie sich verändert ...«, setzte Joachim an, wurde aber sogleich von seiner Frau unterbrochen.

»Keine der Veränderungen könnte mich darüber hinwegtäuschen, dass sie meine Tochter ist«, stellte sie klar. »Ja, sie ist abgemagert, ihre Haare sind abrasiert. Sie hat viel durchgemacht, aber ich hätte sie unter tausend Frauen erkannt. Das da oben ist mein Mädchen.« Es fehlte eigentlich nur der obligatorische Fausthieb auf den Tisch, um dem Gesagten Nachdruck zu verleihen.

»Gut. Dann besteht von Ihrer Seite aus zumindest schon mal kein Zweifel. Sie müssen wissen, dass ich nun verpflichtet bin, das Wiederauftauchen Ihrer Tochter zu melden. Es wäre also gut, wenn Sie sie darauf vorbereiten würden, dass sie irgendwann mit uns sprechen muss. Das sollte auch in ihrem eigenen Interesse liegen, denn wir müssen dringend eine Fahndung nach dem Täter rausgeben. Immerhin ist davon auszugehen, dass er noch irgendwo da draußen ist und unter Umständen sogar nach Ihrer Tochter sucht.«

Die Gesichter der Eltern sprachen Bände, dass sie sich mit dieser Möglichkeit noch überhaupt nicht auseinandergesetzt hatten.

»Glaubst du etwa, er kennt unsere Adresse?« Dorette wandte sich mit schreckgeweiteten Augen an ihren Mann. »Oh Gott, Joachim! Was ist, wenn er hierherkommt? Wenn er sich unser Mädchen zurückholen will?«

»Sie ist kein Mädchen mehr, sondern mittlerweile eine erwachsene Frau, und ich habe Mittel und Wege, dafür zu sorgen, dass ihr so schnell niemand mehr etwas antun wird. Vor allem nicht hier in meinem eigenen Haus.«

»Du hast sie damals nicht beschützen können, was sollte sich also geändert haben?«, murmelte Dorette. Ihr Mann sprang wütend auf.

»Fängst du wieder damit an? Ja, ich habe sie damals ins Kino gelassen, ohne groß Fragen zu stellen. Weil man ihr vertrauen konnte. Bis zu diesem Zeitpunkt hatte sie uns nie angelogen. Und durch Verbote kann man sein Kind nicht vor allem schützen. Das Thema hatten wir durch.«

Fabian hatte keine große Lust, Zeuge bei der Aufarbeitung der jahrelang unterdrückten Vorwürfe zu werden. Er warf seiner Mutter einen Blick zu, um ihr zu signalisieren, dass sie jetzt besser gehen sollten. Brigitte starrte betreten auf ihre Fingernägel, also stand er auf.

»Sie war sechzehn. Da kann man unter der Woche auch ruhig mal streng sein. Natürlich ist Vertrauen gut, aber wir haben gesehen, wo zu viel davon hinführen kann.« Dorette knetete wütend ihre Finger.

»Wissen Sie, es ist jetzt wichtig, dass Sie zusammenhalten. Dass Sie für Ihre Tochter da sind, ihr Kraft geben. Sie hat vermutlich Unfassbares hinter sich und muss das alles verarbeiten. Dabei sollten Sie Ihre Hilfe anbieten und sich nicht verkrachen«, mischte Fabian sich ein. »Außerdem wäre es gut, wenn Sie Sophie vorbereiten würden. Ich gehe jetzt mit meiner Mutter nach drüben und mache ein paar Anrufe. Später werde ich mit einer Kollegin wiederkommen, und wir müssen dann dringend die Aussage Ihrer Tochter aufnehmen. Außerdem muss sie ins Krankenhaus, damit sie ein Arzt untersuchen kann.«

Endlich stand auch Fabians Mutter auf. »Ich kann mir nicht annähernd vorstellen, was ihr durchgemacht habt. Aber das ist jetzt vorbei. Ihr habt eure Sophie wieder. Das ist doch alles, was zählt, oder?«

Anscheinend zeigten die Worte von Fabian und seiner Mutter Wirkung: Die Gauthiers verstummten. »Du hast recht, Brigitte. Wir benehmen uns schrecklich. Was müsst ihr nur von uns denken?«

»Sie befinden sich in einer Ausnahmesituation. Ihre Reaktionen sind völlig normal. Nur Ihre Tochter sollten Sie das nicht spüren lassen.« Fabian ging in den Flur, bevor seine Mutter auf die Idee kam, sich doch wieder zu setzen. Die beiden verabschiedeten sich und traten auf die Straße.

»Was glaubst du, ist mit ihr passiert?«, flüsterte Fabians Mutter, obwohl sie sich längst vom Haus entfernt hatten und sich außer Hörweite der Gauthiers befanden.

Fabian zuckte nachdenklich mit den Schultern. »Darüber werde ich nachher hoffentlich mehr erfahren.«

17. Kapitel

Spätsommer 2007

Es dauerte eine ganze Weile, bis Helen einsah, dass sie ihren Widerstand Ralf gegenüber aufgeben musste. Wann immer sie versuchte, sich gegen ihn aufzulehnen, bestrafte er sie mit Essensentzug. Sophie hingegen war brav wie ein Lamm und bekam ihre Portionen, während Helen mit knurrendem Magen danebensaß und ihr beim Essen zuschauen musste. Es war Sophie anzusehen, wie unangenehm ihr die Situation war, doch sie konnte Helen nichts abgeben. Ralf blieb die ganze Zeit über dabei, wenn sie aß, und beobachtete sie beide. Er sagte nichts, und er würdigte Helen keines Blickes, tat fast so, als würde sie gar nicht existieren. Als sie ihn irgendwann anbrüllte, weil sie seit Tagen hungerte, nahm er ihr zur Strafe die Kleidung weg.

Im Gegensatz zu Helen verhielt sich Sophie vollkommen passiv. Sie gab keine Widerworte, befolgte stets pedantisch seine Regeln, selbst wenn er nicht anwesend war, und vermutlich wäre sie ihm auch in den Arsch gekrochen, hätte sich irgendwann die Gelegenheit dazu ergeben. Sobald er die Tür öffnete, kauerte sich Sophie wie ein verängstigter Welpe in die Ecke. Sie hatte große Angst vor ihm. Im Gegensatz zu Helen. Sie war wütend auf ihn. Scheißwütend. Ralf hatte sie hier eingesperrt, er behandelte sie wie Dreck. Was sollte schon Schlimmeres passieren?

Doch die Zeit bewies Helen, dass sie falsch lag. Irgendwann sah sie ein, dass die Auflehnung gegen Ralf nur unnötig Kraft kostete und zu nichts führte, denn sie waren noch immer hier unten, und daran würde sich so schnell vermutlich auch nichts ändern. Also begann sie damit, ihre Wut hinunterzuschlucken und die winzigen Freundlichkeiten anzunehmen, die Ralf ihnen für ihr *gutes Benehmen* gewährte. Schnell hatte sie eine Matratze und eine Decke und bekam regelmäßig Essen. Bald schon stellte Ralf den beiden Betten auf.

Mit Sophie kam Helen mittlerweile sogar einigermaßen klar, und die beiden redeten oft stundenlang und erzählten sich Geschichten aus ihren so unterschiedlichen Leben. Als diese begannen, sich ständig zu wiederholen – vor allem bei Sophie, die bis auf ihre stinklangweiligen Vampire nicht viel zu bieten hatte – gingen sie dazu über, viel zu schlafen. Manchmal legte Helen sich einfach hin und zwang sich, die Augen zuzumachen, bis sie schließlich wegdämmerte. Die restliche Zeit verbrachten sie mit Ralf, der ihnen Essen brachte und sich irgendwann sogar ein wenig mit ihnen unterhielt. Meist bestand sein Gesprächsanteil darin, dass er ihnen weismachte, sie würden von niemandem vermisst werden, und es gäbe keine Suchmeldungen. Was sie selbst anging, glaubte Helen ihm aufs Wort. Ihr Vater nahm vermutlich an, sie sei tatsächlich mit ihrer Freundin Alina zusammengezogen. Immerhin hatte sie ihn oft genug genervt, damit er sie gehen ließ.

Dann geschah eines Tages etwas, das Helen nie erwartet hätte. Sie war gerade aufgewacht, starrte in die Finsternis, lauschte Sophies regelmäßigem Atmen und wünschte sich nichts sehnlicher, als einfach aufstehen zu können. Da sie aufgrund der Fesseln dazu gezwungen war, die meiste Zeit im Liegen zu verbringen, tat ihr andauernd der Rücken weh. Außerdem wurde die Langweile unerträglich. Die einzige Abwechslung in der sonst so endlosen Öde des Kellers waren ihre Ausflüge nach oben, in denen sie sich duschen oder baden durften. Das Radio, das er ihnen manchmal im Bad einschaltete, war wie ein Beweis dafür, dass die Welt dort draußen sich weiterdrehte. Leider ohne sie. Wenn Helen sich dann im Badezimmer im Spiegel betrachtete, merkte sie von Mal zu Mal deutlicher, wie ihr Gesicht immer dünner und ihre Haut blasser wurde. Sie war nie zufrieden mit ihrem Gewicht gewesen, aber jetzt sah sie einfach nur krank und abgemagert aus.

An diesem *Morgen* – für Helen war es einer, sie hatte geschlafen – lag sie da und fühlte etwas, das sie gar nicht fühlen wollte. Sie freute sich auf Ralf. Nicht nur die Ausflüge nach oben waren eine Abwechslung, auch seine Anwesenheit war es. Er brachte ihnen Essen und Trinken. Er leerte und säuberte die stinkenden Eimer und versorgte sie mit Klopapier. Wenn er sie baden oder duschen ließ, hatte er sie noch nie begrapscht oder andere Anstalten gemacht. Eigentlich war er gut zu ihnen. Zumindest, wenn man die Tatsache außer Acht ließ, dass er sie hier unten in einem dunklen Keller eingesperrt hatte. Er hatte es ja selbst gesagt: Ebenso gut hätte er sie längst umbringen und irgendwo im Wald vergraben können. So gesehen, fand Helen jedenfalls, hatten sie richtiges Glück.

Und so lag Helen an diesem Morgen auf dem klapprigen Bett und wartete darauf, dass Ralf endlich auftauchte. Und sei es nur, damit er für eine Weile die Dunkelheit hier unten verschwinden ließ. Als sie endlich die Kellertür hörte, setzte sie sich aufrecht hin. Die Glühbirne flammte auf, und kurz darauf wurde die untere Tür aufgestoßen. Helen blinzelte und erkannte zuerst einen großen Karton, den Ralf in den Raum schob. Schweiß stand auf seiner Stirn.

»Guten Morgen, meine Damen«, schnaufte er, und Sophie schreckte nun ebenfalls hoch. »Ihr habt euch in der letzten Zeit so gut benommen, da dachte ich mir, dass ihr ein Geschenk verdient habt.«

Helen beobachtete, wie er den Karton weiter durch den Raum schob. Was dort wohl drin sein mochte? Ihre Augen tränten von der Helligkeit, und sie wischte sie mit ihrem Ärmel ab.

Nachdem er sein Mitbringsel an der hinteren Wand ihres Gefängnisses platziert hatte, schaute er erwartungsvoll zwischen ihnen hin und her. »Interessiert euch denn gar nicht, was da drin ist?«, fragte er, als keine von ihnen etwas sagte. »Dann kann ich es auch einfach wieder mitnehmen.«

»Aber natürlich wollen wir wissen, was du uns schenkst!«, rief Sophie und Helen nickte zustimmend.

»Nun gut, dann verrate ich es euch.« Er griff in seine Hosentasche und zog ein Teppichmesser heraus, mit dem er das Paketband durchtrennte. Dann bückte er sich, legte das Messer zu seiner rechten Seite ab und machte sich daran, den Karton zu öffnen.

Wie gebannt starrte Helen auf das Messer. Es lag direkt vor Sophies Bett. Sie müsste sich nur bücken, um es aufzuheben, dann konnte sie es Ralf bei passender Gelegenheit in den Hals rammen. Ja, Helen hatte sich an Ralf gewöhnt und ihn vorhin sogar ein wenig vermisst, doch noch viel mehr vermisste Helen ihre Freiheit. Leider hatte Sophie offensichtlich noch nicht bemerkt, dass ihre Chance zur Flucht nur wenige Zentimeter von ihr entfernt lag.

Um auf sich aufmerksam zu machen, hustete Helen. Sie räusperte sich noch einmal und streckte sich, damit ihr Bett das typische Quietschen von sich gab. Sophie schaute nicht auf. Ralf war noch immer mit dem Auspacken beschäftigt. Er schien das Messer komplett vergessen zu haben.

»Ich bin wirklich gespannt, was du uns da mitgebracht hast«, sagte Helen lauter als nötig in der Hoffnung, dass Sophie sie endlich anschauen würde. Die beobachtete jedoch weiter wie gebannt Ralf dabei, wie er sich an dem Karton zu schaffen machte. Helen wurde ganz zappelig. Wie konnte diese blöde Kuh nur so eine Möglichkeit verpassen?

Nun war es zu spät, denn Ralf warf den letzten Fetzen des Kartons hinter sich. Was unter der Verpackung zum Vorschein gekommen war, ließ Helen vor Freude das Messer vergessen.

»Na, was sagt ihr?«, fragte er und strahlte wie ein kleiner Junge, der gerade seinen ersten Legoturm gebaut hatte. Tatsächlich war eine Chemietoilette das beste Geschenk, das er ihnen hätte machen können. Nach Monaten der Isolation ohne jeglichen Komfort erschien ihr das Klo wie der Heilige Gral. Es war nicht nur furchtbar umständlich, sein Geschäft in den Eimer zu verrichten, es stank außerdem unerträglich in dem winzigen, fensterlosen Raum. Der Gestank war so durchdringend, dass er beinahe ihren strengen Körpergeruch übertünchte. Helen musste ihre Begeisterung also nicht spielen. »Der Hammer!«, sagte sie und schwang ihre Beine über die Bettkante.

Endlich schaute auch Sophie auf. Helen versuchte, ihren Blick auf das Teppichmesser zu lenken, doch Sophie starrte nur auf das Klo. »Oh mein Gott«, flüsterte sie.

»Es soll mir keiner nachsagen, dass ich euer positives Verhalten nicht belohnen würde.« Er wandte sich an Sophie. »Und da du meinen kleinen Test auch noch bestanden hast, wirst du heute mit mir nach oben kommen und mit mir gemeinsam dort ein Abendessen genießen.«

»Welchen Test?«, fragte Sophie. Sie hatte die Augen wieder niedergeschlagen, schaute Ralf nicht an, während sie mit ihm sprach.

»Tu nicht so, als hättest du es nicht bemerkt. Ich habe deinen Blick genau gesehen, als ich das Messer neben dein Bett gelegt habe. Aber du hast es nicht gegen mich eingesetzt. Nicht mal gezuckt hast du. Deswegen bekommst du nun einen Vertrauensbonus. Ich rate dir nur, ihn nicht zu verspielen. Das würde nicht gut für euch beide ausgehen.«

Helens Blick verschwamm, während Ralf Sophies Kette aus der Wandhalterung löste. Sie hatte von dem

Messer gewusst. Sie hatte es gesehen und nichts getan. Und jetzt wurde sie dafür belohnt, bekam vermutlich ein Bad und durfte mit ihm oben gemeinsam essen. In Helens Ohren rauschte das Blut, während Ralf Sophie aus dem Raum führte. Diesen Verrat würde sie Sophie nicht verzeihen. Ab jetzt würde sie sich keinen Fehltritt mehr erlauben. Sie würde zu Ralfs Liebling werden, und Sophie würde dann unbeachtet in dem Kellerloch versumpfen.

18. Kapitel

November 2016

Die Autotür öffnete sich, und Susanne stieg aus. Man konnte ihr von weitem ansehen, wie begeistert sie davon war, mit Fabian zusammenzuarbeiten. Seit ihrer kurzen Affäre im letzten Jahr, die Fabian recht schnell und nicht gerade respektvoll durch Funkstille wieder beendet hatte, war sie ganz und gar nicht mehr gut auf ihn zu sprechen. Im Kommissariat hatten sie sich kaum gesehen, und dies war seitdem ihr erster gemeinsamer Fall. Die Kommissare, die den Fall im Jahr 2007 bearbeitet hatten, waren beide bereits pensioniert. Susanne wurde immer hinzugezogen, wenn es um weibliche Vergewaltigungs- oder Missbrauchsopfer ging. Die wollten in der Regel lieber mit weiblichen Beamten sprechen als mit deren männlichen Kollegen, und Susanne hatte darüber hinaus bei solchen Befragungen ein besonderes Händchen.

Fabian wartete, bis sie ihren Wagen abgeschlossen hatte und durchs Hoftor kam. Bisher hatte sie ihn keines Blickes gewürdigt. Er sagte: »Hör zu, ich weiß, dass ich mich wirklich nicht wie ein Gentleman verhalten habe. Aber als du gleich mit deiner Katze ...«

Susanne hob die Hand, um ihn zu unterbrechen. Endlich hob sie den Blick und schaute ihm in die Augen. »Das hat nichts mit der Arbeit zu tun. So professionell bin ich, dass ich diese Dinge trennen kann. Ich hoffe, du bist es auch.«

Fabian nickte und merkte, wie er rot anlief.

»Gut. Dann solltest du mich kurz briefen, bevor wir reingehen. Ich habe nur die Information, dass ein vermisstes Mädchen wieder aufgetaucht ist.«

»Ich warte noch auf Thomas. Er hat die alten Fallakten rausgesucht. Alles, was ich dir momentan sagen kann, weiß ich nur aus der Erinnerung.« Fabian fasste die Vorgeschichte kurz zusammen.

»Sie war also noch nicht beim Arzt?«, fragte Susanne.

»Nein. Um ehrlich zu sein, habe ich selbst auch noch gar nicht mit ihr gesprochen. Nur mit ihren Eltern. Sie sitzt in der Einliegerwohnung, in der ihre Schwester lebt, und will eigentlich niemanden sehen.«

»Dann sollten wir schnellstens die körperliche Untersuchung anordnen. Gehen wir rein?«

Fabian nickte und öffnete das Hoftor. Ohne zu warten, ging er hindurch und auf die Haustür zu. In seinem Rücken ein Schnaufen von Susanne. Er hatte völlig vergessen, dass sie großen Wert auf Etikette legte. Sie waren einmal gemeinsam Essen gewesen, und Susanne hatte es für selbstverständlich gehalten, dass er die Rechnung zahlte, obwohl ihr Treffen damals noch weit entfernt von einem Date gewesen war.

Damit ihre Laune nicht noch schlechter wurde, stoppte Fabian auf dem Weg zur Tür und ließ sie vorbeigehen. Sie sah gut aus in ihrer engen Jeans und der kurzen Lederjacke, die garantiert zu dünn für das nasskalte Novemberwetter war. Wenn er nicht wüsste, worauf es hinauslaufen würde, hätte er glatt auf die Idee kommen können, einen neuen Versuch zu starten. Susanne klingelte und es dauerte nicht lang, da öffnete Dorette Gauthier ihnen die Tür. Ihre Augen waren rot und verquollen. Offensichtlich hatte sie geweint.

»Da sind wir«, begrüßte Fabian sie. »Das ist hier meine Kollegin Susanne Berger. Sie ist für die Befragung zuständig. Es wäre nett, wenn Sie uns zu Ihrer Tochter bringen würden.«

Dorette Gauthier griff nach Susannes Hand und schüttelte sie. »Ich bin so froh, dass eine Frau mit meiner Tochter sprechen wird. Dürfen mein Mann und ich dabei sein? Ich möchte meine Tochter nur ungern alleine lassen, während sie all die schrecklichen Erlebnisse noch einmal vor Ihnen ausbreiten muss.«

»Das ist meiner Meinung nach keine besonders gute Idee«, antwortete Fabian und erntete dafür einen missbilligenden Blick von Susanne.

»Pauschal kann man das so nicht sagen. Es kommt natürlich ganz auf Ihre Tochter an. Wenn sie sich in Ihrem Beisein wohler fühlt, ist das kein Problem. Allerdings sollten Sie sich darauf einstellen, dass Sie alleine mit mir sprechen will. Sie war sehr lange in Gefangenschaft und sieht Sie möglicherweise nicht mehr als direkte Vertrauensperson. Für uns wäre es wichtig, dass Sie diesen Wunsch dann respektieren. Wir brauchen dringend Ihre Kooperation, denn unser Fokus liegt nun darauf, die Person zu finden, die Ihrer Tochter das angetan hat.«

Dorette Gauthier nickte matt. »Folgen Sie mir bitte.«

»Damit meine ich auch dich«, flüsterte Susanne Fabian zu, während sie durch das Haus der Gauthiers gingen. »Wenn sie mit mir alleine sprechen will, werden wir das zulassen.«

»Dessen bin ich mir durchaus bewusst. Ist nicht mein erster Tag als Kommissar«, murmelte Fabian und ballte die Hand in seiner Hosentasche zur Faust. Insgemein beglückwünschte er sich zu seiner Entscheidung von damals, die Beziehung zu Susanne im Frühstadium zu beenden. Wenn er eines nicht leiden konnte, dann waren es Frauen, die ihn wie ein Kleinkind behandelten.

Über den ersten Stock erreichten sie durch eine Verbindungstür die Einliegerwohnung. Die bestand aus einem kleinen Flur, einem Badezimmer, dessen Tür offenstand, einem Wohnzimmer mit Küchenzeile und dem Schlafzimmer. Die jüngere Tochter der Gauthiers lebte hier, das wusste Fabian aus den Erzählungen seiner Mutter, die sich regelmäßig über die zu lauten Partys der Neunzehnjährigen beschwerte. Sophie saß auf dem Sofa.

Fabian versuchte, in der ausgezehrten, abgemagerten Frau die Nachbarstochter von damals zu erkennen. Bevor sie verschwunden war, war sie ein properes Mädchen gewesen, nicht dick, aber doch mit einigen überflüssigen Kilos auf den Rippen. Jetzt ragten knochige Handgelenke aus ihrem viel zu weiten Pullover, die eine Ahnung von ihrem körperlichen Zustand vermittelten. Ihre Haare waren raspelkurz abrasiert und sie war so blass, dass er am liebsten ihren Puls gefühlt hätte, um zu überprüfen, ob sie noch lebte. Was musste das für ein Schock gewesen sein, als diese ausgezehrte Frau plötzlich vor der Tür von den Gauthiers gestanden hatte?

»Sophie, Liebes«, sagte Dorette Gauthier und ihre Stimme zitterte dabei. »Hier sind die Leute von der Polizei für dich.«

Die Frau auf dem Sofa schob wie ein kleines Mädchen ihre Unterlippe nach vorne und zuckte mit den Schultern. Sie blickte nicht auf, starrte stattdessen auf ihre Handgelenke und zupfte an einer wunden Hautstelle herum. »Wenn es sein muss.«

Fabian konzentrierte sich, damit er verstehen konnte, was sie sagte, so leise sprach sie. Susanne ging auf Sophie zu und streckte ihr ihre Hand hin.

»Mein Name ist Susanne Berger. Ich kann mir vorstellen, dass Sie Schreckliches durchlebt haben, aber es ist jetzt wichtig, dass wir so schnell wie möglich mit der Suche nach dem Täter beginnen. Dafür muss ich Ihnen ein paar Fragen stellen. Wären Sie dazu bereit, uns zu helfen?«

»Wenn du möchtest, Schätzchen, dann bleibe ich bei dir. Du musst da nicht alleine durch.« Dorette Gauthier hatte sich neben ihre Tochter gesetzt und legte nun ihre Hand auf deren Schulter.

Fabian konnte verstehen, dass sie nach all der Zeit, die sie ihre Tochter hatte entbehren müssen, sie nun ganz besonders umsorgen und bemuttern wollte. Allerdings bezweifelte er, dass Sophie damit geholfen war. Jetzt so bedrängt zu werden, wäre zumindest das Letzte, was er in so einer Situation gebrauchen konnte, und auch Sophies gesamte Körperhaltung schrie geradezu danach, in Ruhe gelassen zu werden.

»Ich möchte nicht, dass irgendjemand dabei ist«, sagte Sophie, die endlich doch ihren Blick hob. »Nicht du, nicht Papa, nicht Lara und auch er nicht.« Einen Moment schaute sie in Fabians Richtung und begann dann wieder, an der Haut um ihre Handgelenke zu zupfen.

»Dann lassen wir euch selbstverständlich alleine«, sagte Fabian und kam damit Susanne zuvor, die sich gerade zu ihm umdrehte. »Kommen Sie, Frau Gauthier, wir warten drüben bei Ihnen, bis meine Kollegin fertig ist.«

Dank der Vorarbeit von Susanne hielt sich der Widerstand von Dorette Gauthier in Grenzen. Sie stand zögerlich auf und tätschelte ihrer Tochter aufmunternd das Knie. »Du schaffst das. Du bist mein starkes Mädchen. Und wenn etwas ist, sag einfach Bescheid. Ich komme sofort.« Dann drehte sie sich um und ging an Fabian vorbei. In ihren Augenwinkeln schimmerten Tränen, die sie sich unauffällig wegwischte.

In der Küche der Gauthiers saß Joachim am geöffneten Fenster und rauchte eine Zigarette.

»Als wäre es nicht genug, dass du wieder diese schlechte Angewohnheit hast. Wie oft soll ich dir noch sagen, dass du nicht im Haus rauchen sollst?«, herrschte Dorette ihren Mann an.

»Momentan habe ich andere Sorgen als den Geruch in unserem Haus. Außerdem ist es kalt. Soll ich mir eine Erkältung einfangen, weil du das bisschen Rauch nicht ertragen kannst?«

Dorette sagte nichts und setzte sich an den Küchentisch. Sie stützte ihre Stirn auf die Hände und massierte sich mit den Daumen die Schläfen.

»Glauben Sie, dass ich völlig durch den Wind bin? Jeden Moment erwarte ich, dass ich aufwache aus dem Traum, in dem ich meine Tochter wiederhabe. Neun Jahre. Wie oft war ich kurz davor, die Hoffnung aufzugeben? Mein Kind aufzugeben?« Sie schluchzte. Fabian schaute zu Joachim, der keinerlei Anstalten machte, seine Frau zu trösten. Stattdessen sagte er: »Sie wäre auch ohne deine Hoffnung nach Hause gekommen.«

Unvermittelt schlug Dorette mit der Faust auf den Tisch. Fabian zuckte zusammen. »Wäre sie das? Und wenn ich nachgegeben hätte und wir umgezogen wären, wie du es wolltest? Dann hätte sie hier irgendjemanden vorgefunden! Wo wäre sie dann wohl jetzt?«

»In diesem Fall hätte es immer noch die Polizei gegeben. Es wäre völlig egal gewesen, wo wir wohnen.«

»Nach neun Jahren wildfremde Menschen statt ihrer eigenen Familie.«

»Die Polizei hätte uns benachrichtigt. Hör auf, dich wieder in diese Diskussion reinzusteigern. Du hattest deinen Willen. Wir sind nicht umgezogen. Was verlangst du noch?«

Dorette starrte ihn hasserfüllt an. »Dein Pragmatismus kotzt mich an. Du hast doch immer den Leuten geglaubt, die gesagt haben, Sophie wäre vermutlich längst tot.«

Das Handy in Fabians Hosentasche vibrierte. Dankbar für die Ablenkung nahm er es heraus und entsperrte den Bildschirm. Eine Nachricht von Susanne.

Du kannst schon ins Büro fahren, ich werde Sophie noch zur Untersuchung begleiten. Berichte euch dann später.

Erleichtert atmete Fabian auf. Er konnte es kaum erwarten, aus dieser Atmosphäre voller aufgestauter negativer Emotionen herauszukommen. Bevor er sich verabschiedete, redete er den Gauthiers noch mal ins Gewissen, dass sie nun zusammenhalten mussten, und stürmte dann zu seinem Wagen. Selten war sein Bedürfnis nach einer Zigarette größer gewesen als in diesem Moment.

19. Kapitel

Spätsommer 2007

Helen hatte sich gerade mit dem Gedanken abgefunden, dass Sophie gleich etwas essen würde, während sie hier unten hungerte, da wurde oben wieder die Tür zum Keller aufgestoßen. Sie wusste nicht genau, wie viel Zeit Sophie oben verbracht hatte, aber es war definitiv zu wenig für ein Abendessen.

Sie musste ihn verärgert haben, denn als die beiden das Kellerloch betraten, schob Ralf Sophie unsanft vor sich her. Die hatte den Kopf gesenkt und ließ die Schultern hängen. Ralf schubste sie auf ihr Bett und befestigte die Kette an ihren Handfesseln. Dann nahm er ihre Decke und warf sie in Richtung Tür.

»Du wirst schon sehen, was du von deinem Ungehorsam hast«, sagte er und baute sich bedrohlich über ihr auf. Anstatt sie jedoch zu schlagen, drehte er sich um und schob die Chemietoilette näher an Helens Bett heran, sodass Sophie sie nicht mehr erreichen konnte. Dann verließ er den Raum und kehrte mit dem Eimer zurück, den er mit dem Fuß unters Bett kickte, sodass sie angekettet nur schwer an diesen herankommen würde.

Einen Moment blieb er einfach stehen, schien zu überlegen und wandte sich Helen zu. »Nun, da Sophie heute auf Diät ist – was hältst du davon, wenn du den Abend mit mir verbringst? Schließlich kann ich mich in letzter Zeit über dein Verhalten nicht beklagen, und du verdienst dir eine kleine Belohnung.«

Helen wollte etwas sagen, hatte jedoch Angst, ihn irgendwie zu verärgern. Also nickte sie nur, und er löste ihre Kette. Sie stand auf und dehnte ihre Beine ein wenig. Ein unangenehmes Kribbeln strömte durch ihre Waden und ihr Rücken knackte, als sie sich vollständig aufrichtete.

»Hoffentlich wirst du diese Belohnung besser zu schätzen wissen«, sagte er und hob im Vorbeigehen Sophies Decke vom Boden auf.

Helen wartete, bis er die Tür abgeschlossen hatte, und ging dann langsam hinter ihm die Treppe nach oben. Dort schloss er wiederum auf und ließ Helen in den Flur. Es war angenehm warm und roch nach Essen. Die Rollläden waren – wie immer, wenn er sie zum Baden nach oben holte – geschlossen. Durch die Ritzen schimmerte etwas goldenes Licht, das Helen gierig anstarrte. Es musste Spätsommer oder ein sonniger Herbst sein. Sehnsucht ergriff sie und ließ sie schwermütig werden. Wie lange hatte sie die Sonne nicht mehr gesehen, wie lange schon nicht mehr die warmen Strahlen auf ihrer Haut gespürt?

Ralf stieß sie von hinten an, damit sie weiterging. Mit der Hand wies er ihr den Weg zur Küche, die Helen nun zum ersten Mal betrat. Sie war geräumig, aus dunklem Holz und zum Wohnzimmer hin offen. Die beiden Räume wurden durch einen Holztisch getrennt, auf dem bereits zwei Teller und zwei Weingläser standen.

»Weißt du, ich habe mir etwas überlegt. Findest du nicht auch, dass es netter wäre, wenn du nicht so stinken würdest? So kann doch kein Mensch mit Appetit essen. Wir sollten dich erst abduschen.«

Helen hielt eigentlich so gar nichts davon, denn sie hatte schrecklichen Hunger. Doch Ralf wartete ihre Antwort nicht ab, sondern legte ihr die Hand auf ihre Schulter und führte sie zurück in den Flur und von dort aus nach oben.

Im Bad schloss er die Tür ab, steckte den Schlüssel in seine Hosentasche und befreite Helen von ihren Fesseln. Schweigend wartete er, während sie duschte, sich die raspelkurzen Haare wusch und danach abtrocknete. Nachdem sie sich wieder angezogen hatte, gingen sie zurück nach unten.

Helen setzte sich an den Tisch, während Ralf das warm gestellte Essen auf den Tellern verteilte. Dann setzte er sich zu ihr, nahm sein Glas und prostete ihr durch die Luft zu.

»Das nenne ich doch mal einen guten Rotwein«, sagte er und schwenkte das Glas in seiner Hand. »Willst du nicht auch trinken?«

Helen hätte ihm am liebsten gesagt, dass sie Wein hasste und viel lieber ein Bier gehabt hätte, doch das hätte ihm sicher nicht gefallen. Also führte sie das Glas zum Mund und nahm einen kleinen Schluck. Obwohl sie sich dagegen wehrte, verzog sie das Gesicht. Das war der sauerste Rotwein, den sie jemals probiert hatte. Nicht mal Cola würde helfen, dass er ihr schmeckte.

»Ich sehe schon, du hast keinen Sinn für so etwas Feines. Noch nicht. Das wird sich mit der Zeit sicherlich ändern. Hoffentlich schmeckt dir wenigstens meine Bolognese, da ist der Wein nämlich auch drin. Du darfst jetzt anfangen.« Ralf schob ihr den Teller zu. Er hatte ihr die Spaghetti klein geschnitten, damit sie nur einen Löffel zum Essen brauchte.

Gierig schob Helen sich etwas von den Nudeln in den Mund. Das Essen, das Ralf ihnen brachte, war nie wirklich schlecht – zumindest, wenn sie sich benahmen. Doch die Nudeln waren das Beste, das Helen seit Langem zu essen bekommen hatte. Sie übertrafen alles, was ihre Mutter jemals gekocht hatte, bevor sie einfach ihre Sachen gepackt und Helen und ihren Vater über Nacht verlassen hatte.

Ralf nickte zufrieden und widmete sich seiner Portion. Die beiden aßen schweigend, und als sie fertig waren, stand Ralf auf, räumte die Teller weg und holte eine Schüssel aus dem Kühlschrank.

»Hier habe ich auch noch Nachtisch. Möchtest du gerne etwas davon?« Er stellte die Schüssel auf den Tisch. Die braune Masse war vermutlich eine Schokoladencreme. Schon beim Anblick lief Helen das Wasser im Mund zusammen und sie nickte.

»Dachte ich mir. Dafür musst du mir aber einen kleinen Gefallen tun.«

»Und der wäre?«, fragte Helen und ärgerte sich sofort, dass sie nicht freundlicher geklungen hatte.

»Trink«, sagte Ralf und hob sein Glas Rotwein, um mit ihr anzustoßen.

Helen zuckte mit den Schultern und nahm ebenfalls ihr Glas. Der ekelhafte Geschmack des Weins würde gleich von dem wunderbaren Aroma von Schokolade überdeckt werden. Mittlerweile war sie sogar schon ein wenig angetrunken, und der Wein schmeckte gar nicht mehr so schrecklich wie beim ersten Schluck.

Ralf lächelte zufrieden und löffelte ihr etwas von dem Nachtisch auf einen kleinen Teller. Die Creme schmeckte herrlich und ebenfalls ein wenig nach Alkohol, doch das störte sie nicht. Helen nahm gerne die zweite Portion, die er ihr anbot.

»Die ist wirklich lecker«, sagte sie mit schwerer Zunge. Der Wein machte sich bemerkbar.

»Es freut mich sehr, dass ich damit deinen Geschmack treffen konnte. Bei Frauen und Schokolade kann man eigentlich gar nichts falsch machen, hab ich recht?«

Helen lachte zu laut und zu schrill dafür, dass sein Kommentar nicht wirklich lustig war. Es schien Ralf nicht aufzufallen, er stimmte mit ein. »Ihr seid kleine Leckermäulchen. Aber ich will dir etwas verraten. Das bin ich auch. Nur, dass ich nicht der Schokolade verfallen bin.« Er rückte seinen Stuhl näher an sie heran.

»Was isst du denn am liebsten?«, fragte Helen mit vollem Mund. Sie schaufelte das Zeug so schnell in sich hinein, als ginge es um ihr Leben.

Ralf lehnte sich nach vorne. Zu nah für ihren Geschmack, doch sie wich nicht aus.

»Das sage ich dir gerne. Oder ich zeige es dir.« Mit der Hand strich er ihr über die Stoppeln auf ihrem

Hinterkopf und zog sie dann näher zu sich heran. Er neigte seinen Kopf, lehnte sich nach vorne und fuhr ihr mit den Lippen über den Hals. Eine Gänsehaut lief über Helens Arme. Automatisch zuckte sie zurück und schob ihren Stuhl etwas nach hinten.

»Wehr dich nicht«, murmelte Ralf und folgte ihrer Bewegung. Er drückte seine Nase in die Haut unter ihrem Schlüsselbein und sog die Luft ein. Mit der Hand wanderte er erst über ihre Haare, dann runter zu ihrem Hals und massierte leicht ihr Genick. »Versuch es einfach zu genießen. Ich werde dir nicht wehtun. Und wenn du nett zu mir bist, werde ich auch weiterhin nett zu dir sein. Vielleicht sogar noch netter als bisher.«

Helen unterdrückte den Impuls, ihn von sich zu stoßen, und ließ ihn gewähren. Ihre Gegenwehr würde ihn nicht davon abhalten, sich das zu holen, was er wollte. Unter keinen Umständen würde sie wieder ihre Decke oder das Klo abgeben. Wenn das der Preis dafür war, würde sie es eben ertragen. Sie schloss die Augen und spürte, wie er mit seinen Lippen ihren Hals entlangfuhr. Und plötzlich wurden ihre Brustwarzen steif. Ihr Körper reagierte auf ihn. Das alles fühlte sich komplett anders an als damals bei Hermann, dem Nachbarn und Freund ihres Vaters. Er war nach einer durchzechten Nacht in ihr Zimmer gekommen und hatte sie betatscht und versucht, sie zu küssen. Das hier war anders. Es war ungewohnt, aber nicht abstoßend.

20. Kapitel

November 2016

Müde stand Fabian vor der Pinnwand und betrachtete die Zusammenfassung der Ermittlungsergebnisse im Fall Sophie Gauthier aus dem Jahr 2007, die Thomas zusammengetragen hatte. Wegweisende Erkenntnisse hatte es damals nicht gegeben.

Sophie hatte zunächst über ein Forum und dann über das Chatprogramm ICQ mit einem Unbekannten gechattet, der sich den Namen *Rüdiger, der kleine Vampir* gegeben hatte. Der erste Kontakt war in einem Forum über Vampire entstanden, wo sich Gleichgesinnte über Blutsauger austauschten. Dort hatte der Täter Sophie angeschrieben und sich regelmäßig mit ihr über Vampire unterhalten oder belanglosen Smalltalk betrieben. Mit der Zeit wurden die Gespräche persönlicher und wechselten schließlich zu dem Chatprogramm, wo beide sich regelmäßig versicherten, wie gerne sie den anderen kennenlernen wollten. Letztlich vereinbarte der Unbekannte, der sich im Chat als *Ralf* zu erkennen gegeben hatte, ein Treffen mit Sophie, um gemeinsam einem Katzenfänger aufzulauern. An jenem Abend wurde sie zuletzt von ihren Eltern gesehen, als sie sich verabschiedete, um mit Freunden ins Kino zu gehen.

Niemand hatte sie an diesem Abend getroffen, eine Kinoverabredung hatte es – so sagten alle genannten Freunde übereinstimmend aus – nie gegeben. Auch war keiner aus ihrem näheren Umfeld über den intensiven Kontakt informiert, den Sophie über das Internet mit dem fremden Mann pflegte, und es war auch niemand eingeweiht in ihren Plan, ihn zu treffen.

Soweit ihre Freunde wussten, hatte Sophie nicht vorgehabt – oder zumindest nicht darüber gesprochen – von zu Hause auszureißen. Sie war zwar – wie vermutlich jeder andere Teenager in ihrem Alter – hin und wieder von ihrer kleinen Schwester oder ihren Eltern genervt gewesen. So auch am Morgen ihres Verschwindens. Allerdings habe ihre Tochter beim Abendessen wieder versöhnt gewirkt, so hatten Dorette Gauthier und ihr Mann getrennt voneinander zu Protokoll gegeben. Trotz allem hatten die Kollegen damals dennoch in Betracht gezogen, dass Sophie Gauthier freiwillig mit dem Unbekannten gegangen sein konnte.

Mit einem Gerichtsbeschluss waren die Kollegen über den Anbieter des Forums an die IP des bereits gelöschten Accounts von Sophies Chatpartner gelangt. Sie gehörte zu einem Internetcafé in Neu-Isenburg, dessen Betreiber weder Kameras installiert noch den Ausweis seiner Kunden verlangt hatte. Auch das Handy, von dem aus der Mann namens Ralf am Tag ihres Verschwindens bei Sophie angerufen hatte, ließ sich nicht zurückverfolgen. Er hatte eine Prepaid-Karte gekauft, die nur an dem einen Tag verwendet und unmittelbar nach dem Anruf vernichtet worden war. Sophie war vielleicht ein Zufallsopfer gewesen, aber seine Tat hatte er minutiös geplant. Mit Erfolg, denn er hatte es geschafft, unentdeckt zu bleiben. Bis jetzt.

Es klopfte an der Tür und Susanne betrat das Büro. In der Hand hielt sie eine große Thermosflasche, die sie auf Fabians Schreibtisch stellte. Dafür, dass sie eigentlich Sophie ins Krankenhaus hatte fahren wollen, war sie erstaunlich früh zurück.

»Hier ist Kaffee von Frau Anwandler. Ihr habt eine lange Nacht vor euch.«

Thomas, der bis gerade eben noch ausgesehen hatte, als würde er in seinem Stuhl einschlafen, richtete sich auf. »Sag bloß, du hast eine Adresse für uns?«

»Die habe ich. Unsere Zeugin wurde gemeinsam mit einer anderen Frau in einem Keller festgehalten. Das dazugehörige Haus steht mitten im Wald an der L 3317. Vermutlich ein ehemaliges Forsthaus. Unser Verdächtiger, der eingetragene Besitzer, heißt Harald Brückner.«

Fabian sprang auf. Die Müdigkeit war wie weggeblasen. »Irgendwelche Einträge von Brückner?«

»Bisher nichts. Einmal hat er eine rote Ampel überfahren, das ist zwei Jahre her. Nichts was in Richtung sexuellen Missbrauchs oder Freiheitsberaubung deuten würde.«

»Ein unbeschriebenes Blatt also.«

»Mit etwas Glück hat er noch gar nicht gemerkt, dass seine Gefangenen verschwunden sind. Zumindest sei ihre Flucht nicht unmittelbar bemerkt worden, glaubt die Zeugin. Und bevor ihr fragt: Hellmann von der BFE ist informiert. Er macht seine Männer bereit.«

»Was ist mit dem anderen Mädchen?«, fragte Thomas. Auch er war inzwischen aufgestanden und goss sich Kaffee aus der Thermoskanne in seine Tasse. »Von ihr stand gar nichts in den Ermittlungsakten.«

»Ihr Name ist Helen. Einen Nachnamen haben wir nicht. Leider ist ihr Verbleib unklar. Sie konnte gemeinsam mit unserer Zeugin aus dem Haus entkommen. Auf der Flucht durch den Wald haben die beiden Frauen sich allerdings verloren. Als unsere Zeugin die Umgehungsstraße erreichte, war Helen nicht mehr hinter ihr.«

»Hoffentlich hat Brückner sie nicht erwischt. Wir sollten eine Anfrage an alle Krankenhäuser stellen. Morgen bei Tageslicht gehen die Suchmannschaften raus, wenn sie bis dahin nirgends aufgetaucht ist. Ist sie in Sophies Alter?«

Susanne nickte. »Sie ist maximal ein knappes Jahr älter. Es wundert mich, dass ihr Verschwinden nicht mit dem von Sophie Gauthier in Verbindung gebracht wurde. Schätzungsweise wurde Helen nur wenige Wochen bis maximal zwei Monate nach ihr entführt.«

»Stammt diese Einschätzung von ihr selbst?«, fragte Fabian und weckte seinen Computer aus dem Energiesparmodus. »Wenn man sich in Isolation befindet, leidet das Zeitgefühl. Möglicherweise ist diese Helen erst viel später entführt worden.« Er rief die Suchmaske für vermisste Personen auf, begrenzte die Zeit auf die Jahre 2007 und 2008 und gab den Vornamen *Helen* ein.

Tatsächlich erschien eine Suchmeldung aus dem Januar 2008. Eine ältere Dame hatte gemeldet, dass sie ihre Enkelin – Helen Volk – seit Längerem nicht mehr angetroffen habe. Trotz mehrmaligen Nachfragens bei ihrem Sohn weigere er sich, ihr zu sagen, wo sie steckte. Das Handy sei seit über einem halben Jahr ausgeschaltet, und sie mache sich Sorgen. Der Vater war befragt worden, und es hatte sich herausgestellt, dass Helen zu diesem Zeitpunkt bereits volljährig und nach den Angaben ihres Vaters freiwillig aus der elterlichen Wohnung ausgezogen war. Die Ermittlungen waren schnell eingestellt worden.

Fabians Handy klingelte. Es war Hellmann, der Leiter der Beweissicherungs- und Festnahmeeinheit. In zwanzig Minuten sollten sich alle Einsatzkräfte an der Einfahrt des Waldweges einfinden, der zum Haus von Harald Brückner führte. Während Thomas und Fabian ihre Dienstwaffen holten, wartete Susanne im Büro. Sie würde später zurück ins Krankenhaus fahren, um die Untersuchungsergebnisse von Sophie zu erfahren und gegebenenfalls weitere Informationen über Helen zu erhalten.

Als Thomas den Wagen auf den Waldweg lenkte, erwartete Hellmann sie bereits mit einer Taschenlampe in der Hand. Von Natur aus groß, ließ ihn seine dunkle Schutzausrüstung noch imposanter erscheinen. Die Sturmhaube hatte er nach oben gezogen, sodass sie sein Gesicht erkennen konnten.

»Das Fahrzeug des Verdächtigen steht auf dem Grundstück, der Motor ist kalt. Wir gehen also davon aus, dass er im Haus ist. Meine Männer positionieren sich gerade. Sie haben das Gelände bereits erkundet, während ich auf Sie gewartet habe. Je zwei stehen an den Türen und jeweils einer an den Fenstern. An denen kommt er nicht vorbei«, erklärte er, während er vor ihnen den Waldweg entlangging. »Außerdem habe ich einzelne Kräfte im Wald verteilt, sollte er noch einen uns bislang unbekannten Ausgang haben. Im Haus ist allerdings alles dunkel, vermutlich erwischen wir ihn im Schlaf.«

Fabian fragte sich, wie man ruhig schlafen konnte, wenn man seit fast zehn Jahren zwei Frauen in seinem Keller einsperrte und dort unsagbare Dinge mit ihnen anstellte. Welche Qualen hatte seine ehemalige Nachbarin durchleiden müssen?

Hellmann schaltete die Taschenlampe aus. Anscheinend näherten sie sich dem Grundstück. Mit gedämpfter Stimme setzte er das Briefing fort. »Ich gehe mit vier Mann rein. Über Funk geben wir nach und nach die Räume frei. Die Männer vor der Tür werden Sie informieren, wenn wir die Zielperson festgenommen haben und ich das Haus freigebe.« Seine Stimme war nun nur noch ein Flüstern. »So lange warten Sie am Tor. Da vorne, sehen Sie?«

Wenige Schritte vor ihnen befand sich ein hoher Zaun aus Maschendraht mit einem massiven Tor zwischen zwei Eisenpfosten. Es stand einen Spalt breit offen.

Thomas bestätigte und Hellmann schlüpfte durch das Tor. Dahinter verschmolz er in seiner schwarzen Einsatzkleidung mit der Dunkelheit.

Fabian schaute sich um. Ein Stück hinter dem Tor erkannte er auf einer Lichtung das zweistöckige

Fachwerkhaus sowie einen dunklen Wagen davor. Der Himmel war klar und so sah er im Mondlicht, wie sich vor der weißen Fassade die schwarzen Schatten der Einsatzkräfte abzeichneten. Die Rollläden an der vorderen Hausseite waren alle geschlossen. Unwillkürlich griff er nach seiner Dienstwaffe. Sollte Brückner wider Erwarten Hellmanns Männern entkommen, wollte er ihm im Fall der Fälle nicht unbewaffnet gegenüberstehen.

Seine Bedenken waren unbegründet. Eine Weile passierte gar nichts, und Fabian stapfte von einem Fuß auf den anderen. Langsam wurde ihm kalt. Sie standen nun bestimmt schon zehn Minuten hier. Nach weiteren fünf Minuten ging das Licht im oberen Stockwerk an, und eine Taschenlampe wurde nahe dem Haus eingeschaltet. Der Lichtstrahl glitt über das Tor, blendete Fabian kurz und wurde dann auf den Boden gerichtet. Die Einsatzkraft mit der Lampe kam auf sie zu.

»Herr Prior, Herr Wendtner? Sie können reinkommen«, sagte er. »Der Verdächtige befindet sich nicht im Haus.«

21. Kapitel

Spätsommer 2007

Ralf brachte Helen zurück in den Raum zu Sophie und befestigte ihre Fesseln wieder an der Wandhalterung. Dann ließ er sie ohne ein Wort allein und löschte das Licht.

»Was hat er mit dir gemacht?«, wollte Sophie wissen. Helen antwortete nicht. Sophie starrte durch die Dunkelheit in die Richtung, wo sich Helens Bett befand. Ihr Gesicht hatte beim Reinkommen nicht gerade so gewirkt, als habe sie der Abend sonderlich mitgenommen. Im Gegenteil. Sie hatte sogar eine gewisse Zufriedenheit ausgestrahlt. Fast so, als habe ihr Spaß gemacht, was Ralf dort mit Sicherheit auch bei ihr versucht hatte.

Sophie ekelte sich bei der Vorstellung. Sie hatte gewusst, worauf es hinauslaufen würde, wenn sie sich wehrte. Doch sie hatte sich nicht überwinden können, hatte seine Berührungen nicht ertragen. Allerdings wusste sie auch, dass sie es über kurz oder lang zulassen musste, wenn sie keine Möglichkeit zur Flucht fanden. Obwohl es ziemlich unfair war, fand Sophie es beruhigend, dass Helen vor ihr an der Reihe gewesen war. So konnte sie Sophie erzählen, was genau Ralf mit ihr gemacht hatte und sie wüsste, was sie erwartete, wenn sie das nächste Mal nach oben musste.

»Bist du sauer auf mich?«, fragte sie.

Helen schwieg.

»Ist es, weil er uns ausgetauscht hat? Es tut mir leid, aber meine Reaktion war irgendwie automatisch. Er hat ganz ekelhaft meinen Hals beschnuppert, und ich habe ihn von mir weggeschoben. Ich wusste ja nicht, dass er dich dann stattdessen holt.«

»Ist mir doch scheißegal.«

Sophie seufzte. Tränen stiegen ihr in die Augen. Sie wollte nicht ihre einzige Verbündete hier drin verlieren. »Wir müssen doch zusammenhalten«, flüsterte sie.

Entweder hatte Helen sie nicht gehört oder sie ignorierte sie. Vermutlich musste sie erst mal verarbeiten, was dort oben mit ihr geschehen war, versuchte Sophie, sich zu beruhigen. Helens abweisende Haltung hatte vielleicht gar nichts mit ihr zu tun. Sophie rollte sich auf der Matratze zusammen und schlang die Arme um ihren Körper. Die Kälte kroch unerbittlich unter ihre Kleidung. Irgendwann hielt sie es nicht mehr aus.

»Helen? Kannst du mir deine Decke für eine Weile ausleihen?«, fragte sie. Aus der anderen Ecke kam ein verächtliches Lachen.

»Glaubst du, ich hab Bock, wegen dir alles weggenommen zu bekommen?«

»Er kommt bestimmt nicht so schnell zurück. Ich will mich wenigstens vor der Nacht noch etwas aufwärmen. Wir müssen doch zusammenhalten ...«

Helen blieb hart. »Was genau an dem Wort *Nein* hast du nicht verstanden?«

Sophie gab es auf und fand sich damit ab, die nächste Zeit zu frieren. Es wurden drei lange Tage, in denen er weder ihren Eimer wechselte, noch ihre Decke zurückbrachte.

22. Kapitel

Herbst 2009

Helen stand am Spülbecken und schrubbte die Pfanne, in der die Soßenreste vom gestrigen Abendessen eingebrannt waren. Ralf hatte vergessen, den Herd abzuschalten und sie hatten erst beim Essen den Geruch von Verbranntem bemerkt. Als ein stechender Schmerz durch ihren Bauch zog, hielt sie kurz inne und atmete tief durch. Sie hatte gerade ihre Periode, und an manchen Tagen waren die Krämpfe kaum auszuhalten. Heute gesellten sich zu allem Überfluss noch Kopfschmerzen dazu.

Sie legte die Pfanne zurück ins Wasser und trocknete sich die Hände ab. Der angebrannten Kruste würde es nicht schaden, noch einen Moment einzuweichen, und sie könnte sich in der Zwischenzeit einen Tee machen. Im Regal fand sich eine große Auswahl – Ralf war Teefan – und Helen entschied sich für Holunderblüten und Ingwer. Sie füllte den Wasserkocher, schaltete ihn ein und setzte sich an den Esstisch. Während sie wartete, legte sie den Kopf in den Nacken, presste ihre Hände auf ihren Bauch und schloss die Augen. Ihr Unterleib entspannte sich und die Schmerzen ließen etwas nach.

Früher hatte sie nie solche Probleme mit Krämpfen gehabt. Das musste daran liegen, dass sie nur so unregelmäßig zu essen bekamen. Sie hatte mal gelesen, dass bei Magersüchtigen die Periode oft ausblieb.

Wenn ihre Tage dann aber kamen, blutete sie stark und hatte Schmerzen.

Immerhin besorgte ihnen Ralf mittlerweile Hygieneartikel und Beutel, die sie für die Entsorgung nutzen konnten. Die ersten Male hatten sie das Blut mit Toilettenpapier auffangen müssen, das sie sich in die Unterhosen stopften. Das ersetzte natürlich keine Binden und ihre Hosen waren irgendwann zwischen den Beinen voller getrocknetem Blut. Irgendwann hatte er wohl keine Lust mehr gehabt, ständig ihre blutigen Hosen zu waschen, also hatte er eine Schachtel Tampons gebracht. Sie hatten ihn nicht mal darum bitten müssen – was sie sich vermutlich ohnehin nicht getraut hätten. Der Tag hatte sich angefühlt wie Weihnachten. Helen hätte nie gedacht, dass sie sich über solche Kleinigkeiten dermaßen freuen könnte.

Überhaupt hatte Ralf sie in den vergangenen Monaten mit einigen Dingen bedacht. Nach der Chemietoilette, die vermutlich eher ein Geschenk von Ralf an sich selbst gewesen war, hatte er ihnen Kerzen und Bücher gebracht. Dafür, dass sie sich einen Monat lang gut benommen hatten, so sagte er. Jetzt konnten sie endlich für einige Stunden am Tag, bis eben die Kerze heruntergebrannt war, selbst bestimmen, ob sie Licht haben wollten oder nicht. Für Sophie hatte er irgendwelche albernen Vampirbücher mitgebracht, über die sie sich nicht mal gefreut hatte. Dabei waren die Viecher doch einmal ihr Hobby gewesen.

Irgendwann, als es draußen so warm war, dass selbst die Temperatur im Keller an Sommer erinnerte, hatte Ralf ihnen eine Lüftung eingebaut. Dafür hämmerte er ein Loch in die Wand, und ganze zwei Tage lang konnten sie frische Luft atmen, die Sonne sehen und das Gezwitscher der Vögel hören. Helen hätte ihn am liebsten darum gebeten, dass er ihnen das kleine Fenster zur Welt ließ, doch sie hatte sich nicht getraut. Ralf steckte einen Schlauch durch das Loch, mauerte die freien Stellen zu und schloss von innen etwas an, das wie ein Heizlüfter aussah und ihnen frische Luft in den Keller pumpte sowie – so erklärte er – die verbrauchte Luft raussaugte.

Da sowohl Helen als auch Sophie ihm bewiesen hatten, dass sie keinen Fluchtversuch starten würden, wenn er sie nach oben holte, nahm er ihnen im Keller mittlerweile sogar die Handschellen ab. So ganz vertraute er ihnen allerdings nicht, denn er betrat den Raum nur, wenn ihre Hände in den Fesseln lagen. Zu diesem Zweck hatte er extra eine Klappe in die Tür eingebaut, durch die sie ihre Hände strecken mussten, wenn er nach ihnen rief. Dann legte er ihnen die Handfesseln an und schloss die Tür auf. Diejenige, die unten blieb – meist Sophie – musste gefesselt warten, bis die andere wieder heruntergebracht wurde.

Das Geräusch der Kellertür riss Helen aus ihren Gedanken. Ralf war aus dem Keller zurück. Er hatte Sophie ihr Abendessen gebracht, und gleich würde er mit Helen gemeinsam kochen.

»Habe ich dir erlaubt, eine Pause einzulegen?«, polterte er sofort los, als er die Küche betrat.

Helen sprang auf. »Nein. Entschuldige bitte. Ich habe ... Meine Bauchschmerzen. Ich dachte mir, dass ein Tee vielleicht ...«

»Du hast was?«, fragte Ralf und starrte den Wasserkocher an. »Wie kommst du auf die Idee, dass du dir hier irgendwelche Freiheiten herausnehmen könntest?« Er packte sie am Arm und zerrte sie in die Küche.

»Aber ich habe dir auch einen gemacht. Schau, dein Lieblingstee.« Helen zeigte auf die zweite Tasse, die sie bereitgestellt hatte.

Ralf stieß sie von sich, sodass Helen mit der Hüfte an die Arbeitsplatte knallte. Der Schmerz trieb ihr Tränen in die Augen, doch sie ließ sich nichts anmerken. »Deine Arbeit hast du noch nicht erledigt, willst dir aber eine nette Teepause gönnen. Da reiche ich dir den kleinen Finger und vertraue dir so weit, dass ich dich kurz alleine lasse, und du nutzt es sofort gnadenlos aus. Ich bin wirklich sehr enttäuscht von dir.«

»Aber ...« Sie stockte und rieb sich über die Augen. »Das wird nie wieder vorkommen, ich verspreche es. Ich hatte solche Bauchschmerzen und dachte ...«

»Seit wann sind deine Schmerzen mein Problem? Du hast zu tun, was ich dir sage, und ich habe dir befohlen, den Abwasch zu machen. Anscheinend kann ich dir nicht vertrauen. Komm, es wird Zeit, dass du zurück in den Keller gehst.«

»Und das Abendessen?«, fragte Helen und biss sich auf die Zunge. Ralf hasste Widerworte und das bekam sie auch sofort zu spüren. Er legte seine Hand um ihr Genick und drückte so fest zu, dass Helen vor Schmerzen in die Knie ging.

»Wir haben jetzt so oft darüber gesprochen, wie die Regeln hier im Haus lauten und mit welchen Konsequenzen ihr rechnen müsst, wenn ihr euch nicht daran haltet. Und jetzt beweg dich, sonst werde ich wirklich unleidlich.«

Helen gehorchte und ging in Richtung Kellertreppe. Sie beschleunigte ihren Schritt etwas, da sie hoffte, Ralf würde ihr Genick loslassen, doch er packte sie nur umso fester. Erst als sie unten angekommen waren, gab er sie frei, um die Tür aufzuschließen. Er stieß sie hindurch und schloss von außen ab.

Ohne Sophie zu beachten, die sie fragend ansah, schlurfte Helen mit hängenden Schultern zu ihrem Bett.

»Was ist passiert?«, fragte Sophie und stellte ihren Teller neben dem Bett ab. Sie hatte ihn fast leer gegessen. Gut für sie, denn vermutlich würden sie die nächsten Tage nichts bekommen. Ralf war dazu übergangen, beide Mädchen zu bestrafen, wenn eine von ihnen gegen seine Regeln verstieß.

»Redest du nicht mehr mit mir?«, ließ Sophie nicht locker.

»Nein, verdammt. Ich habe keinen Bock, jetzt mit dir darüber zu diskutieren, was hätte anders laufen können. Lass mich einfach in Ruhe, okay?« Helen legte sich hin und drehte sich mit dem Gesicht zur Wand.

Sophie seufzte leise. »Glaubst du, dass wir hier jemals rauskommen werden?«, fragte sie. »Zu unseren Familien?«

»Und dann?«, fragte Helen zurück.

»Wie meinst du das, und dann?«

»Dann ist alles wieder wie vorher? Du kommst zurück und wirst einfach so in die Familie aufgenommen, als wäre nichts passiert? Bist du wirklich so bescheuert?« Helen wusste, dass sie sich gerade unfair verhielt. Sie war wütend auf Ralf, nicht auf Sophie, doch sie konnte nicht anders, als ihre Laune an ihr auszulassen.

»Warum sollte es nicht so sein? Es ist doch nicht unsere Schuld, dass wir entführt und eingesperrt wurden.«

Helen lachte schrill, drehte sich um und starrte Sophie wild an. »Wessen Schuld denn sonst? Wir waren so dumm, auf einen Kerl aus dem Internet reinzufallen. Wir sind die Idioten, die sich mit ihm getroffen haben. Dabei hat er mit den miesesten Kinderfängertricks gespielt. Komm, ich zeig dir mein Kino im Keller. Komm, wir suchen nach deinem Kätzchen ...«

»Es ging nicht um meine Katze. Jedenfalls nicht nur. Es ging um einen Typen, der Katzen getötet hat.«

»Du hast recht, das ist natürlich ein Unterschied. Als würde sich irgendwer für das *warum* interessieren. Außerdem sucht dich deine Familie ja nicht mal. Niemand vermisst uns, wie soll uns dann jemals jemand finden?«

»Das kann ich einfach nicht glauben. Meine Mutter sucht garantiert noch nach mir. Im Gegensatz zu ...« Sophie brach den Satz ab, doch Helen hatte genau verstanden, worauf Sophie anspielte.

»Schon klar. Meine Mutter hat uns verlassen. Sie hat mich mit einem elenden Säufer zurückgelassen, dem es nichts ausmacht, wenn der Nachbar nachts über seine Tochter herfällt. Tut mir leid, dass ich keine solche perfekte Familie wie du habe. Ich habe mir das ganz sicher nicht so ausgesucht. Aber wenigstens sehe ich unsere Situation realistisch. Das hier ist das Leben, das wir führen werden.«

Sophie stand auf und setzte sich zu ihr aufs Bett. »Es tut mir leid«, sagte sie und streckte ihre Hand aus, um Helen zu berühren, doch die schreckte davor zurück.

»Du raffst es einfach nicht, oder? Warum kannst du nicht endlich einsehen, dass wir uns damit abfinden müssen? Wir haben keine Chance gegen ihn. Das hier ist unser Zuhause, und wir müssen zusehen, wie wir damit klarkommen.« Einen kurzen Moment kochte die Verzweiflung in Helen hoch, doch sie schluckte das Gefühl hinunter. »Außerdem ... Er ist die meiste Zeit nett zu mir.«

»Nett? Er schlägt uns, wann immer wir in seinen Augen etwas falsch machen. Er verbrennt uns mit Zigaretten und er ... er vergewaltigt uns.«

»Seine Regeln sind nicht so kompliziert. Solange wir uns daran halten ...«

»Ach, und warum bist du dann schon wieder hier unten? Weil du gegen seine ach so leicht einzuhaltenden Regeln verstoßen hast, oder täusche ich mich etwa?«

»Was weißt du denn schon? Kümmere dich gefälligst um deinen eigenen Kram!«

Sophie sprang vom Bett auf und lief an der Vorderseite des Raumes auf und ab. »Hast du dir mal überlegt, was ist, wenn wir krank werden? Du glaubst doch nicht, dass er uns zu einem Arzt bringen würde.«

»Dann werden wir eben von alleine wieder gesund. Was sollen wir uns schon Gefährliches einfangen hier unten? Die Grippewelle wird wohl an uns vorbeiziehen.«

»Und wenn er einen Unfall hat und ins Krankenhaus kommt? Wir werden hier unten verhungern.«

»Wenn, wenn, wenn. Was bringt es dir, über solche Sachen nachzudenken? Du machst dich doch nur selbst verrückt, anstatt einfach mal die Tatsachen zu akzeptieren. Solange wir hier drin sind, und er sich um uns kümmert, leben wir. Wenn sich das ändert, sterben wir. Die beste Gelegenheit für dich, hier aus dem Keller zu kommen.«

»Du kannst doch nicht einfach so aufgeben und akzeptieren, dass wir für immer hier drin bleiben werden.«

»Klar kann ich das. Und das solltest du auch.« Helen würde sich ab jetzt ganz besondere Mühe geben, alles richtig zu machen. Und sei es nur, um Sophie damit eins auszuwischen.

23. Kapitel

November 2016

Bevor Fabian ihm eine Frage stellen konnte, drehte sich der Polizist um und ging die Einfahrt zurück in Richtung Forsthaus. An der Haustür erwartete Hellmann sie bereits. Er war aufgebracht, hatte die Lippen zusammengekniffen und seine Kiefer mahlten. »Wir haben jedes Zimmer abgesucht, den Keller und den Dachboden. Keine Spur von Brückner oder dem anderen Mädchen.« Er nickte mit dem Kopf in Richtung Wohnzimmer. »Machen Sie sich selbst ein Bild davon. Vielleicht haben Sie eine Idee, was passiert sein könnte.«

Thomas wollte der Aufforderung folgen, wurde jedoch von Hellmann am Arm zurückgehalten. »Nicht so hastig. Gehen Sie besser durch die Küche. Sie könnten Spuren kontaminieren.« Er deutete auf die Tür zu seiner Linken. Thomas und Fabian folgten der Anweisung.

Die Küchenzeile war zum Essbereich und dem Wohnzimmer hin offen. Ein großer Esstisch bot Platz für acht Leute und war penibel sauber gewischt. Es gab außerdem einen offenen Kamin, der einen angenehmen Geruch nach verbranntem Holz verbreitete. Fabians Blick folgte einer Spur aus Blutstropfen zu einer großen beigefarbenen Couch, die mit dem Rücken zu ihnen stand. Auf der Lehne befand sich ein großer dunkler Fleck, blutige Bandagen lagen auf dem Boden davor. Fabian griff in seine Jackentasche und streifte sich die Latexhandschuhe über. Vorsichtig, damit er die Blutspur nicht verwischte, ging er um das Sofa herum. Auch auf den Polstern der Vorderseite und auf dem Holzboden vor dem Sofa waren Flecken, eine Wolldecke lag daneben. Auf dem Tisch standen zwei Weingläser, das eine zur Hälfte gefüllt mit Rotwein, das andere umgestoßen.

»Irgendwer hat hier gekämpft«, sagte Fabian. »Er muss Helen erwischt haben.«

»Okay, alle Mann raus hier«, befahl Thomas. »Bevor die Spurensicherung nicht hier durch war, kommt niemand mehr rein.«

Fabian streifte sich die Handschuhe ab. »Ich muss sowieso dringend telefonieren.« Er holte sein Handy aus der Jacke und ging vor die Tür. Dort überprüfte er den Empfang und wählte die Nummer von Susanne. Nach dem vierten Klingeln hob sie ab.

»Bist du noch im Krankenhaus?«, fragte Fabian.

»Ja, es dauert aber noch einen Moment. Ich warte gerade auf den Bericht und wollte dann sofort zurück zum Revier fahren. Habt ihr Brückner?«

»Ist Sophie noch da?«

»Ja, sie wird heute zur Beobachtung hierbleiben. Sie hat so viele Mangelerscheinungen, es grenzt an ein Wunder, dass sie es zu Fuß bis nach Hause geschafft hat. Was ist mit Brückner?« Sie klang ungeduldig.

»Der ist nicht im Haus gewesen. Ich will, dass du zu Sophie gehst und mich dann zurückrufst. Wir brauchen mehr Details. Hier sieht es aus, als habe ein Kampf stattgefunden. Eine Menge Blut. Vielleicht hat er das andere Opfer doch noch erwischt.«

»Ist gut, ich melde mich gleich«, sagte Susanne und legte auf.

Fabian ging zu Thomas und Hellmann, die mittlerweile ebenfalls nach draußen gekommen waren.

»Ich habe die Leute von der Spurensicherung benachrichtigt«, brachte Hellmann ihn auf den neuesten Stand. »Sie müssten in einer halben Stunde hier sein. Wenn Sie möchten, fahren Sie doch zurück ins Büro. Ich lasse meine Männer noch den Wald durchkämmen. Wenn das andere Opfer verletzt ist, und er wirklich nicht mit einem Auto unterwegs ist, hat er sie vielleicht irgendwo abgelegt. Oder er versteckt sich hier in der Nähe.«

Thomas schaute Fabian fragend an, der nickte. Momentan konnten sie hier ohnehin nicht viel ausrichten. »Weisen Sie sie an, auf jeden Fall nach Reifenspuren zu suchen, die nicht zu dem Skoda hier passen«, sagte Thomas. »Wir müssen wissen, ob Brückner mit einem Wagen unterwegs ist, und wenn ja, mit welchem. In der Zwischenzeit gebe ich eine Fahndung und eine weitere Anfrage an die Krankenhäuser heraus.«

»Ich bekomme gleich einen Anruf von unserer Kollegin. Sie ist bei der Zeugin im Krankenhaus, und ich werde versuchen, Genaueres über den Ablauf zu erfahren. Wenn sich etwas Neues ergibt, melde ich mich bei Ihnen.«

Thomas und Fabian verabschiedeten sich und machten sich auf den Weg zu ihrem Wagen.

»Was glaubst du, könnte passiert sein?«, fragte Fabian, als sie sich ein Stück von Hellmann entfernt hatten.

»Gute Frage. So wie es da drin aussieht, hat auf jeden Fall jemand eine ordentliche Menge Blut verloren. Ich befürchte, es handelt sich dabei um Helen. Vielleicht hat er bemerkt, dass die Frauen ihm entkommen sind, ist ihnen hinterher und hat eine erwischt. Er hat sie zurück ins Haus geschleift, und im Wohnzimmer kam es dann zum Kampf zwischen den beiden. Der ist offensichtlich sehr blutig ausgegangen, und Brückner ist dann getürmt.«

»Aber was hat er mit Helen gemacht? Hoffentlich lebt sie überhaupt noch. Wenn ich mir das ganze Blut ansehe, kommen mir da erhebliche Zweifel ...«

»Wenn das tatsächlich von ihr stammt, ist sie zumindest schwer verletzt. Vielleicht hatte er ein zweites Auto zur Verfügung. Dort hat er sie reingepackt und sie an einen anderen Ort gebracht. Er musste ja damit rechnen, dass wir bald vor der Tür stehen würden.«

»Stimmt, das mit dem zweiten Wagen ist gut möglich. Es muss nicht mal sein eigener sein. Im Wohnzimmer standen zwei Gläser auf dem Tisch. Da sich laut Sophie Gauthier beide Frauen im Keller befunden hatten, hat er wohl Besuch gehabt.« Fabians Handy klingelte, und er nahm den Anruf entgegen.

»Hallo, ich bin's«, sagte Susanne. »Ich bin jetzt bei Sophie Gauthier im Zimmer und schalte auf Lautsprecher.«

Fabian tat dasselbe bei seinem Handy. »Hallo Sophie«, sagte er, während sie den Waldweg zurück zu der Stelle gingen, an der Thomas den Wagen abgestellt hatte. »Hier spricht Fabian Prior. Es ist jetzt sehr wichtig, dass Sie versuchen, sich ganz genau zu erinnern. Vielleicht gibt es etwas, das uns bei der Suche nach Ihrem Entführer helfen kann.«

»Sie haben ihn also nicht gefunden?« Sophies Stimme klang schwach.

»Leider nein. Er war nicht im Haus, als wir ankamen. Deswegen müssen wir genau wissen, wie der heutige Abend abgelaufen ist.«

»Fangen Sie am besten damit an, wie Sie aus dem Kellerraum herausgekommen sind«, ermutigte Susanne sie. »Die Tür war nicht abgeschlossen?«

Ein Rascheln am anderen Ende der Leitung. Dann hörte Fabian, wie jemand tief Luft holte. Es fiel Sophie offensichtlich nicht leicht, darüber zu sprechen. »Er hatte sie vergessen. Das ist ihm schon einmal passiert. Damals kam er aber so schnell wieder zurück, dass wir keine Gelegenheit zur Flucht hatten. Außerdem glaubten wir, dass es vielleicht ein Test sein könnte, und haben uns nicht getraut, etwas zu machen.«

»Wie kamt ihr darauf, dass er euch eine Falle gestellt haben könnte?«, fragte Fabian.

»Das hat er vorher schon mal gemacht. Um sich unserer Loyalität zu versichern, wie er immer sagte. Es gab immer wieder kleine Tests. Aber er hat uns später immer verraten, wenn wir ihn bestanden hatten. Und wenn unser Verhalten genau seinen Vorstellungen entsprochen hat, wurden wir belohnt. Wenn nicht ...« Ihre Stimme brach, sie schluchzte leise.

»Was war dieses Mal anders, dass ihr euch getraut habt?«

»Erst haben wir eine Weile gewartet, um ganz sicher zu sein. Irgendwann haben wir die Tür vorsichtig aufgemacht. Es war ganz still im Haus und wir sind nach oben geschlichen.«

»Sie wussten also nicht, ob er überhaupt im Haus war?«, unterbrach Thomas.

»Nein, wir hatten keine Ahnung. Wir konnten aber diese Gelegenheit nicht einfach so verstreichen lassen.« Sophies Stimme zitterte. Sie schwieg einen Moment, bevor sie weitersprach. »Wir sind die Kellertreppe raufgeschlichen. Dann bin ich zur Tür gerannt, habe sie aufgerissen und bin nur noch gelaufen. Ich wollte nur weg ...« Sie schluchzte.

»Sie haben es geschafft und sind nun in Sicherheit«, sagte Susanne beruhigend.

In der Zwischenzeit hatten Thomas und Fabian den Wagen erreicht, den Thomas per Fernbedienung öffnete.

»Und Helen war die ganze Zeit hinter Ihnen?«, fragte Fabian, als sie eingestiegen waren. Im Wageninneren war es angenehm warm, da Thomas die Standheizung hatte laufen lassen.

»Ja ... ich meine ... ich weiß nicht. Wir haben uns irgendwann verloren. Es ging alles so schnell, und ich wollte einfach nur raus da, bevor er uns erwischt. Ich dachte, sie wäre hinter mir, aber irgendwann habe ich gemerkt, dass sie das nicht ist. Es tut mir so leid ...«

»Das muss es nicht. Es ist ganz natürlich, dass Sie um sich herum nicht mehr viel wahrgenommen haben. Das Adrenalin sorgt für einen echten Tunnelblick«, erklärte Susanne. »Wir geben unser Bestes, Helen so schnell wie möglich zu finden.«

»Ich hätte da auch noch ein paar Fragen.« Thomas hatte den Wagen gestartet und lenkte ihn auf die Umgehungsstraße. »Als Sie im Erdgeschoss waren, haben Sie da zufällig mitbekommen, ob Harald Brückner alleine im Haus war?«

»Wer ist Harald? Meinen Sie Ralf?«

»Das war bloß der Name, den er vor Ihnen verwendet hat. In Wirklichkeit heißt er Harald Brückner«, klärte Fabian sie auf.

»Ich weiß nicht mal, ob er überhaupt da war. Das alles ist wie im Rausch an mir vorbeigezogen. Ich kann immer noch nicht fassen, dass ich nicht mehr dort unten eingesperrt bin.«

»Hatte Brückner einen Komplizen? Ich meine, gab es jemanden, der von Ihnen wusste? Jemand, der ihn unterstützte? Vielleicht seine Mutter oder ...«

»Nein«, unterbrach Sophie. »Seine Mutter lebt nicht mehr. Sie wurde von seinem Vater umgebracht, als er noch ein kleiner Junge war. Das hat er uns zumindest erzählt. Auch sonst hat uns nie jemand gesehen. Er hat uns immer eingesperrt.«

In der Leitung raschelte es kurz, dann sagte Susanne: »Das reicht für den Moment. Frau Gauthier braucht nun dringend die Ruhe, die ihr die Ärzte verordnet haben. Kümmert ihr euch um die Fahndung?«

»Wir sind dran. Ich habe seinen Ausweis abfotografiert und ein Passfoto, das in seinem Geldbeutel war«, antwortete Thomas. »Bleib du bitte so lange bei Sophie, bis die Wache eintrifft. Wenn Brückner da draußen unterwegs ist, sollte sie auf keinen Fall ohne Polizeischutz bleiben.«

»Wäre auch mein nächstes Anliegen gewesen. Ich bleibe hier«, sagte Susanne und verabschiedete sich von den beiden.

Fabian starrte in den dunklen Wald, der vor dem Seitenfenster vorbeiflog. War Helen irgendwo dort draußen und brauchte ihre Hilfe? Würden sie die junge Frau rechtzeitig finden?

24. Kapitel

November 2016

Sophie lag im Bett und starrte wie hypnotisiert in den Himmel. Die Lichter der Stadt strahlten so hell, dass sie die Sterne am Nachthimmel nicht erkennen konnte. So oft hatte sie sich in dem Keller danach gesehnt, die Sonne oder die Sterne sehen zu können – oder einfach nur Wolken. Dieser Blick war für sie gleichbedeutend mit Freiheit. Eine Freiheit, nach der sie sich die letzten neun Jahre – so viele waren es gewesen, das hatte ihre Mutter gesagt – verzehrt hatte. Sie war Ralf entkommen. Ihre Geduld hatte gesiegt.

Und doch fühlte sie sich seltsam verloren. Ihr Zuhause schien nicht mehr vertraut. Es war, als wäre sie eine Fremde in einer fremden Wohnung, ein emotionaler Klotz am Bein derer, die sie so lange Zeit vermisst hatte.

Vor allem ihrer kleinen Schwester gegenüber hatte Sophie ein schlechtes Gewissen. Lara war zwar bemüht, es nicht raushängen zu lassen, doch Sophie spürte, dass die Situation nicht einfach für ihre kleine Schwester war. Vermutlich hatte sie all die Jahre um die Aufmerksamkeit ihrer Eltern kämpfen und mit der verschwundenen Schwester konkurrieren müssen. Und jetzt, da Sophie wieder da war, ging es erneut nur um sie. Sie konnte sich vorstellen, dass Lara sich übergangen fühlte. Wie das unsichtbare Kind der Familie.

Bestimmt war es besser, wenn Sophie sich so schnell wie möglich ein eigenes Zuhause suchte. Ein Zimmer in einer Wohngemeinschaft vielleicht, dann wäre sie nicht so alleine.

Doch wie sollte sie das anstellen, wie eine Wohnung bezahlen? Sie hatte keinen Schulabschluss, keine Ausbildung. Wer zur Hölle würde ihr da einen Job geben? Sophie wollte sich rasch eine Arbeit suchen, um sich ein unabhängiges Leben zu ermöglichen. Ihre Eltern, vor allem ihre Mutter, hatten sich verändert und es fühlte sich fast so an, als würde Sophie die beiden kaum kennen. Die Vorstellung, die nächste Zeit ständig mit ihnen zusammen zu sein, machte ihr Angst. Sie hatte keine Ahnung, wie sie sich den Menschen gegenüber verhalten sollte, die ihr vertraut sein sollten und es doch nicht waren. Durfte sie ihnen erzählen, wie sie sich fühlte? Auf keinen Fall wollte sie ihrer Familie vor den Kopf stoßen.

Sie begann, am ganzen Körper zu zittern. Ein säuerlicher Geschmack stieg in ihren Mund. Auf einmal wurde ihr klar, weshalb sie sich so seltsam fühlte. Helen. Sie fehlte ihr. Wo steckte sie nur? Ging es ihr gut? Sie war in den Wald gerannt, ohne Sophie auch nur einen Moment zuzuhören. Dabei hatte sie nicht mal Schuhe getragen. Was war mit ihr geschehen? Wo war sie jetzt?

Tränen lösten sich aus ihrem Augenwinkel und rannen ihre Wange hinab. Vielleicht hätte sie Susanne Berger doch die Wahrheit sagen sollen. Ihr erklären sollen, wie sie wirklich entkommen war. Die Polizisten würden es ohnehin bald herausfinden.

Vielleicht war Helen zurück zum Haus gegangen und hatte versucht, Sophie vor den Konsequenzen zu schützen.

Sie kniff die Augen zusammen und drückte mit Daumen und Zeigefinger auf ihre Lider. Helen und sie hatten in den Jahren ihre Reibereien gehabt. Sie hatten gestritten, sich angeschrien, sich gehasst und sich wieder verbündet. Doch in diesem Augenblick fühlte sie sich schrecklich einsam und wünschte sich nichts mehr, als Helen neben sich atmen zu hören. Sie hatten neun Jahre miteinander durchgestanden. Hatten Ralfs Launen und Bestrafungen ertragen und sich getröstet, sich gegenseitig die Wunden gepflegt. Sie hatten dafür gesorgt, dass sie in dem Keller gemeinsam überlebten.

Jetzt war Sophie allein. In Freiheit, ja. Vielleicht auch in Sicherheit – aber allein.

25. Kapitel

November 2016

Harald Brückners Mutter war nicht tot. Sie lebte seit einigen Jahren in einem Altersheim in Darmstadt. Das Gebäude war ein grauer Betonklotz aus den Achtzigern, in dem die Bewohner nach Geschlechtern getrennt in Doppelzimmern untergebracht waren. Über diese Tristesse sollte das Empfangsgebäude aus der Jugendstilzeit hinwegtäuschen, in dem sich außerdem die verschiedenen Therapieräume befanden. Martha Brückner wohnte im vierten Stockwerk, war fünfundachtzig Jahre alt und wirkte für ihr Alter noch sehr rüstig. Fabian und Thomas saßen gemeinsam mit ihr in einer Art Wintergarten, in dem Bewohner mit ihren Angehörigen ein wenig Privatsphäre hatten. Eine Pflegerin hatte ihnen eine Thermoskanne mit viel zu dünnem Kaffee gebracht.

»Lassen Sie mich überlegen«, antwortete die alte Dame auf Fabians Frage, wie lange Harald Brückner schon in dem Forsthaus lebte. Mit zitternder Hand rührte sie ein wenig Kondensmilch in ihre Tasse und nahm dann vorsichtig einen Schluck von dem Kaffee. »Nachdem mein Mann Ende der Neunziger einen Schlaganfall hatte, haben wir Harald das Haus überschrieben. Sie können mir glauben, dass es uns nicht leichtfiel. Mein Mann war mit Leib und Seele Förster. Aber er konnte nach dem Anfall nicht mehr richtig laufen, also haben wir uns schweren Herzens entschieden, in eine ebenerdige Wohnung zu ziehen. Danach haben wir immer weniger Kontakt zu Harald gehabt. Das letzte Mal habe ich ihn bei der Beerdigung seines Vaters gesehen. Das war vor über zehn Jahren.«

»Und Sie haben keine Vermutung, wo er sich jetzt aufhalten könnte?«, fragte Thomas. Er nahm einen Schluck von seinem Kaffee und verzog das Gesicht.

»Nein, das tut mir leid. Vermutlich wäre ich die letzte Person, bei der er sich melden würde. Eine Schande ... Mich würde allerdings interessieren, weshalb Sie deswegen an einem Sonntag hier auftauchen. Steckt er in Schwierigkeiten?«

»Machen Sie sich keine Sorgen um Ihren Sohn. Er ist für uns lediglich ein wichtiger Zeuge«, sagte Fabian. Die Chance, dass die Mutter ihnen die Wahrheit sagte, war wesentlich größer, wenn sie nichts von den Verbrechen ihres Sohnes wusste. Außerdem wollte er sie nicht unnötig belasten. »Leider können wir ihn seit gestern nicht erreichen, und da hatten wir die Hoffnung, dass Sie vielleicht eine Ahnung haben könnten, wo er sich gerade aufhält.«

»Nun, es hätte mich nicht gewundert, wenn er in irgendwelchen Schwierigkeiten gesteckt hätte. Harald war schon immer ein schwieriges Kind.« Sie führte ihre Tasse zum Mund. Dabei zitterte sie so stark, dass sie etwas von dem Inhalt auf ihrer Bluse verschüttete. Fabian fragte sich, ob es angebracht war, ihr behilflich zu sein, entschied sich aber dagegen. Seine Großmutter hatte solche gut gemeinten Hilfestellungen oft als Bevormundung angesehen.

»Das hat schon in der Schule begonnen«, fuhr die alte Dame fort. »Ziemlich schlau, aber leider auch genauso umtriebig. Ständig hat er gestört, sich mit anderen Kindern angelegt, und entweder kam er dann mit einem Veilchen oder einem Brief vom Direktor nach Hause. Er behauptete, er wäre so, weil ihn der Schulstoff langweilte. Ich glaube, er war einfach ein missratener Bub.«

»Wie hat sich das in seiner Jugend entwickelt?«, fragte Thomas, der sich in seinem Smartphone eifrig Notizen machte. »Ich meine, Ihr Sohn ist ein erfolgreicher Architekt geworden, er muss sich ja also irgendwann gebessert haben.«

Der Blick von Brückners Mutter wurde weicher. Sie richtete ihre weißen Haare, die zu einem Dutt zusammengesteckt waren, und faltete dann ihre von der Arthrose verformten Hände in ihrem Schoß. »In der Pubertät hat er seine Aktivitäten ... Lassen Sie mich so sagen, er hat seine Interessen verlagert. Es waren die Mädchen, denen er seine Aufmerksamkeit schenkte. Alle paar Wochen brachte er ein anderes mit nach Hause. Es war beinahe, als wollte einfach keine bei ihm bleiben. Sie können mir glauben, dass ich das ein oder andere Mal ganz schön durcheinandergekommen bin. Die sahen ja damals auch alle gleich aus. Lange Haare, Schlaghosen ... Einmal habe ich eine der jungen Frauen versehentlich mit dem falschen Namen angesprochen. Sie ahnen nicht, was da zu Hause los war. Harald ist vollkommen ausgeflippt und hat mir die Schuld daran gegeben, dass sie ihn nicht mehr wiedersehen wollte. Dabei hat er es bereits vorher bei keiner anderen geschafft, dass sie mal für längere Zeit blieb.« Aus ihrem Kittel fingerte sie eine

Packung Zigaretten hervor und fuchtelte damit vor Fabians Gesicht herum. »Es stört Sie doch nicht, oder? Eigentlich ist rauchen hier verboten, aber ich kann es ja einfach auf Sie schieben. Wer würde den Herren von der Polizei schon etwas abschlagen? Noch dazu, wenn sie so reizend sind wie Sie beide.«

»Tun Sie sich keinen Zwang an, aber ich verzichte. Es scheint, als wäre Ihr Sohn in jungen Jahren ein richtiger Schwerenöter gewesen«, sagte Fabian und entlockte Martha Brückner damit ein Lächeln.

»Das scheint nicht nur so, das war er auch. Aber es hat ihn schon frustriert, wenn ihn die Mädchen immer wieder verlassen haben. Einmal hat er mir in einer ruhigen Minute gestanden, dass er sich nichts sehnlicher wünscht, als eine feste Freundin, die er heiraten und mit der er eine Familie gründen kann. Uns waren ja damals keine weiteren Kinder vergönnt, und ich glaube, das war für Harald schon schwer. Er hätte so gerne ein Geschwisterchen gehabt. Also hat er sich vorgenommen, seine eigene Familie zu gründen. Wahrscheinlich hat er die Damen genau dadurch alle vergrault. Die jungen Frauen damals wollten doch alles andere als sich mit Kindern und Haushalt beschäftigen. Selbstbestimmung war das Credo, ein Studium wollten sie alle anfangen, und na ja, Sie wissen ja, was die Mädchen in den Siebzigern so wollten.«

»Das war sicher nicht leicht für ihn, immer wieder sitzengelassen zu werden«, sagte Fabian. Offensichtlich hatte Brückner mit seinem Keller knapp dreißig Jahre später schließlich eigenhändig dafür gesorgt, dass ihn seine Auserwählten nicht mehr verlassen würden.

»Wie war er denn generell so im Umgang mit Frauen, können Sie dazu etwas sagen?«

»Oh ja, das kann ich, auch wenn es ein wenig indiskret ist. Harald hatte sehr spezielle Vorlieben. In seinem Zimmer stand eine Gerte, dabei hatten wir nie etwas mit Pferden zu tun. Außerdem habe ich einmal beim Aufräumen ein paar Handschellen unter seinem Bett gefunden und wirklich ekelerregende Pornografie. Ich befürchte, sein Geschmack war zu besonders für die Damenwelt.«

»Dann war er ja ein ganz wilder Feger«, sagte Thomas und warf Fabian einen bedeutungsschwangeren Blick zu.

»So war er, mein Harald. Aber irgendwann wurde er ruhiger und hat seine Energie schließlich in etwas Gutes gesteckt, anstatt immer wieder neue Freundinnen mit nach Hause zu bringen. Sein Studium hat er unter der Regelstudienzeit sogar mit Auszeichnung bestanden und sich in seinem Beruf schnell hochgearbeitet. Die ersten Jahre war er ständig geschäftlich unterwegs, auch im Ausland. Wir waren froh darüber, er hat eine Menge Geld verdient, und so konnte er uns immer ein bisschen was zuschießen, wenn es eng wurde. Mein Mann hatte keine sonderlich gute Pension, müssen Sie wissen, und ich war niemals arbeiten. Hätten wir aber gewusst, dass man danach so gar nichts mehr von ihm hört ... Vielleicht hätten wir uns das mit dem Haus noch mal überlegt. Damals, als wir noch dort wohnten, kam er wenigstens ab und zu mal vorbei.«

Thomas seufzte und stand auf. Anscheinend hatte er genug gehört. »Wenn sich Ihr Sohn wider Erwarten doch bei Ihnen melden sollte, rufen Sie uns bitte dringend an. Völlig egal, wann.«

Martha Brückner nickte traurig. »Auch am Sonntag«, sagte sie. Ihre Stimme war kaum mehr ein Flüstern. »Ich dachte mir schon immer, dass er irgendwann mal in Schwierigkeiten geraten würde.«

»Machen Sie sich keine Sorgen, Frau Brückner.« Fabian streckte ihr die Hand hin, die sie entgegennahm. »Mit Ihrem Sohn ist alles in Ordnung, er ist nur ein wichtiger Zeuge für uns.«

Als sie die alte Frau alleine zurückließen, fühlte er sich schlecht. Vermutlich bekam sie nicht häufig Besuch, denn sie schien es genossen zu haben, sich mit jemandem zu unterhalten.

»Was glaubst du, warum er Sophie und Helen erzählt hat, sein Vater hätte seine Mutter umgebracht?«, fragte Fabian, während er den Wagen aus der Parklücke lenkte.

»Mitleid?«, vermutete Thomas und zuckte mit den Schultern.

Fabian nickte. »Vielleicht wollte er sie so gefügig machen. Sieh doch nur, was ich schon alles durchmachen musste ...«

»Jedenfalls wissen wir jetzt, wo wir nicht nach ihm suchen müssen«, murmelte Thomas, der sich nebenbei einen von Fabians Proteinriegeln aufriss, die er im Handschuhfach lagerte. »An seine Mutter würde er sich wohl nicht wenden.«

»Wart's ab«, sagte Fabian. »In der Not frisst der Teufel Fliegen.«

26. Kapitel - 2016

November 2016

Am nächsten Morgen war Fabian schon früh im Büro. Die Untersuchungsergebnisse von Sophie hingen an der Pinnwand: Untergewicht in besorgniserregendem Ausmaß, kaputte Zähne, die selbst gute Zahnärzte nur schwer würden retten können, Blutarmut aufgrund von Eisenmangel und Vitamin-D-Mangel durch die jahrelange Gefangenschaft.

Ihrem Körper war das Martyrium, das sie die letzten Jahre hatte durchleiden müssen, deutlich anzusehen. Brückner hatte seine Gefangenen geschlagen, immer wieder vergewaltigt, gefesselt, sie hungern lassen und sie mit Messern und heißen Gegenständen traktiert. All das hatte nur geschehen können, weil sie, die Ermittlungsbeamten, unfähig gewesen waren, den Täter zu finden. Sie hatten ja nicht mal gewusst, dass Brückner sich noch ein weiteres Mädchen geschnappt hatte.

Obwohl Fabian damals nicht an den Ermittlungen beteiligt gewesen war, kam es ihm vor, als hätte auch er versagt. Und wenn sie nicht aufpassten, würden sie ein weiteres Mal versagen. Bisher hatten sie nicht die geringste Spur von Brückner. Der Leiter der Spurensicherung hatte sich am Sonntag gemeldet und berichtet, dass keinerlei Reifenspuren von einem anderen Auto gefunden worden waren. Wenn ihn nicht jemand an der Umgehungsstraße aufgesammelt hatte, musste Brückner demzufolge zu Fuß unterwegs sein.

Auch Helen blieb verschwunden, und Fabian befürchtete, dass Brückner sie in seiner Gewalt oder sich ihrer schon längst entledigt haben könnte.

Die Tür ging auf, und Susanne kam mit einer Tasse in der Hand herein. Sie sah müde aus, hatte ihre Kleidung von gestern wieder angezogen und die Haare zu einem unordentlichen Zopf zusammengebunden.

»Es gibt noch immer keine Spur von Helen oder Brückner«, platzte Fabian direkt mit den schlechten Nachrichten heraus. »Sie sind in keinem Krankenhaus aufgetaucht, und Brückner hat sich weder bei seiner Mutter noch bei einem der Kontakte aus seinem Telefon gemeldet. Die ersten Videos der Überwachungskameras der Tankstellen im Umkreis sind ausgewertet, und auch dort ist er nirgends zu sehen. Es ist, als hätte er sich in Luft aufgelöst.«

Susanne stellte ihre Tasse auf Fabians Schreibtisch ab und rieb sich die Augen. »Das darf doch alles nicht wahr sein. Wurden die Fährtenspürhunde eingesetzt? Hubschrauber?«

Fabian nickte. »Noch in der Nacht haben wir ein Team mit der Hundestaffel ab der Grundstücksgrenze eingesetzt. Laut Sophie ist Helen mindestens bis dorthin gekommen. Die Spur führte durch den Wald bis zur Umgehungsstraße. Ab da wurde es wegen des Regens schwierig, und nur ein einziger Hund ist noch bis zum Waldfriedhof gekommen, hat aber dann auch die Spur verloren. Selbst der Hubschrauber hat nichts gebracht. Es ist wie verhext. Als wären Brückner und sein Opfer vom Erdboden verschluckt.«

»Wie gehen wir weiter vor?«, fragte Susanne. »Habt ihr schon mit Helens Familie gesprochen?«

»Sie hat nicht mehr viel Familie. Eigentlich gibt es nur die Großmutter und den Vater, Roman Volk. Seine Frau hat einige Jahre vor Helens Verschwinden die Familie verlassen und hatte seitdem keinen Kontakt mehr zu ihrer Tochter. Mittlerweile lebt sie im Ausland – es ist also mehr als unwahrscheinlich, dass Helen sich dort gemeldet hat.«

»Glaubst du, der Vater hängt da irgendwie mit drin? Immerhin hat er sich damals wohl nicht allzu sehr für den Verbleib seiner Tochter interessiert.«

Dieser Gedanke war Fabian auch schon gekommen. Allerdings hatte er ihn schnell wieder verworfen, weil er eine Beteiligung von Helens Vater für recht unwahrscheinlich hielt. Er zuckte mit den Schultern. »Nicht unbedingt. Er hatte angegeben, dass seine Tochter öfter davon gesprochen hatte, mit einer Freundin zusammenziehen zu wollen. Sobald wir Brückner haben, sollten wir eine Verbindung zu Roman Volk prüfen, aber ich glaube nicht, dass wir etwas finden. Wahrscheinlicher ist meiner Meinung nach, dass Brückner sie unter einem Vorwand zu einem freiwilligen Treffen überredet hat. So wie bei Sophie auch.«

Susanne schlürfte nachdenklich einen Schluck von ihrem Kaffee. »Unglaublich. Da verschwindet mitten in Deutschland eine Siebzehnjährige, und niemand – außer der Großmutter – vermisst sie.«

»Weil sie aus schwierigen Verhältnissen stammte und damit als potenzielle Ausreißerin galt. Zumal der Vater ja angab, sie hätte es angekündigt. Ich nehme an, dass der Fall nicht besonders ernstgenommen wurde, weil sie kurz vor ihrem achtzehnten Geburtstag verschwunden ist.« Fabian fühlte sich schlecht. Er kam sich vor, als ob die damaligen Versäumnisse seine Schuld gewesen wären. Vielleicht hatte Brückner bei seiner zweiten Entführung einen Fehler gemacht, den sie hätten entdecken können. Vielleicht hätten sie die Mädchen viel früher retten können.

»Ist der Vater informiert worden? Vielleicht hat sie sich ja bei ihm gemeldet.«

»Thomas ist gerade dran. Er ruft auch die Großmutter an. Ich halte es für wahrscheinlicher, dass Helen Volk dort aufgetaucht ist.«

»Was wissen wir bisher über Brückner?«

»Nicht besonders viel. Er ist neunundvierzig Jahre alt, selbstständiger Architekt.« Fabian stockte. In seinem Kopf passte dieser erfolgreiche und anscheinend intelligente Mann einfach nicht in das Bild eines Psychopathen. »Nun, das Haus gehört seit Generationen seiner Familie. Dort hat er auch sein Büro – in einem Anbau, den er offensichtlich selbst geplant und umgesetzt hat. Insgesamt entspricht er nicht gerade dem Typ, den wir als Erstes auf die Fahndungsliste gesetzt hätten. Er ist kein Einzelgänger, hat viele Freunde und ist erfolgreich im Beruf. Und auf den ersten Blick hatte er auch keine schlechte Kindheit.«

»So sind manche Männer eben. Stecken voller Überraschungen – negativer Überraschungen, könnte man sagen.«

Sie musterte Fabian dabei so intensiv, dass er nicht anders konnte, als ihre Anmerkung auch auf sich zu beziehen. So musste es wohl in ihren Augen aussehen: Er hatte sich genommen, was er wollte, nämlich ihren Körper, und danach das Interesse an ihr verloren.

»Hör zu, Susanne. Es tut mir leid, wie das damals gelaufen ist …«

»Spar dir das, okay? Es ist ja nicht so, als würde ich dir nach über einem Jahr immer noch hinterhertrauern. So toll, wie du glaubst, bist du nun auch wieder nicht.«

Fabian seufzte. »So habe ich das doch gar nicht gemeint. Aber diese Sache steht zwischen uns, und das darf es bei den Ermittlungen nicht.«

Susanne ignorierte seinen Einwand und starrte die Pinnwand an, als hätte sie Scheuklappen auf.

Zum Glück betrat Thomas den Raum und beendete das unangenehme Schweigen.

»Bei der Großmutter ist Helen Volk nicht aufgetaucht. Sie war völlig aufgelöst, als sie erfahren hat, dass ihr Gefühl damals richtig war. Der Vater ist wohl all die Jahre nicht davon abgerückt, dass seine Tochter damals freiwillig verschwunden ist.«

»Konntest du ihn ans Telefon bekommen?«, fragte Fabian.

Thomas schüttelte den Kopf. »Den werden wir auch nicht mehr sprechen können. Ist vor zwei Jahren verstorben. Leberzirrhose.«

»Großartig.« Susanne hob resigniert die Arme. »Trotzdem werde ich das Gefühl nicht los, dass der Vater da mit drinstecken könnte. Ich meine, wie kann einem nicht auffallen, dass die eigene Tochter plötzlich verschwunden ist?«

»Wir können uns nur auf seine Aussagen von damals beziehen, die zugegebenermaßen nicht gerade umfangreich sind«, sagte Thomas. »Wenn das Verhältnis zwischen ihm und Helen wirklich so schlecht war, wie er behauptet hat, dann ging er vermutlich einfach davon aus, dass sie ausgerissen ist, und war aufgrund vorangegangener Streitigkeiten nicht sonderlich überrascht.«

»Dann hätte sie aber zumindest ein paar Dinge mitgenommen«, merkte Susanne an.

Fabian zuckte mit den Schultern. »Es ist denkbar, dass sie das sogar hat«, sagte er. »Brückner hatte sich mit Sophie verabredet, um einem vermeintlichen Tierquäler aufzulauern, der damals angeblich Katzen gefangen und getötet hat. Sie hatte das im Chat erwähnt, da die Katze der Gauthiers erst einige Monate zuvor verschwunden war. Er ist auf die Geschichte eingegangen und hat sie gezielt mit etwas gelockt, das ihr am Herzen lag. Wenn Helen ihm davon erzählt hat, dass sie von zu Hause abhauen will, könnte er ihr einen Unterschlupf oder eine Mitfahrgelegenheit angeboten haben.«

Fabians Handy klingelte. Es war Knodt, der das Team der Spurensicherung vor Ort leitete. Er teilte Fabian mit, dass die Arbeiten nun abgeschlossen waren und sie wieder ins Haus durften. Gemeinsam mit Thomas machte Fabian sich auf den Weg nach Neu-Isenburg, während Susanne ins Krankenhaus fuhr, um erneut mit Sophie zu sprechen und ihre Aussage aufzunehmen.

27. Kapitel

Herbst 2012

Sophie richtete sich im Bett auf. Ihr Herz schlug ihr bis zum Hals, und sie wagte es kaum, zu atmen. Ralfs Schritte entfernten sich und verschwanden schließlich die Kellertreppe hinauf.

Sie wartete noch einen Moment, dann stand sie auf und ging um die Trennwand aus Rigips herum, die Ralf im Zuge der Kellererweiterung für sie eingezogen hatte. Er war Architekt – das erwähnte er angeberisch, wann immer es die Situation zuließ – und hatte alles innerhalb weniger Wochen durchgezogen. Ohne fremde Hilfe – wie er behauptete –, doch Sophie glaubte ihm in dieser Hinsicht kein Wort. Er war nicht gerade schlank und schnaufte manchmal schon, wenn er mit ihnen ins Obergeschoss ging. Sie konnte sich nicht vorstellen, dass er in der Lage gewesen war, den Umbau alleine vorzunehmen. In der Zeit des Umbaus waren Sophie und Helen auf dem Dachboden eingeschlossen gewesen. Sophie wünschte sich, er hätte sie einfach dort gelassen. Sie hatten ein Fenster gehabt, durch das sie jeden Morgen den Sonnenaufgang beobachtet hatten.

Immerhin war ihr Gefängnis nun etwa auf die doppelte Größe angewachsen und jede von ihnen hatte ihren eigenen kleinen Bereich, in dem sie ihre Bücher und die wenige Wäsche unterbrachten, die er ihnen zum Wechseln zur Verfügung stellte. Während Sophie nicht sonderlich viel daran lag, wie es auf ihrer Seite aussah, hatte Helen sich wohnlich eingerichtet: Die Bücher standen ordentlich aufgereiht auf einem Regal, wo sich auch der kleine Fernseher befand, den Ralf ihr als Belohnung gebracht hatte. Inklusive einiger DVDs sowie Kopfhörer, die Helen die meiste Zeit auf den Ohren hatte. Sie hingegen war zu diesem Zeitpunkt mal wieder angekettet gewesen, weil sie beim Saubermachen der Terrasse mit einem Hochdruckreiniger auf Helen gezielt hatte. Das Ganze war nur ein Spaß gewesen, weil Helen Sophie zuvor mit einem nassen Lappen beworfen hatte, doch Ralf war bei Sophies Konter sofort ausgerastet und hatte sie zur Strafe zwei Wochen an ihr Bett gekettet.

»Hast du das gehört?«, fragte Sophie.

Helen, die auf dem Bauch lag und in einer Zeitschrift mit dem neuesten Klatsch über Prominente blätterte, drehte sich zu ihr um. »Nein. Was meinst du?«

»Genau das«, flüsterte Sophie aus Angst, Ralf könnte sie oben hören. »Da war nichts. Ich glaube, er hat die Tür nicht abgeschlossen.«

Helen zuckte mit den Schultern und widmete sich wieder ihrer Zeitschrift. »Davon träumst du wohl, hm?«

»Nein!« Sophies Stimme zitterte, so aufgeregt war sie. »Ich schwöre dir, er ist gerade nach oben gegangen. Die Tür ist noch offen.«

»Dann geh halt nachschauen, wenn es dir unter den Nägeln brennt.« Helen schien unbeeindruckt.

Sophie starrte wütend auf Helens kahlgeschorenen Hinterkopf. Natürlich würde sie nachschauen. Aber es wäre ihr lieber gewesen, es mit Helen in ihrem Rücken zu tun. Sie schlich zur Tür und lauschte. Dahinter war alles still. Ganz langsam streckte sie die Hand aus und berührte die Klinke mit den Fingern. Ein Moment des Zögerns verging, in dem sie Mut sammelte. Ihr Herz raste und das Blut rauschte in ihren Ohren. Dann drückte sie die Klinke herunter. Die Tür sprang einen Spalt breit auf.

Sophie schnappte nach Luft. »Helen«, flüsterte sie.

Hinter der Leichtbauwand raschelte die Zeitschrift. Helen antwortete nicht.

»Helen, die Tür ist offen. Wir können raus«, versuchte Sophie es noch einmal, dieses Mal ein wenig lauter.

»Schön. Versuch doch und sieh zu, wie weit du kommst«, sagte sie. Sophie drehte sich um und wollte gerade zu Helen gehen, da wurde ihr die Tür aus der Hand gerissen.

Der Schreck fuhr ihr in die Eingeweide. Ralf stand mit zwei Tassen in der Hand vor ihr und funkelte sie wütend an. Verängstigt wich sie vor ihm zurück.

»Was bist du nur für ein niederträchtiges Stück«, brüllte er sie an. Seine Nasenflügel bebten, während er schrie. »Nach all dieser Zeit. Nach all den Zuwendungen ... Ich reiße mir hier den Arsch für euch auf – und du? Undankbar! Du bist einfach nur undankbar und hinterhältig noch dazu. Glaubst, du könntest hier einfach verschwinden, wenn ich kurz draußen bin. Dich klammheimlich hinter meinem Rücken rausschleichen ... Hältst du mich für so dumm?«

»Ich wollte gar nicht abhauen«, sagte Sophie mit schwacher Stimme. Sie fühlte sich, als sei all ihre Kraft aus ihrem Körper gewichen, und die Angst lähmte sie. »Ich wollte doch nur ...«

»Verkauf mich nicht für dumm«, warnte Ralf sie.

»Nein! Ich hatte nur gehört, dass du nicht abgeschlossen hast. Helen sagte, das würde dir nie passieren und ich wollte nur nachschauen ... Ich wäre bestimmt nicht gegangen, wirklich nicht. Du kannst mir glauben.« Selbst in ihren eigenen Ohren hörte sich die lahme Ausrede unglaubwürdig an.

Ohne Vorwarnung schüttete Ralf Sophie den Inhalt der Tassen ins Gesicht. Heiße Flüssigkeit spritzte auf ihre Haut und verbrühte ihr die Wangen und Nase. Sophie schrie auf und schlug die Hände vor ihr Gesicht, während Ralf sie am Arm packte und sie zu ihrem Bett zerrte.

»Es tut mir leid«, wimmerte sie, und Tränen mischten sich mit dem heißen Kakao, der auf ihrer Haut brannte. Ihr Kopf dröhnte.

Ralf packte ihre Handgelenke und legte sie in die Fesseln. »Oh nein«, sagte er dann. »Es tut dir nicht leid. Aber das wird es noch.«

Dann drehte er sich um und ging zurück zur Tür. »Ich bedaure das sehr, Liebes«, sagte er und sah dabei Helen an. »Aber für diesen Ungehorsam werdet ihr beide die Strafe zu spüren bekommen.« Damit warf er die Tür zu und schloss sie ab. Wenige Sekunden später ging das Licht aus.

»Es tut mir leid, Helen, hörst du?«, wimmerte Sophie. »Ich hätte auf dich hören sollen.«

Helen antwortete nicht.

28. Kapitel

November 2016

Die Kälte um sich herum spürte Helen nicht. Ungeduldig beobachtete sie die Leute, die aus dem Haus strömten und sich in ihren weißen Schutzanzügen auf dem Grundstück sammelten. Seit gestern hatten sie fast ununterbrochen *ihr* Zuhause auf den Kopf gestellt, waren durch den Garten getrampelt, hatten Dinge aus dem Haus ins Auto verladen und ständig sowohl im Innen- als auch im Außenbereich Fotos gemacht. Nun trugen einige von ihnen die letzten Kisten in den Kastenwagen, zogen ihre Schutzkleidung aus und verschwanden langsam. Nur vereinzelt standen noch ein paar herum und unterhielten sich rauchend.

Helen wünschte sich, dass sie auch endlich verschwanden, doch die Letzten hielten sich hartnäckig. Zu allem Überfluss dauerte es nicht lange, da fuhr ein weiterer Wagen vor. Zwei Männer stiegen aus und wurden von einem der Wartenden ins Haus geführt. Die Hoffnung, sich bald wieder zurück hineinschleichen zu können, musste sie wohl erst mal aufgeben. Dabei musste sie so dringend rein, um eine warme Suppe für Ralf zu kochen. Es ging ihm momentan wirklich schlecht, und die niedrigen Temperaturen hier draußen halfen nicht gerade dabei, seine Besserung voranzutreiben.

Immerhin hatte niemand den unscheinbaren Hügel am Rande des Grundstückes bemerkt. Die Sträucher, die vor dem Eingang zu einer wildwuchernden Hecke zusammengewachsen waren, verdeckten die Tür, sodass man schon wissen musste, wonach man suchte. So bot der Eiskeller ein perfektes Versteck für sie und Ralf. Erst vor Kurzem hatte er ihr den versteckten Bau gezeigt, als sie auf der Terrasse gesessen und die Abendsonne genossen hatten.

Im vorletzten Jahrhundert, als das Haus gebaut worden war, hatte man das Gemäuer dafür genutzt, Lebensmittel zu kühlen, hatte Ralf ihr erklärt. Er hatte auf den Hügel gezeigt und sie gefragt, ob sie mal etwas Besonderes sehen wollte. Dann hatte er sie an die Rückseite des Hügels geführt, wo die Eingangstür an der Nordseite im Schatten der Bäume beinahe unsichtbar verborgen lag. Der Eiskeller war einige Meter tief als eine Art Höhle in den Stein geschlagen, deren Öffnung nur etwas mehr als einen Meter hoch war und sich nach hinten langsam erhöhte, bis man aufrecht stehen konnte. Als Ralf sich mit ihr durch die Äste der Büsche gezwängt hatte, um ihr diesen Ort zu zeigen, war Helen sich wie etwas Besonderes vorgekommen. Bestimmt hatte er Sophie nichts von dem Eiskeller erzählt.

Helen lächelte bei dem Gedanken daran. Dieser verborgene Ort war ihr gemeinsames Geheimnis gewesen, etwas, von dem Sophie nichts wusste. Sie konnte die Polizei nicht dorthin führen. Und die waren dumm genug gewesen, ihre Spur aus dem Wald raus zu verfolgen, anstatt die Suchhunde auf dem Grundstück einzusetzen. Als Samstagnacht das Bellen der Hunde durch den Wald geschallt war, hatte Helen einen Moment lang überlegt, aus ihrem Versteck zu kriechen und sich zu stellen, um Ralf zu schützen. Doch dann waren die Geräusche immer leiser geworden, und schließlich waren nur noch die Polizisten im Haus gewesen.

Helen kroch zurück in das Loch, um sich eine der Wolldecken zu holen, die sie in den Eiskeller gebracht hatte. Da die Tür klemmte, und Helen keinen Lärm veranstalten durfte, hatte sie sie einfach offengelassen. Sie nahm die Decke, wickelte sie um sich und ging zurück auf ihren Beobachtungsposten. Dort pustete sie sich in ihre geschlossenen Hände, um die kalten Finger etwas zu wärmen. Es nützte nur wenig. Sie war einfach schon viel zu lange draußen in der Kälte, und in dem Keller war es sogar noch kälter. Außerdem war es dort stockfinster, nur die Taschenlampe spendete im Eingangsbereich etwas Licht.

Dass sie jetzt in dieser Situation steckte, hatte sie nur Sophie zu verdanken. Die hockte jetzt gerade garantiert irgendwo im Warmen und ließ es sich gut gehen. Jetzt hatte sie ja endlich wieder, wovon sie all die Jahre immer gesprochen hatte. Ihre Familie. Als gäbe es nichts Wichtigeres im Leben. Für Helen war das stets nur ein leerer Begriff gewesen. Wie sollte es auch anders sein mit einem Vater, der sich einen Dreck um die eigene Tochter scherte, für den sie einfach nur eine Last war, und mit einer Mutter, die sie im Stich gelassen hatte, als sie noch ein Kind war.

Ralf war der erste Mensch, der für sie so etwas wie Familie war. Zugegeben, die Eingewöhnung war schlimm gewesen. Doch irgendwann hatte Helen verstanden, wozu er all diese Regeln aufstellte. Seit sie sich bemühte, sie einzuhalten, hatte sich ihr Leben zum Positiven gewendet. Irgendwann hatte er ihr jeden

Wunsch von den Augen abgelesen. Was Helen ebenfalls Sophie zu verdanken hatte, da die sich regelmäßig mit ihm anlegte, und er deswegen Helen umso mehr zu schätzen wusste. Ralf war die einzige Konstante in ihrem Leben gewesen, und irgendwann hatte sie ihn nicht mehr missen wollen.

Zum Schluss hatte es sich für sie sogar beinahe so angefühlt, als hätten sie beide eine Beziehung geführt. Wären da nur nicht die unangenehmen Stunden gewesen, in denen Ralf Sophie zu sich nach oben ins Haus geholt und sich mit ihr in seinem Bett vergnügt hatte. Helen schob die Gedanken daran beiseite.

Das war nun vorbei. Jetzt waren sie alleine, und sie würden es schaffen. Wenn die Polizei erst aufgehört hatte, nach ihm zu suchen, dann würden sie sich an Sophie rächen. Helen würde dafür sorgen, dass sie wieder dort landete, wo sie hingehörte: im Keller. Und dann würde sie die Türen vermauern, und Sophie würde dort unten verhungern, während sie mit Ralf irgendwohin ins Ausland flüchtete, wo sie ein neues, ein gemeinsames Leben beginnen würden. Ohne Angst und Misstrauen und Kontrolle. Gleichberechtigt.

»Das verspreche ich dir«, murmelte sie in Richtung Tür und kroch zurück aus dem Loch, um nachzusehen, wie weit die Polizisten im Haus vorangekommen waren.

29. Kapitel

November 2016

Im Haus war es angenehm warm, und Fabian zog die gefütterte Lederjacke aus, bevor er die Schuhüberzieher anlegte, um dann zusammen mit Thomas Martin Knodt in die Küche zu folgen.

»Da sind Sie ja«, begrüßte Knodt ihn. »Wenn es Ihnen recht ist, teile ich Ihnen zunächst die neuesten Erkenntnisse mit. Danach können Sie sich selbst ein Bild vom Haus machen.« Fabian und Thomas nickten, und Knodt faltete sein Notizbuch auf. Er war beinahe zwei Köpfe kleiner als Fabian, ein untersetzter Typ mit einer großen Brille auf der Nase, der in der Schule bestimmt als Freak abgestempelt worden war. Obwohl er nach Fabians Einschätzung maximal Mitte dreißig war, hatte er beinahe keine Haare mehr am Kopf.

»Wir haben Blutproben aus dem Wohnzimmer an das forensische Labor geschickt und eine geschlechtsspezifische PCR durchführen lassen. Die Spur stammt nicht, wie vermutet, von einer Frau; sie enthielt ausschließlich männliche DNA. Das Blut stammt nur von einer Person. An der Decke befinden sich ebenfalls einige feine Spritzer. Nach der Analyse unseres Spezialisten handelt es sich um Abschleuderspuren. Auf den Polstern finden sich Schlag-Spritz-Spuren im mittleren Geschwindigkeitsbereich, die durch stumpfe Gewalteinwirkung entstanden sind. Anscheinend wurde unser männliches Opfer wiederholt mit einem

Gegenstand geschlagen. Beim Ausholen wurde das Blut von der Tatwaffe geschleudert und hinterließ dabei diese ovalen Blutflecke.«

Beim Wort *Opfer* schüttelte es Fabian innerlich. Bei dem Geschädigten, den man hier offensichtlich niedergeschlagen hatte, handelte es sich aller Wahrscheinlichkeit nach um Brückner. Egal wie sehr Fabian versuchte, professionelle Distanz zu wahren, er konnte es sich nicht verkneifen, eine gewisse Genugtuung zu verspüren. Er konnte Brückner nicht wirklich als Leidtragenden in dieser Geschichte sehen, auch wenn er vielleicht derjenige war, von dem das Blut stammte. »Die Tatwaffe haben sie nicht gefunden?«

Knodt schüttelte bedauernd den Kopf und fuhr sich dann mit einer beiläufigen Bewegung über die vereinzelten Haare, die auf seiner Glatze noch zu finden waren.

Fabian schaute sich schweigend um und ließ die Spuren auf sich wirken. Am Samstag hatte ihnen eine wichtige Information gefehlt, um sie richtig zu deuten. Das Blut stammte auf keinen Fall von Helen. Stattdessen war es wahrscheinlich, dass Brückner derjenige war, der angegriffen wurde. Hatte Sophie sich getäuscht und Helen hatte es gar nicht nach draußen geschafft? Möglicherweise hatte Brückner sie erwischt und es war hier drinnen zu einem Kampf gekommen. Allerdings sah es nicht gerade danach aus, wenn man von der Unordnung absah, die die Mitarbeiter der Spurensicherung hinterlassen hatten.

»Deutet etwas darauf hin, dass sich der Verletzte im Raum bewegt hat?«, fragte Fabian schließlich.

»Nageln Sie mich nicht darauf fest, aber ich bezweifle, dass er sich ohne fremde Hilfe fortbewegen konnte, zumal er zu Boden gegangen ist. Es finden sich Kontaktspuren von Haaren auf dem Parkett. Meiner Meinung nach ist ihm entweder jemand zu Hilfe gekommen, oder man hat ihn totgeschlagen und seine Leiche aus dem Haus geschafft. Folgen Sie mir.« Knodt ging um das Sofa herum und deutete auf den Fernsehschrank. »Davor stand ein Verbandskasten, wahrscheinlich aus einem Auto. Es fehlten Auflagen und Mullbinden. Wir konnten Fingerabdrücke sichern, Sie sollten bis Mittwoch eine erste Analyse bekommen. Es fanden sich Blutreste im Abfluss des Spülbeckens sowie im Waschbecken des oberen Badezimmers. Jemand muss sich dort nach der Tat das Blut abgewaschen haben.«

»Möglicherweise hat er es geschafft, an sein Handy zu kommen, um Hilfe zu holen«, mutmaßte Thomas, doch Fabian schüttelte den Kopf.

»Es gab keine Reifenspuren auf dem Gelände.«

»Und doch muss jemand hier gewesen sein«, merkte Knodt an. »In der Spülmaschine stehen zwei benutzte Teller, auf dem Herd ein Topf mit einem Rest Risotto. Zwei Gabeln befinden sich im Besteckkorb.«

»Die könnten von den beiden Frauen aus dem Keller stammen.«

»Dazu kommen allerdings die zwei Weingläser auf dem Tisch beim Sofa, eins davon mit einem Lippenstiftabdruck am Rand. Wir haben sie als Beweismittel konfisziert. Wenn Ihre Zeugin, was den

Ablauf des Abends betrifft, nicht gelogen hat, dann muss eine weitere Person hier gewesen sein.«

»Gibt es Fingerabdrücke?«, fragte Fabian. »Es wäre interessant, zu wissen, ob sie mit denen auf dem Verbandskasten übereinstimmen.«

»Ja, auch da haben wir Fingerabdrücke gesichert.«

»Vielleicht ist Helen gar nicht hinter Sophie nach draußen gelaufen«, überlegte Fabian laut.

»Was glaubst du, ist stattdessen passiert?« Thomas, der sich bis eben Notizen auf seinem Handy gemacht hatte, blickte nun auf.

Fabian zuckte mit den Schultern. »Nur so eine Überlegung: Der Besuch ist auf der Toilette, und Brückner sitzt alleine im Wohnzimmer. Er hört ein Geräusch, vielleicht die Haustür, schaut nach und erwischt die beiden Frauen, wie sie gerade aus der Tür verschwinden. Sophie ist bereits zu weit weg, aber er greift sich Helen, die ja erst als zweite rausrannte. Dann zerrt er sie ins Wohnzimmer. Irgendwie schafft sie es, sich zu befreien, greift sich den nächstbesten Gegenstand und schlägt auf ihn ein. Als sie dann merkt, dass noch jemand im Haus ist, rennt sie panisch davon.«

Thomas nickte. »Das würde auch erklären, warum sie sich bisher nicht an die Polizei gewandt hat. Vermutlich hat sie Angst vor den Konsequenzen. Oder Sophie hat gelogen, und Helen war überhaupt nicht mit ihr im Keller. Das würde bedeuten, der Lippenstift am Glas stammt von ihr.«

»Aber welchen Grund hätte Sophie, uns anzulügen? Und wenn dem so ist, wo steckt Helen jetzt?«

Thomas hob ratlos die Hände. »Ein Frauenhaus? Wohin geht man, wenn man fast zehn Jahre in einem Keller gefangen gehalten wurde? Die Freundinnen von damals sind heute erwachsen, sind umgezogen. Bei der Großmutter war sie nicht ...«

»Vielleicht hat sie doch versucht, sich bei ihrem Vater zu melden. Susanne soll sich das Foto aus Helens Vermisstenakte nehmen und gemeinsam mit Sophie und einem Zeichner ein aktuelles Phantombild erstellen. Möglicherweise hat einer der Nachbarn sie in der Umgebung gesehen, wo der Vater früher gewohnt hat.«

»Ich schlage vor, wir sehen uns als Nächstes den Keller an«, lenkte Knodt Fabians und Thomas' Aufmerksamkeit zurück auf sich.

Fabian entschuldigte sich kurz, um Susanne zurückzurufen, die ihm eine Nachricht hinterlassen hatte. Sie war erneut bei Sophie gewesen, um mit ihr über Helen zu sprechen. Auch Sophie hatte keine Ahnung, wo Helen sich momentan aufhalten könnte.

Schließlich ging Fabian die Treppe nach unten. Im Keller angekommen, brauchte er einen Moment, um sich zu orientieren. Erst als er Thomas' Stimme hörte und ihr durch die Räume folgte, fand er die beiden. Sie standen in der linken Hälfte eines mit einer Leichtbauwand unterteilten Raumes.

In jeder Hälfte stand an der Stirnseite ein Bett, an dessen Kopf eine in die Wand eingelassene Halterung zu finden war. Durch die Ösen waren Ketten gezogen, auf dem Boden davor lagen Fesseln. Direkt neben den Betten standen jeweils eine Chemietoilette sowie eine große Wanne aus Plastik. Vermutlich die Waschgelegenheit für die beiden Frauen. Außerdem gab es noch ein Bücherregal und auf der linken Seite einen Fernseher mit DVD-Player. Zu beiden Seiten war der Keller provisorisch erweitert worden. Die Wände waren aufgestemmt, die Decke mit Stahlträgern vor dem Absinken geschützt worden. Dahinter befanden sich eine Reihe weiterer Stützen unter vertikal verlaufenden Dachbalken. An deren Ende hatte man aus Backsteinen eine schiefe Wand hochgezogen. Der Keller war somit auf jeder Seite um etwa einen Meter verbreitert worden. Es roch muffig und feucht, außerdem nach Schweiß und Urin. Außerdem war es unerträglich kalt. Wie hatten es die Mädchen bloß neun Jahre lang hier unten ausgehalten?

»Da sind Sie ja«, sagte Knodt, als er Fabian bemerkte. »Ich habe gerade Ihrem Kollegen erläutert, dass Harald Brückner den Raum auf eigene Faust ausgebaut hat. In seinem Büro haben wir Pläne dazu gefunden, allerdings haperte es ein wenig an der Umsetzung. Der gesamte Ausbau ist instabil, der Estrich unter dem PVC reißt bereits und es sieht so aus, als würde sich das Haus trotz der Stützen langsam absenken.«

»Brückner war wohl nicht der beste Architekt vor dem Herrn«, sagte Thomas mit einer gewissen Genugtuung in der Stimme.

»Ich bin kein Statiker, aber meiner Einschätzung nach hat er Glück gehabt, dass ihm sein Haus nicht über dem Kopf zusammengebrochen ist, Architekt hin oder her. Eine Schande für dieses schöne alte Gebäude.«

Knodt warf einen besorgten Blick an die Decke, als befürchtete er, dass es jeden Moment so weit sein könnte. »Bevor wir uns aber auf sicheren Boden begeben, möchte ich Ihnen oben noch etwas zeigen.«

Zu dritt stiegen sie die Treppe in den ersten Stock hinauf, wo Knodt sie in das Badezimmer führte. Neben einigen wenigen männlichen Utensilien fanden sich hier hauptsächlich Produkte für Frauen. Auf dem Rand der Badewanne waren verschiedene Badezusätze in fruchtigen Duftrichtungen aufgereiht, ein rosafarbener Rasierer lag bereit und auf der Fensterbank standen Töpfchen und Tuben mit Make-up, Mascara, Lidschatten und Lippenstift. Ein Handtuch hing über der Heizung.

»Es sieht alles danach aus, als hätte er die Frauen regelmäßig nach hier oben gebracht. Es gibt keinerlei Hinweise darauf, dass sich hier regelmäßig eine weitere Frau aufgehalten hat, und ich kann mir auch nicht vorstellen, dass Ihr gesuchter Mann all diese Dinge selbst benutzt hat«, erläuterte Knodt. Er nahm eine pinkfarbene Tube in die Hand, und sein Gesicht verzog sich einen Moment lang zu einem Grinsen.

Fabian nahm einen der Badezusätze und wog ihn in der Hand. Er dachte an Sophies kahlrasierten Kopf, an ihre unreine Haut. »Sophie Gauthier befand sich in einem katastrophalen hygienischen Zustand, als sie nach Hause kam. Sie sah nicht danach aus, als hätte sie sich regelmäßig waschen können.«

Knodt zuckte mit den Schultern und drehte sich um. »Ich habe dennoch keine Zweifel daran, dass Brückner seine Opfer wiederholt hier nach oben geholt hat.« Mit einer Handbewegung bedeutete er ihnen, ihm zu folgen.

Der Raum, in den er sie jetzt führte, war spartanisch eingerichtet. Es fanden sich darin lediglich ein Futonbett, auf dem eine fleckige Matratze lag, sowie ein schwarzer Schrank mit Schiebetüren. Der Rollladen war heruntergelassen, und der Gurt war durchtrennt. In der Wand hinter dem Bett waren ähnliche Halterungen wie im Keller angebracht, die passenden Ketten dafür lagen neben einer Schachtel Kleenex auf dem Boden.

»Im Schrank befanden sich neben der normalen Kleidung für einen Mann eine Großpackung Kondome und verschiedene Kostüme«, erklärte Knodt. »Von Latex bis zum Schulmädchenlook ist alles dabei. Auch Peitschen, Gummimasken und, na ja ... machen Sie sich selbst ein Bild davon.«

»Hier hat er sich anscheinend mit ihnen vergnügt«, stellte Thomas angewidert fest. »Kaum auszudenken, was sie all die Jahre ertragen mussten.«

Knodt nickte, er sah müde aus. »Einiges. Die Matratze war getränkt mit Blutflecken unterschiedlichen Alters und anderen Körperflüssigkeiten. Wir haben Proben davon ins Labor gebracht, um sie analysieren zu lassen.«

»Es ist schon seltsam ...«, sagte Fabian. »Brückner war die ganze Zeit über extrem vorsichtig. Er war in einem Internetcafé, damit wir ihn nicht über seine IP-Adresse zurückverfolgen können. Er hat ein Prepaid-Handy benutzt, um sie anzurufen. Er hat sein Haus umgebaut und angepasst. Und dann vergisst er, die Tür abzuschließen?«

»Gewohnheit«, meinte Thomas und zuckte mit den Schultern. »Wenn man jahrelang dasselbe macht, kann man schon mal nachlässig werden oder etwas übersehen. Aber ich gebe dir recht, wir sollten uns das ganze zumindest noch mal genauer ansehen, ob es nicht vielleicht doch ganz anders war.«

»So interessiert ich auch daran bin, Ihnen weiter beim Spekulieren beizuwohnen«, unterbrach Knodt ihn, »so dringend brauche ich jetzt meinen Feierabend. Das ist jetzt Ihr Tatort. Wenn Sie noch Fragen haben, erreichen Sie mich telefonisch.« Er blickte fragend zwischen Thomas und Fabian hin und her.

»Ist in Ordnung, den haben Sie sich verdient«, sagte Fabian. Knodt verabschiedete sich. Kurze Zeit später hörten sie, wie draußen ein Auto ansprang und sich entfernte.

Fabian stand einen Moment still da und lauschte der Ruhe des Waldes. Ein seltsames Gefühl, wenn man sonst die permanente Geräuschkulisse der Stadt gewöhnt war. Das abgelegene Forsthaus war der perfekte Ort für ein Verbrechen. Keine Nachbarn, das Haus war von der Straße aus nicht zu erkennen, und weit und breit gab es keine Passanten, die mögliche Schreie hören könnten. Die Mädchen waren ihm vollkommen ausgeliefert gewesen.

»Dir scheint es hier zu gefallen, oder warum starrst du so versonnen in der Gegend herum?« Thomas stieß ihn mit der Faust an die Schulter, und Fabian schärfte seinen Blick.

»Tatsächlich habe ich gerade überlegt, ob das Haus wohl zum Verkauf steht, wenn wir Brückner erst geschnappt haben«, entgegnete Fabian und grinste, als er Thomas' verdutztes Gesicht sah. »Ernsthaft jetzt. Ich frage mich, was hier wirklich passiert ist. So wie Sophie behauptet, kann es meiner Meinung nach auf keinen Fall abgelaufen sein.«

»Du denkst, Sophie hat gelogen?«

»Nicht unbedingt. Vielleicht hat sie in ihrer Panik die Situation einfach anders wahrgenommen. Sie sagte ja selbst, dass sie keine Ahnung hat, was passiert ist, nachdem sie aus dem Haus war.« Fabian rieb sich über seine kärglichen Bartstoppeln. Warum hatte er sich nur von Thomas dazu überreden lassen, beim No-Shave-November mitzumachen? Er hatte noch mehr als zwei Wochen vor sich, in denen er sich nicht rasieren durfte, und schon jetzt juckte sein Gesicht wie Hölle. Dabei war das Ergebnis nicht mal sonderlich ansehnlich. Alles, was bei ihm wuchs, waren winzig kleine, hellblonde Härchen, die man vermutlich selbst nach drei Monaten nicht als Bart bezeichnen konnte. Thomas hingegen sah nach den ersten anderthalb Wochen bereits aus wie ein Wolf.

»Was glaubst du, wie es abgelaufen ist?«

»Ich denke, dass ich mit meiner Theorie vorhin gar nicht so falsch lag. Brückner hatte Besuch. Jemand, der von seinen Machenschaften wusste. Anscheinend eine Frau, deren Finger- und Lippenabdrücke wir bald von der Analyse zurückhaben werden. Sie hat seine Wunden versorgt, ihn hier rausgeholt und versteckt ihn vermutlich gerade bei sich zu Hause.«

»Dann sollten wir noch mal die Mitarbeiter der Tankstellen befragen. Vielleicht wurden sie ja doch irgendwo gesehen. Jemand mit einem Verband um den

Kopf sollte auffallen. Außerdem müssen wir den Suchradius erweitern.«

»Und dann unbedingt zur alten Wohnung von Roman Volk fahren. Wenn wir Helen finden, erfahren wir auch, was wirklich passiert ist.«

30. Kapitel

November 2016

Sanft streichelte Helen über Ralfs Kopf. Seine Stirn war feucht, seine Lider geschlossen und die Bandagen um seinen Kopf waren teilweise von seinem Blut durchweicht. Es ging ihm offensichtlich sehr schlecht. Kein Wunder, hier im Eiskeller war es schrecklich kalt und die Luft war modrig, ja, sie roch geradezu faul. Das lag vermutlich daran, dass die Wände feucht waren, wie Helen in der ersten Nacht leidvoll hatte feststellen müssen, als sie sich zum Schlafen dagegen gelehnt hatte und mit nassem Rücken aufgewacht war.

Insgesamt stellte das hier ganz bestimmt keine förderliche Umgebung dar, wenn es darum ging, gesund zu werden. Doch für den Moment war es ihre einzige Lösung. Einen längeren Aufenthalt im Haus konnte sie nicht riskieren, erst recht nicht gemeinsam mit Ralf. Zumal er sich kaum bewegen konnte, geschweige denn alleine laufen. Aber jetzt, da die zwei Polizisten endlich gegangen waren, konnte sich zumindest Helen kurz hineinwagen, um weitere Decken und Lebensmittel zu holen.

»Du brauchst keine Angst zu haben, ich werde dich nicht im Stich lassen«, sagte sie und nahm Ralfs Hand. Sie lag kühl und schlaff in ihrer. Obwohl Helen ihn bereits in zwei Wolldecken eingewickelt und ihm einen Schal umgebunden hatte, schien er immer mehr auszukühlen. Sein Zustand hatte sich nicht sonderlich gebessert. Vermutlich brauchte er dringend etwas zu essen und außerdem einen heißen Tee, um ihn von innen etwas zu wärmen.

»Hör zu, ich gehe jetzt ins Haus und schaue, ob ich uns irgendetwas Warmes zubereiten kann. Ich gehe alleine, du bist leider nicht schnell genug. Für den Fall, dass sie doch zurückkommen sollten ...« Sie wusste selbst nicht, weshalb sie ihm das erklärte, denn Ralf machte keinerlei Anstalten, aufzustehen und sie zu begleiten. Lediglich ein leises Ächzen drang aus seiner Kehle. Die erste Reaktion, die er seit Stunden von sich gab. Helen wertete das als gutes Zeichen.

»Also ... Ich bin zurück, so schnell ich kann.« Sie ging zur Tür, ließ ihre Hand einen Moment lang über der Klinke schweben. In ihrer Vorstellung lauerte draußen bereits ein Dutzend Polizisten in Kampfmontur, die alle nur darauf warteten, Ralf endlich festnehmen zu können. Sie schloss die Augen, fasste sich ein Herz und stieß die Tür auf. Vor dem Erdloch, das den Eingang zum Eiskeller verbarg, konnte sie nichts entdecken. Entweder hatten sie sich versteckt oder es wartete niemand auf sie.

Sie ging in die Knie und drückte sich an den Wurzeln vorbei ins Freie. Dort verharrte sie in der Hocke und lauschte. Es waren nur die Geräusche des Waldes zu hören. Anscheinend war sie alleine. Dennoch sollte sie sich beeilen.

Sie umrundete den kleinen Hügel und rannte dann in geduckter Haltung zum Haus und dann zur Terrassentür, wo sie Ralf in eine Schubkarre gesetzt hatte, weil er zum Gehen zu schwach gewesen war. Damit hatte sie ihn dann zum Eiskeller transportiert, bevor sie die Schubkarre wieder zurück neben den Holzschuppen gestellt hatte. Sie würde sie später vermutlich noch einmal brauchen, denn sie musste so einiges aus dem Haus zu ihrem Versteck transportieren, wenn sie dort die nächsten Tage verbringen wollten.

Sie ging zur Schiebetür auf der Terrasse und drückte sie am Rahmen zur Seite. Zum Glück hatte keiner der Beamten daran gedacht, sie abzuschließen.

Als sie das Wohnzimmer betrat, stockte ihr der Atem. Ihr Blick fiel direkt auf die Blutlache vor dem Sofa. In der Nacht war alles so schnell gegangen, und sie hatte sich nur auf Ralf konzentriert. Schlagartig wurde ihr bewusst, wie viel Blut er wirklich verloren hatte. Sie musste ihm im letzten Moment zur Hilfe gekommen sein, sonst wäre er vermutlich gestorben. Sie spürte, wie sich ihr Mageninhalt den Weg nach oben bahnte, und stürzte zurück nach draußen. Hätte sie innerhalb der letzten Stunden etwas zu sich genommen, wäre es nun wieder aus ihr herausgekommen. So würgte sie nur bittere Magensäure ins Gras neben der Terrasse.

Mit dem Ärmel ihres Pullovers wischte sie sich die Tränen ab, die ihr die Wangen herunterliefen. Das war alles Sophies Schuld. Warum nur hatte sie unbedingt zur Polizei gehen müssen? Ihr sehnlichster Wunsch war in Erfüllung gegangen. Wie oft hatte sie Helen damit in den Ohren gelegen, dass sie unbedingt zurück nach Hause wollte? Warum konnte sie jetzt nicht einfach ihre Freiheit genießen und Helen ihren eigenen Weg gehen lassen? Nein, sie musste zur Polizei rennen und versuchen, ihnen alles zu verderben.

Nach einer Weile hatte sich Helens Magen wieder beruhigt, und sie ging zurück ins Haus. In der Küche herrschte weniger Chaos als im Wohnzimmer. Auf dem Herd stand noch der Topf mit dem restlichen Risotto, das sie vorgestern für sich und Ralf gekocht hatte. Seitdem hatte sie nichts mehr gegessen. Sie griff sich den Kochlöffel, der neben dem Herd lag, ignorierte den Geschmack nach Galle in ihrem Mund und kratzte gierig die Reste aus dem Topf. Jetzt musste sie sich aber dringend um etwas zu essen für Ralf kümmern. Allerdings gab der Kühlschrank nicht viel her. Sie nahm eine Tüte Hühner-Nudelsuppe aus dem Vorratsschrank, füllte einen Topf mit der angegebenen Menge Wasser, das sie zum Kochen brachte, und rührte das Pulver dort hinein. Besonders ansprechend sah das Ergebnis nicht aus, und es schmeckte auch nicht.

Bei seiner eigenen Ernährung legte Ralf großen Wert auf Frische, und wenn Helen für ihn gekocht hatte, durfte sie nie irgendwelche Pulver oder Tüten verwenden. Die Fertiggerichte hatte er nur für sie und Sophie gekauft. Manchmal musste es eben schnell gehen. Wenn er einen Termin mit einem Kunden hatte und ihnen vorher noch etwas zu essen machen musste, bekamen sie meistens Fertigsuppen, Mikrowellengerichte oder auch mal Ravioli aus der Dose. Wenn sie nun versuchen würde, ihn mit einer Tütensuppe gesund zu pflegen, wäre er mit Sicherheit nicht begeistert – und seinen Ärger wollte Helen auf gar keinen Fall riskieren.

Sie erinnerte sich daran, dass Ralf einmal die Reste und Schalen von Gemüse, das sie für ihn geputzt hatte, in eine Tüte verpackt hatte, um sie einzufrieren.

Man könnte selbst aus solchen Abschnitten und sogar Zwiebelschalen noch eine leckere Brühe zubereiten. Mit etwas Glück lagerten von diesen Tüten noch einige in der Tiefkühltruhe im Keller.

Auf der Treppe nach unten schnürte sich ihre Kehle zu. So oft war sie diese Treppe hinabgestiegen und hatte sich dabei gewünscht, dass Ralf ihr endlich vertraute und sie als seine Frau akzeptierte, anstatt sie wie eine Gefangene zu behandeln. Sie hatte wieder und wieder beteuert, dass sie nicht von ihm weggehen wollte, egal ob die Türen offen oder verschlossen waren. Egal, ob ihre Hände gefesselt oder frei waren. Hatte ihm geschworen, dass sie ihn niemals verlassen würde. Doch Sophie hatte durch ihr Verhalten immer wieder sein Misstrauen geweckt. Er hatte Helen versichert, dass er sie liebte, und doch hatte er immer wieder diese Vorsichtsmaßnahmen ergriffen. Jetzt hatte Helen endlich die Möglichkeit, ihm ihre Loyalität zu beweisen. Sie würde ihn gesund pflegen und warten, bis sich die Aufregung um Sophie etwas gelegt hatte, und die Polizei nicht mehr nach ihnen suchte. Dann würden sie und Ralf sich einen Ort suchen, an dem sie in Frieden leben konnten. Irgendwo im Ausland. Vielleicht in einem Land, wo es warm war.

Aber vorher würde sie sich an Sophie rächen. Das hatte sie sich und Ralf geschworen. Erst danach konnten sie gemeinsam glücklich werden.

31. Kapitel

November 2016

Das Klopfen an der Tür zu ihrem Krankenzimmer war nur sehr zaghaft, doch es reichte aus, dass Sophie sofort senkrecht in ihrem Bett saß. Kalter Schweiß brach ihr aus und sammelte sich auf ihrer Stirn. Für einen Moment fühlte sie sich, als sei sie zurück im Keller. Sie schloss die Augen und atmete tief durch. Es klopfte erneut, dieses Mal forscher.

»Ja«, wollte sie rufen, doch aus ihrem Hals drang nur ein Krächzen. Sie räusperte sich und versuchte es noch mal: »Herein!«

Langsam ging die Tür auf, und Sophies Mutter erschien. In ihrem Blick lag ein mitleidiger Ausdruck, den sie überhaupt nicht mehr ablegte, solange Sophie sich mit ihr in einem Raum befand. Sie trat neben ihr Bett und griff nach ihrer Hand.

Sophie unterdrückte den Impuls, vor ihrer Mutter zurückzuzucken, und ertrug die Berührung mit zusammengekniffenen Lippen.

»Wie geht es dir, mein Schatz?«, fragte ihre Mutter mit besorgtem Unterton in der Stimme.

Sophie zuckte mit den Schultern. Wie sollte es ihr schon gehen? Sie war frei, und doch war sie im Kopf noch immer eingesperrt. Die Erinnerungen an die vergangenen neun Jahre würden sie ihr Leben lang begleiten. Das Gefühl des Gefangenseins hatte sich in ihr manifestiert, und sie bezweifelte, dass es jemals wieder vergehen würde. Sie hatte so viele Regeln verinnerlichen müssen, sich so viele Verhaltensweisen antrainiert, um in diesem Keller zu überleben, dass sie bezweifelte, sich irgendwann wieder anders verhalten zu können. Dies war nun ihre Persönlichkeit, Ralf hatte sie geformt, und Sophie musste jetzt zusehen, wie sie damit durchs Leben kam. Außerdem war die einzige Vertraute, die sie in den letzten Jahren gehabt hatte, spurlos verschwunden. Wie sollte es ihr schon gehen? Beschissen! Doch das würde sie ihrer Mutter nicht verraten. Sie würde es ohnehin nicht verstehen.

»Dein Vater ist auch da und füllt noch schnell einige Formulare aus. Wir dürfen dich dann mit nach Hause nehmen. Ist das nicht wunderbar?« Ihre Mutter nahm sich einen Stuhl und setzte sich neben Sophies Bett. »Ich habe zu Hause schon einen Sauerbraten eingelegt. Den hast du doch früher so gern gegessen, weißt du das noch? Wir haben ja so viel nachzuholen, ich weiß gar nicht, wo wir anfangen sollen ...«

»Natürlich weiß ich das noch«, murmelte Sophie, um den Redeschwall ihrer Mutter zu unterbrechen. »Ich war kein Kleinkind mehr, mein Langzeitgedächtnis hat also schon sehr gut funktioniert.«

»Du musst ja nicht gleich so patzig werden«, sagte ihre Mutter und Enttäuschung machte sich in ihrem Gesicht breit. »Ich dachte eben, dass du dich darüber freuen würdest.«

»Tut mir leid«, sagte Sophie und meinte es aufrichtig. Sie wünschte, sie könnte sich darüber freuen, genauso wünschte sie sich, sie könnte die Anwesenheit ihrer Familie ertragen. Doch in Wahrheit fühlte sie sich erdrückt. Sie wollte nicht, dass das Abendessen für sie ausgewählt wurde, konnte sich ja nicht mal vorstellen, wie es war, mit ihrer Familie, die ihr so fremd geworden war, an einem Tisch zu sitzen und gemeinsam zu essen. Was sie eigentlich wollte, war ihre Ruhe. Ein Raum nur für sich. Zeit zum Nachdenken, darüber, wie sie ihr Leben in Zukunft gestalten würde.

Eine Weile saßen sie schweigend da, bis es erneut an der Tür klopfte. Sophies Mutter sprang auf, öffnete und ging an den Schrank. »Dann wollen wir mal deine Sachen packen«, sagte sie und nahm die wenigen Kleidungsstücke, die Lara für Sophie bereitgelegt hatte.

»Na, bist du bereit, endlich nach Hause zu kommen?«, fragte Sophies Vater, als er das Zimmer betrat. Im Gegensatz zu ihrer Mutter schien er sie nicht mit seinem Mitleid überhäufen zu wollen, denn es lag ein aufrichtiges Lächeln auf seinen Lippen.

Sophie erwiderte es etwas gequält. Momentan war ihr nicht gerade nach Lachen zumute, doch sie wollte nicht undankbar erscheinen. »Ich kann es kaum abwarten«, sagte sie und die Freude darüber war ihrem Vater im Gesicht anzusehen.

»Bist du soweit?«, fragte er seine Frau. Sie nickte und schulterte den Rucksack.

Auf der Fahrt war Sophie still. Zum einen bestaunte sie, wie sich die Umgebung innerhalb der letzten zehn

Jahre verändert hatte, und zum anderen plapperte ihre Mutter die ganze Zeit über wie ein aufgeregter Teenager vor sich hin. Sophie hörte ihr nur halb zu. Es ging ohnehin ständig nur darum, dass ab jetzt alles gut sein würde, und was sie mit Sophie in den nächsten Wochen alles machen wollte.

Am Haus ihrer Eltern angekommen wartete Lara bereits an der Haustür auf sie. Vorsichtig umarmte sie ihre Schwester zur Begrüßung.

»Willst du ihr nicht zeigen, was wir vorbereitet haben, während wir das Essen fertigmachen?«, fragte Sophies Mutter in einem Ton, als wären die beiden noch Kinder und hätten sich zum Spielen verabredet. Es fehlte nur noch, dass sie von ihr daran erinnert wurde, sich die Hände zu waschen.

Lara zupfte Sophie am Ärmel. »Komm mit nach oben. Wir haben eine Überraschung für dich.«

Sophie stieg hinter ihrer Schwester die Treppe hinauf und folgte ihr in Richtung ihres alten Zimmers. Die Tür war geschlossen, und Lara stellte sich daneben, ein breites Grinsen auf dem Gesicht.

»Mach auf«, sagte sie. »Es war meine Idee. Also, falls es dir nicht gefällt, musst du auf mich wütend sein. Mama war dagegen.«

Sophie öffnete die Tür und war im ersten Moment sprachlos. Der Raum, den sie am Samstag nur kurz gesehen hatte, war kaum wiederzuerkennen. Alle Poster waren abgehängt, das Bücherregal hinter dem Bett leer geräumt und der Schreibtisch verschwunden. Stattdessen standen dort ein Sessel, ein kleiner Tisch und ein Radio. An der Wand vor dem Bett war ein Fernseher an die Wand montiert. Bis auf das Bett, das gegenüber, und den Schrank, der direkt neben der Tür stand, erinnerte nichts mehr an ihr altes Teenagerzimmer. Sophie musste schlucken, um nicht vor Rührung zu weinen, dass ihre kleine Schwester sich so gut in sie hineinversetzen konnte.

»Los, sag schon!«, sagte Lara und man konnte ihrer Stimme die Aufregung anhören. »Gefällt es dir? Wenn nicht, wir haben alles aufgehoben. Ich war extra vorsichtig bei den Postern, was gar nicht so leicht war. Sie sind halt schon verdammt alt. Aber wir können auch alles wieder so machen wie vorher. Oder ... Also, wenn dir das lieber ist, kannst du auch die Einliegerwohnung haben. Ich räume gerne für dich das Feld.«

Sophie konnte Laras Gesicht ansehen, dass dem nicht so war, und das war auch vollkommen in Ordnung. Sie wollte nicht alleine in einer Wohnung sein. Doch auch dieses Zimmer war langfristig keine Lösung. Dass es nicht mehr so aussah wie damals, war aber ein Schritt in die richtige Richtung.

»Das Zimmer ist vollkommen in Ordnung für mich«, brachte Sophie gerade noch hervor, dann stiegen ihr doch die Tränen in die Augen. »Kannst du ... mich für einen Moment allein lassen?«

Lara nickte. Sie sah besorgt aus.

»Es ist alles gut, wirklich. Ihr habt das toll gemacht«, sagte Sophie und versuchte ein Lächeln.

»Alles klar. Wir sehen uns dann gleich beim Essen.«

Als Lara aus dem Zimmer gegangen war, machte Sophie die Tür hinter ihr zu und ließ sich auf den Sessel fallen. Dort schloss sie die Augen und lauschte den Geräuschen im Haus. Aus der Einliegerwohnung war leise Musik zu hören. Von unten drangen die gedämpften Stimmen ihrer Eltern herauf. Hin und wieder klapperte jemand mit Geschirr, und nach einer Weile roch es leicht nach geschmortem Fleisch und der säuerlichen Soße. Sophie lief das Wasser im Mund zusammen. Erst jetzt merkte sie, wie hungrig sie war. Die letzten zwei Tage im Krankenhaus hatte sie so gut wie nichts runterbekommen.

Es klopfte. Gleich darauf öffnete sich die Tür einen Spalt, und der Kopf ihres Vaters erschien. »Deine Mutter lässt ausrichten, dass das Essen in fünfzehn Minuten fertig ist. Wir würden uns freuen, wenn du zu uns nach unten kommst, aber wir verstehen auch, wenn du deine Ruhe haben willst.«

»Natürlich komme ich runter. Ich habe einen Bärenhunger. Vielen Dank. Ich bin gleich da.«

Ihr Vater nickte und schloss die Tür. Sophie stand auf und zog ihre Strickjacke aus. Auf dem Bett lagen eine Jogginghose und ein Sweater. Sie nahm den Pullover und ging ins Badezimmer. Dort wusch sie sich das Gesicht mit eiskaltem Wasser und putzte sich die Zähne mit der Zahnbürste, die sie aus dem Krankenhaus mitgenommen hatte. Dann betrachtete sie sich im Spiegel. Zum ersten Mal seit Jahren hatte sie Gelegenheit, das ausführlich und in Ruhe zu tun.

Ihre Gesichtshaut war fleckig, die Poren auf Nase und Wangen stark vergrößert. Erste Fältchen bildeten sich an ihren Mundwinkeln und neben den Augen, unter denen dunkle Schatten lagen. An den Augenbrauen und Lippen befanden sich kleine Narben von den Schlägen, die sie hatte ertragen müssen, ihre Nase stand leicht schief und ein Eckzahn fehlte. Erinnerungen, die sie ihr Leben lang mit sich herumtragen musste, während Ralf ...

Sein Gesicht tauchte hinter ihr im Spiegel auf. Er drehte ihre Arme auf den Rücken, wo er die kalten Fesseln um ihre Handgelenke legte. Das kühle Metall berührte sie an der Hüfte, und sie fröstelte. Während sie versuchte, den Würgereiz zu unterdrücken, zog Ralf sich aus. Dann schmiegte er sich an sie, legte seinen Kopf auf ihre Schulter und schmatzte an ihrem Hals herum, während er ihre Brüste befingerte. In seiner Vorstellung konnte eine Frau gar nicht anders, als mit Erregung darauf zu reagieren. Ihre steifen Brustwarzen lieferten ihm quasi den Beweis, obwohl diese Reaktion ihres Körpers ganz sicher nicht daher rührte.

Sophie schloss die Augen und riss die Tür des Spiegelschranks auf, um ihr Gesicht nicht mehr ertragen zu müssen. Sie wollte Ralf nicht in ihrem Kopf haben, und doch wusste sie, dass sie die Erinnerung an die Zeit mit ihm niemals loswerden würde. Ihr Blick fiel auf ein durchsichtiges Plastikdöschen, das im mittleren Regalfach stand. Die Rasierklingen ihres Vaters. Sie nahm die Schachtel in die Hand, öffnete sie und entnahm eine der nagelneuen Klingen. Vorsichtig ließ sie den dünnen Stahl durch ihre Finger gleiten. Mit ein paar Schnitten könnte sie all dem ein schnelles Ende bereiten und endlich wirklich frei sein.

32. Kapitel - 2016

November 2016

Zum verabredeten Zeitpunkt stand Fabian im Mauerweg am Rand des Gartens des Himmlischen Friedens und wartete auf Josi, die sich hier eine Wohnung ansehen wollte. Die Ablenkung kam ihm gerade recht, und er hatte sofort zugesagt, als sie ihn gefragt hatte. Außerdem freute er sich ein klein wenig, Josi so bald nach dem letzten Treffen schon wiederzusehen – nun gut, mehr als nur ein wenig, doch dieses Gefühl schob er entschieden beiseite. Josi war frisch getrennt, und sie hatte im letzten Jahr Schreckliches erleben müssen. Außerdem hatte er einen wichtigen Fall zu lösen. Dies war nicht der richtige Zeitpunkt, um irgendwelche Gefühle für sie zu entwickeln.

»Da bist du ja schon!« Josi stieß ihn von der Seite mit dem Ellenbogen an, und Fabian fuhr zusammen. Er hatte sie nicht kommen hören. Lumpi, ihr kleiner Jack-Russel-Terrier, war noch damit beschäftigt, die Mauer abzuschnuppern, die den Park von der Straße trennte. »Ich hoffe, du musstest nicht allzu lange warten.«

»Mach dir keine Sorgen. Kann höchstens sein, dass dein Kaffee jetzt ein wenig kalt geworden ist.« Fabian hielt ihr einen der Pappbecher mit Cappuccino entgegen, die er auf dem Weg bei einer Bäckerei geholt hatte.

»Oh, du bist ja wunderbar.« Josi strahlte ihn an. Auf ihren Wangen zeichneten sich kleine Grübchen ab.

Sie nahm ihm den Kaffeebecher ab und nippte daran. »Hm, so kalt ist der gar nicht geworden. Den kann ich jetzt wirklich sehr gut gebrauchen. Vielen Dank, auch dafür, dass du so spontan Zeit für mich hattest.«

»Spontan ist das richtige Wort. Ich habe wirklich nicht damit gerechnet, dass du dich schon so bald melden würdest, aber versprochen ist versprochen.«

»Der Termin war auch für mich eine Überraschung. Die Schwester einer Arbeitskollegin zieht zu ihrem Freund und sucht dringend einen Nachmieter. Nach allem, was ich bisher gehört habe, ist die Wohnung wie gemacht für mich. Zwei Zimmer, ein tierfreundlicher Vermieter, der selbst zwei Hunde hat, und dann diese Lage. Da würde es mir leichtfallen, auf das Holzhausenschlösschen in der Nachbarschaft zu verzichten.«

»Man kann in der Tat schlechter wohnen. Welches Haus ist es denn?«

Josi deutete auf einen typischen Frankfurter Altbau, der zwischen zwei neueren Gebäuden stand, mit einem verwilderten Vorgarten. »Romantisch, oder?«

Fabian nickte anerkennend, doch er war schon in vielen solcher Häuser gewesen. Entweder sie befanden sich in einem Topzustand und waren damit unbezahlbar für den Ottonormalbürger, oder sie waren günstig und dafür seit Jahrzehnten unsaniert, schlecht isoliert und zugig. Da er Josi aber nicht schon vor der Besichtigung die Hoffnung nehmen wollte, verkniff er sich einen Kommentar.

Gemeinsam gingen sie über die Straße. Als sie klingelten, ertönte aus der Erdgeschosswohnung Hundegebell. Lumpi knurrte leise und wurde von Josi zurechtgewiesen. Dann öffnete ihnen eine junge Frau. Sie hatte schulterlanges schwarzes Haar, eine rundliche Figur und trug eine rahmenlose Brille.

»Hey, das ist ja schön, dass es geklappt hat. Ich bin Kaja, und du musst Josephine sein?« Sie schüttelte Josi die Hand und sah dann Fabian an. »Für ein Paar ist die Wohnung eigentlich etwas klein, aber vielleicht reicht sie euch ja.«

»Oh, nein, das ist ein Missverständnis«, sagte Fabian und schaute zu Josi. »Sie ist nicht ... Wir sind nur ...«

»Er ist ein guter Freund und Berater«, sprang Josi für ihn ein. Fabian lächelte verlegen. Er wusste selbst nicht, warum er so rumgedruckst hatte. Josi war eine Freundin. Mehr nicht.

»Ah, ich verstehe schon«, sagte Kaja. »Eine Entscheidungshilfe. Wobei ich aber nicht glaube, dass du eine brauchen wirst. Kommt mit.«

Sie folgten Kaja nach oben. Der Treppenaufgang war schmal und steil, die Stufen aus ausgetretenen Holzdielen, und Fabian hatte nicht wenige Male das Gefühl, gleich abzurutschen. Die Vorstellung, über diese Treppe Möbel nach oben schleppen zu müssen, war nicht gerade verlockend.

Vor der rechten Wohnungstür im dritten Stock blieb Kaja stehen.

»Dann fange ich am besten mal mit der schlechten Nachricht an. Die siehst du da unten.« Kaja deutete auf eine Tür, die sich auf einem Absatz zwischen der zweiten und dritten Etage befand. »Dort befindet sich nämlich deine Toilette.«

»Ein Frankfurter Bad? Ich habe es mir schon fast gedacht, als ich das Haus von außen gesehen habe«, sagte Josi.

»Aber ich habe gleichzeitig eine Gute hinterher: Du bist die Einzige im Haus, die es benutzt. Die Wohnung gegenüber hat ein eigenes Badezimmer, und niemand außer dir hat den Schlüssel zum Bad. Außerdem ist es super renoviert, also keine Sorge. Wir können es uns gleich mal anschauen, wenn du nicht jetzt schon abgeschreckt bist. Den Schlüssel dafür hab ich in der Wohnung.« Kaja öffnete die Wohnungstür und führte sie in einen breiten Flur, in dem ein großer Kleiderschrank und ein Stapel Kartons standen. »Entschuldigt die Unordnung, aber wie ihr seht, stecke ich schon mitten im Umzug. Deswegen wäre es mir auch sehr recht, wenn du dich so schnell wie möglich entscheiden könntest, damit ich vorzeitig aus dem Vertrag rauskomme. Aber jetzt zeige ich dir erst mal die zweite gute Nachricht, und dann könnt ihr euch in Ruhe umsehen und einfach fragen, wenn ihr etwas wissen wollt.«

Fabian und Josi folgten ihr ans Ende der Diele in Kajas Wohnzimmer. Von dort aus hatte man eine wunderbare Aussicht auf den Teich im Garten des Himmlischen Friedens mit den im chinesischen Stil gehaltenen Gebäuden und Brücken. Die üppige Bepflanzung sorgte für viel Grün und man konnte beinahe vergessen, dass man sich inmitten der Großstadt befand.

»Das ist atemberaubend schön«, flüsterte Josi andächtig.

»Nicht wahr? Da kann man glatt über die Sache mit dem Klo auf dem Hausflur hinwegsehen. Ich bin auch echt traurig, dass ich hier ausziehen muss, aber wie gesagt, für zwei ist die Wohnung einfach zu klein.«

»Wie ist das denn hier mit der Nachbarschaft im Haus?«, erkundigte sich Fabian. Der Blick aus dem Fenster war tatsächlich außergewöhnlich. Dafür jedoch jedes Mal über den Hausflur laufen zu müssen, wenn man die Toilette benutzen wollte, wäre für ihn ein zu hoher Preis. Insbesondere nachts oder im Winter stellte er sich das ziemlich unangenehm vor.

»Ist ein lockeres Verhältnis, würde ich sagen. Man grüßt sich, lässt sich aber ansonsten in Ruhe. Sie stören einen nicht auf dem Klo, außer, einer lehnt sich mal auf dem Weg nach oben an deiner Tür an, um zu verschnaufen. Alles schon passiert.« Kaja grinste breit und zeigte ihnen dann den Rest der Wohnung. Die Küche war geräumig, da sich in ihr noch die Dusche befand. Das Schlafzimmer hingegen war winzig und düster dazu, weil es nur ein kleines Fenster hatte.

Josi schien dennoch begeistert und schwärmte von dem Stuck an der Decke und dem alten Holzfußboden. Als Kaja sie kurz alleine ließ, sagte Josi: »Ich liebe diese Wohnung. Sie ist klein, aber ich habe nicht viele Sachen und außerdem ist sie günstig. Einfach perfekt für mich. Bitte sag mir nicht, dass sie nicht perfekt ist!«

Fabian zuckte mit den Schultern. Viel gab es nicht auszusetzen: Die Wände schienen alle trocken, die Fenster waren dicht und doppelt verglast, und der alte Ofen diente nur noch als Deko und Unterstützung der modernen Heizung. Der einzige Haken war die Sache mit dem Badezimmer. »Weißt du schon, was sie kosten soll?«, fragte er.

»Nicht genau, aber sie dürfte auf jeden Fall in meinem Budget liegen, sagte meine Kollegin.«

»Schau dir auf jeden Fall noch das Badezimmer auf dem Hausflur an, bevor du eine Entscheidung triffst. Da die Waschmaschine in der Küche steht, gibt es vermutlich keinen Keller ...«

»Doch, es gibt einen.« Kaja kam zurück ins Wohnzimmer. »Ist aber ein Gewölbekeller und recht niedrig dazu. Ein paar Sachen kann man schon reinpacken, aber nicht zu viel. Allerdings ist es sogar im Sommer eiskalt da unten. Wenn du deine Getränke da unten lagerst, brauchst du nicht den Kühlschrank damit vollzustopfen und hast trotzdem immer schön kaltes Wasser oder Bier.«

»Für mich dann bitte Apfelwein. So etwas Ähnliches kenne ich von meiner Oma«, sagte Josi. »Also, so einen Keller. Auf ihrem Gartengrundstück außerhalb von Frankfurt hatte sie eine Art Gewölbekeller. Der war einfach neben der Gartenhütte in den Boden geschlagen und durch die Tiefe und den Stein konnte man dort das geerntete Gemüse frisch halten. Oder sich als Kind darin verstecken. Man kam sich dann vor wie in einer geheimen Höhle.«

»Die Leute von früher wussten noch, wie man ohne Technik überlebt. Und wir stellen uns an, als würden wir sterben, wenn mal zwei Tage das Internet ausfällt.«

Josi lachte und bückte sich nach Lumpi, um ihn anzuleinen. »Bisher klingt das wirklich alles zu schön, um wahr zu sein. Ich glaube, wenn der Vermieter sich mit mir anfreunden kann, ist das hier meine Wohnung.« Sie drehte sich zu Fabian und zwinkerte. »Du brauchst mich nicht so streng anzusehen. Ich schaue mir das Bad schon noch an.«

»Alles klar«, sagte Fabian, doch gerade war es nicht Josis Zusage, die ihn zum Nachdenken brachte. Es war vielmehr das, was sie davor über den Erntekeller ihrer Großmutter gesagt hatte. Aus Reflex schaute er auf die Uhr, obwohl er jetzt schon wusste, dass Thomas ganz sicher keine Lust haben würde, mit ihm nach Feierabend noch mal nach Neu-Isenburg rauszufahren. Aber das war auch nicht nötig.

Wenn Fabian mit seiner Vermutung richtig lag, fühlte Brückner sich momentan so sicher, dass er freiwillig nicht von dort verschwinden würde.

33. Kapitel

November 2016

Die Tür ging auf, und Lara kam ins Badezimmer. Sophie hatte vergessen, abzuschließen. Sie erschrak so sehr, dass sie sich mit der Klinge in den linken Daumen schnitt. Sofort schoss hellrotes Blut aus der Wunde und lief ihr über die Hand. Der Arzt hatte sie bereits darauf vorbereitet, dass in der nächsten Zeit schon kleine Wunden stark bluten würden. Der Eisenmangel hatte bei ihr zu einer Blutarmut und damit zu einem viel zu geringen Anteil fester Zellen im Blut geführt, so hatte es der Arzt ihr erklärt. Dass ein kleiner Schnitt blutete, als hätte sie sich einen Finger abgehackt, hatte sie allerdings nicht erwartet.

Lara blieb abrupt stehen und starrte Sophies Hände an. »Scheiße!«

»Es ist alles in Ordnung«, versuchte Sophie, ihre Schwester zu beruhigen und legte die Rasierklinge auf den Rand des Waschbeckens. Dann drängte sie sich an Lara vorbei und schloss die Tür hinter ihr. Auf keinen Fall sollten ihre Eltern mitbekommen, was gerade vorgefallen war.

Noch immer löste Lara ihren Blick nicht von dem blutenden Daumen. »Was hast du gemacht? Bist du völlig durchgedreht?«

»Geschaut hab ich. Mehr nicht. Ich wollte mir nichts tun ...« Sophie hatte mittlerweile den Wasserhahn aufgedreht. »Du wirst doch unseren Eltern nichts davon sagen, oder?«

»Bloß geschaut ... Erzähl keinen Scheiß«, presste Lara zwischen den Zähnen hervor. Sie griff nach Sophies Handgelenk und drückte die Wunde unter das kalte Wasser. »Da bin ich ja gerade just in time gekommen.«

»Du hast recht.« Sophie hatte keine Ahnung, ob sie gerade eine Lüge erzählte oder nicht. Für den Augenblick war sie froh, dass Lara sie gestört hatte. Doch sie konnte nicht garantieren, dass sie es nicht später noch bereuen würde. »Du bist genau rechtzeitig gekommen.«

»Dafür hast du doch nicht die letzten neun Jahre überlebt, um diesen Bastard jetzt gewinnen zu lassen, oder?« Lara hielt noch immer Sophies Handgelenk umklammert und schaute sie ernst an.

»Nein, das habe ich nicht«, murmelte Sophie. Lara hatte recht. Wenn sie sich jetzt umbrachte, wäre alles umsonst gewesen. All die Abscheulichkeiten, die sie und Helen ertragen hatten, die Demütigungen, die Schmerzen und der Hunger. Doch was, wenn es nicht vorbei war? Wenn sie den Rest ihres Lebens von Albträumen und Panikattacken heimgesucht wurde?

Lara ließ Sophie los und setzte sich auf den Rand der Badewanne. »Auch wenn wir uns kaum kennen, du kannst immer mit mir reden. Versprechen, dass es dir hilft, kann ich nicht. Aber ich werde versuchen, dich zu verstehen.«

Sophie nickte matt. Wie sollte Lara verstehen, wie es war, neun Jahre in einem Keller unter der Kontrolle eines Mannes zu verbringen? Ihm als Sexspielzeug und Köchin zu dienen, vollkommen seinen Launen unterworfen? Wie sollte Lara auch nur annähernd nachvollziehen können, wie man sich fühlte, wenn man jahrelang die Sonne nicht gesehen hatte und kein einziges Mal alleine in einem Badezimmer gewesen war? Mit der unverletzten Hand drehte Sophie das Wasser ab, holte eine Packung Pflaster aus dem Schrank und hielt sie Lara hin. »Kannst du mir eben helfen?«

Lara trocknete Sophies nasse Hand ab, nahm die Pflaster und klebte eines davon über den Schnitt an ihrem Daumen.

»Danke dir«, murmelte Sophie und meinte damit nicht nur Laras Hilfe beim Verarzten ihrer Wunde. »Es tut mir leid, dass ich über so eine Dummheit nachgedacht habe.«

»Tu es einfach nie wieder.« Lara seufzte leise, als sie vom Rand der Badewanne aufstand. »Das Essen ist übrigens fertig.« Tröstend legte sie ihre Hand für einen Moment auf Sophies Schulter und ging dann aus dem Badezimmer.

Als Sophie nach unten kam, saß ihre Familie bereits am Tisch. Ihre Mutter war gerade dabei, Kartoffeln auf die Teller zu verteilen. Sophie blieb stehen und ließ die Szenerie auf sich wirken. Sie atmete den Geruch ein, versuchte, sich hier zu Hause zu fühlen. Sie betrachtete die Bücherregale, an denen sie sich früher so gerne bedient hatte. Sah ihre Familie, wie sie am Tisch saß und sie erwartungsvoll anblickte, während ihre Mutter damit beschäftigt war, das Essen zu verteilen. Die Wand hinter ihr hing voller Fotos, auf denen unter anderem Sophie als Kind oder Teenager zu sehen war. Und obwohl sich in den Jahren ihrer Abwesenheit nicht viel verändert hatte, so fühlte sich das hier einfach nicht wie ihr Zuhause an. Die Menschen, die dort am Tisch saßen, waren Fremde für sie. Anstatt des kleinen Mädchens von damals, das ihre Schwester gewesen war, saß dort nun eine junge Frau. Nein, das hier war nicht ihr Zuhause. Im Gegenteil. Selten hatte Sophie sich so fehl am Platz gefühlt wie in diesem Augenblick. Doch wie sie es bei Ralf gelernt hatte, setzte sie ein Lächeln auf und ging zu dem freien Stuhl.

»Du kannst es sicher kaum erwarten«, sagte ihre Mutter und stellte den Teller vor ihr ab. »Es muss ewig her sein, dass du etwas Gescheites gegessen hast ... Was hast du nur durchgemacht ...« Ihre Stimme brach und sie presste sich die Faust auf den Mund.

Sophies Vater nahm sein Besteck in die Hand und nickte mit einem gezwungenen Lächeln in die Runde. »Lasst uns versuchen, die Entbehrungen der letzten Jahre für einen Augenblick beiseitezuschieben und zu schätzen, was wir haben. Unsere Familie ist wieder komplett. Endlich.« Nun hatte auch er Tränen in den Augen.

Sophie senkte schnell ihren Kopf und griff nach der Gabel. Sie spießte ein Stück Kartoffel auf, zog es andächtig durch die Soße und steckte es sich in den Mund. Der säuerliche und gleichzeitig würzige Geschmack schien förmlich auf ihrer Zunge zu explodieren. Das Fleisch war zart und ließ sich mit der Gabel auseinanderziehen. Sie musste es kaum kauen.

Sophie wurde immer gieriger. Eigentlich war ihr Magen schon nach der Hälfte der Portion gefüllt, doch sie konnte einfach nicht aufhören. Erst als sie den Teller komplett leergegessen hatte, lehnte sie sich zurück und rieb sich den Bauch.

Anstatt zu essen, saß ihre Mutter wie versteinert auf dem Stuhl. Ihre Augen verfolgten jede von Sophies Bewegungen, als müsste sie sich ständig davon überzeugen, dass ihre Tochter wirklich mit ihr am Tisch saß.

»Wisst ihr, worüber ich im Krankenhaus nachgedacht habe?«, fragte Sophie schließlich, weil sie die angespannte Stille nicht mehr aushielt.

»Verrat es uns«, sagte ihr Vater. Er nahm die Wasserflasche von der Mitte des Tisches und schenkte sich ein Glas ein.

»Ich habe mich gefragt, was jetzt wohl aus mir werden soll.«

Endlich regte sich auch ihre Mutter. »Oh Schätzchen ...« Wie jedes Mal, wenn sie das zu Sophie sagte, legte sie dabei einen Gesichtsausdruck auf, als spräche sie mit einem Kleinkind. »Du bist jetzt zu Hause in Sicherheit. Darüber musst du dir erst mal keine Gedanken machen, es wird sich alles nach und nach ergeben.«

»Aber was ist, wenn ich nicht darauf warten will, dass sich irgendwas ergibt? Wenn ich es selbst in die Hand nehmen will?« Sophie schaute ihren Vater an, der zustimmend nickte. »Ich will arbeiten, um mir ein Zimmer in einer Wohngemeinschaft leisten zu können oder sogar eine eigene kleine Wohnung.«

»Es gibt keinen Grund, das jetzt zu überstürzen. Du bist gerade erst vor zwei Tagen nach Hause gekommen ...«

»Ich will nichts überstürzen, aber ich bin sechsundzwanzig Jahre alt und habe nicht mal einen Schulabschluss.«

»So unvernünftig klingt das gar nicht«, pflichtete ihr Vater ihr bei. »Ein Ziel für die nahe Zukunft, worauf sie hinarbeiten kann, Routine. Das sorgt für Ablenkung.«

»Warum kann man das nicht langsam angehen? Sophie hat ein Trauma erlitten. Sie braucht zuerst einmal professionelle Hilfe bei der Bewältigung. Du kannst sie doch nicht einfach auf eine Schule schicken und hoffen, dass die Erlebnisse keinen Einfluss auf ihr restliches Leben haben werden. Vielleicht wäre es sogar besser, wenn sie eine Weile stationär eine Therapie macht.«

»Man kann doch aber über beides nachdenken. Immerhin ist sie eine erwachsene Frau, die sich ein eigenständiges Leben aufbauen will.«

Ihre Mutter machte eine ausladende Geste. »Wir haben hier ein komplettes Haus. Es ist genug Platz für alle, und Sophie muss sich keine Gedanken über eine Bleibe oder Ähnliches machen. Ich werde mich um sie kümmern, und wenn sie mehr Privatsphäre braucht, räumen wir die Wohnung wieder frei.« Sie wandte sich an Lara. »Du hattest doch ohnehin darüber nachgedacht, mit Miriam eine Wohngemeinschaft zu gründen.«

»Ja, und du warst komplett dagegen. Noch vor einer Woche haben wir darüber diskutiert, erinnerst du dich?«

Lara warf das Besteck auf ihren Teller und verschränkte die Arme. »Da hieß es noch, dass das alles viel zu unsicher sei, zwei junge Frauen so ganz alleine. Aber das hat sich wohl geändert, jetzt wo deine andere Tochter zurück ist. Da ist es auf einmal nicht mehr so wichtig, ob ich etwas Gefährliches mache.«

Sophie senkte betreten den Blick. Es war nicht ihre Absicht gewesen, beim Abendessen eine solche Diskussion zu starten. Sie hatte nicht damit gerechnet, dass ihre Mutter so wenig begeistert von ihrer Idee war, ihr Leben selbst zu organisieren.

»So war das doch überhaupt nicht gemeint. Ich habe eben noch mal darüber nachgedacht. Man muss auch loslassen können.«

»Ach, das hast du dir jetzt nach all den Jahren überlegt? Die ganze Zeit hast du mir alles verboten, was auch immer ich machen wollte. Um jeden Schwimmbadbesuch musste ich kämpfen, um jede Übernachtung bei Freunden, und meistens durfte ich doch nicht. Ihr habt mich hier eingesperrt, aber um mich gekümmert habt ihr euch nicht. Weißt du, wie einsam ich manchmal war? Aber es ging ja immer nur um Sophie, und wo sie ist und wie man sie finden kann.«

»Seit wann ist es falsch, wenn man sich an seine Hoffnung klammert? Ihr habt sie doch schon lange aufgegeben. Habt den Leuten geglaubt, die gesagt haben, dass sie bestimmt tot ist. Ich habe gespürt, dass mein Kind irgendwann zurück nach Hause kommen wird ...«

»Jetzt wirst du unfair«, unterbrach Sophies Vater sie. »Natürlich haben wir gehofft, aber wir haben unser

Leben nicht auf Standby geschaltet, als Sophie verschwunden war.«

»Lasst es doch jetzt mal gut sein«, versuchte Sophie, die Situation zu beruhigen. »Ich wusste nicht, dass meine Pläne …«

»Ich gehöre auch zu dieser Scheißfamilie«, rief Lara aus. »Auch ich habe damals meine Schwester verloren. Mir ging es auch scheiße. Und jetzt hast du dir plötzlich überlegt, dass ich möglichst schnell das Feld räumen soll? Bin ich dir so scheißegal?« Sie sprang vom Tisch auf, warf dabei ihren Stuhl um und stürmte aus dem Zimmer.

Ihre Mutter öffnete den Mund, wie um etwas zu sagen, schloss ihn dann aber wieder. Laras Ausbruch hatte sie anscheinend vollkommen aus der Fassung gebracht. Ihre Hände zitterten, als sie die Serviette von ihrem Schoß nahm und neben den Teller legte. »Wie kann sie ihrer Schwester nur so etwas antun?«, brachte sie schließlich hervor und schlug mit der flachen Hand auf ihren Oberschenkel.

»Hätte ich gewusst … es ist … tut mir leid«, stammelte Sophie. »Wenn ich doch nur meinen Mund gehalten hätte. Konnte ja keiner ahnen, dass ich damit so einen Streit auslöse.«

»Nein!«, rief ihre Mutter entschieden. »Dir muss überhaupt nichts leidtun. Deine Schwester hat sich unmöglich benommen. Wie kann sie nur in einem Moment wie diesem ihre eigenen Befindlichkeiten über deine stellen, oder über die der Familie? Hat sie sich auch nur einen Augenblick lang Gedanken darüber gemacht, was du in den letzten Jahren durchgemacht hast?«

»Sie ist ein Teil der Familie, und natürlich müssen wir auf ihre Bedürfnisse eingehen. Die letzten Jahre waren weiß Gott auch für sie nicht einfach. Sie musste oft zurückstecken, weil du nicht bereit warst, sie ein bisschen loszulassen.«

»Willst du etwa ihren Ausbruch rechtfertigen? Ich hatte Angst um sie, was ist so verkehrt daran? Glaubst du vielleicht, ich wollte noch eine Tochter verlieren? Im Gegensatz zu dir habe ich versucht, unsere Familie beisammenzuhalten.«

Sophie schob ihren Stuhl zurück und stand auf. »Streitet euch nicht wegen mir«, sagte sie und sah ihre Eltern traurig an. »Ich werde dann mal besser nach oben gehen.« Ohne eine Antwort abzuwarten, verließ sie das Wohnzimmer. Auf dem Flur fiel ihr Blick durch das kleine Fenster neben der Tür. Sie schaute nach draußen auf die dunkle Straße.

Aus dem Augenwinkel heraus nahm sie eine Bewegung wahr. Im Lichtkegel der Straßenlaterne stand jemand. Sophie hielt inne. Wer auch immer es war, er schien zum Haus herüberzustarren.

Langsam ging Sophie näher an das Fenster und drückte ihre Stirn gegen die Scheibe, um besser sehen zu können. Die Person bewegte sich nicht. Für die Jahreszeit war sie viel zu dünn angezogen. Ein zu weites Hemd schlackerte um ihren hageren Körper, und auf dem Kopf trug sie eine große Mütze, die sie tief ins

Gesicht gezogen hatte. Für einen Moment drehte sie ihren Kopf und wurde von der Laterne angeleuchtet.

Schlagartig wurde Sophie klar, wer dort auf der Straße stand. Sofort riss sie die Haustür auf und stürzte in den Vorgarten.

Die Person fuhr herum und verharrte einen Moment. Dann rannte sie die Straße entlang davon.

»Helen!«, rief Sophie, die mittlerweile das Hoftor erreicht hatte. »Warte doch!« Sie folgte der Frau, doch sie war zu langsam.

Nach wenigen Metern hatte sie die nächste Kreuzung erreicht und bog dort in eine Seitenstraße ein. Sophie legte noch mal an Geschwindigkeit zu und hetzte hinterher. Als sie jedoch um die Ecke bog, war die Straße leer. Sie musste in einen der Gärten abgebogen sein. Sophie verlangsamte ihren Schritt und gab schließlich auf. Helen konnte überall sein.

34. Kapitel

November 2016

Als Fabian am nächsten Morgen aufstand, dröhnte ihm der Kopf. Er hatte sich die halbe Nacht schlaflos im Bett herumgewälzt und irgendwann am frühen Morgen beschlossen, einfach durchzumachen. Also war er ins Wohnzimmer gegangen, hatte sich auf die Couch gesetzt und sich einen Film eingeschaltet. Früher oder später war er wohl doch eingeschlafen und hatte dabei so verdreht dagesessen, dass sein Rücken nun komplett verspannt war. Mit etwas Leitungswasser spülte er zwei Aspirin runter und duschte dann ausgiebig. Das heiße Wasser entspannte seine Muskeln ein wenig. Nachdem er sich gezwungen hatte, einen Apfel zu essen, ging es ihm schon besser, und er machte sich auf den Weg zur Arbeit, wo ihn Thomas bereits erwartete.

»Du glaubst also, Brückner ist noch im Haus?«, fragte er, nachdem Fabian ihm von seinem gestrigen Einfall berichtet hatte. Thomas war gerade dabei, sich eine Banane in sein Haferflocken-Quarkgemisch zu schnippeln. Seit Neuestem hatte er das Frühstück ins Büro verlagert.

»Nicht im Haus«, erklärte Fabian zum zweiten Mal. »Vielleicht solltest du dir erst mal einen starken Kaffee machen, damit du wach bist, wenn ich mit dir rede. Der Keller könnte genauso gut außerhalb vom Haus sein. Es ist sogar relativ wahrscheinlich, gerade in ländlichen Gegenden, wo die Leute noch größere

Grundstücke haben. Ich habe gestern Abend ein wenig im Internet recherchiert. Vor der Erfindung des Kühlschrankes hatten viele Haushalte einen solchen Lagerraum für ihre Lebensmittel. Sowas nennt sich Eiskeller. Das Forsthaus wurde Ende des neunzehnten Jahrhunderts gebaut, und damals waren solche Keller noch üblich.«

»Schon möglich«, sagte Thomas mit vollem Mund. Eine Marotte von ihm, die Fabian ihm unbedingt noch austreiben musste, denn er hatte wenig Lust, sich jeden Morgen anzusehen, wie das Frühstück seines Kollegen gekaut aussah. »Dann verstehe ich nicht, warum die Jungs von der BFE nicht draufgestoßen sind. Ich meine, die haben sich zwar aufs Haus konzentriert, aber wenn da irgendwo ein zweiter Keller wäre, müssten die doch darüber gestolpert sein.«

»Die Möglichkeit, dass sie ihn übersehen haben, besteht dennoch. Erst recht, wenn sie nicht wussten, wonach sie Ausschau halten mussten. Die Eingänge solcher Eiskeller liegen meist unter Bäumen, um direkte Sonneneinstrahlung zu vermeiden. Außerdem sind sie nicht unbedingt von außen zu erkennen. Klar, manche sind oben wie ein kleines Haus gestaltet, aber es gibt auch welche, die einfach in den Boden gegraben und mit Erde aufgeschüttet wurden. Einen Versuch ist es wert, findest du nicht?«

»Hm«, brummte Thomas. Er stellte sein Müsli ab, drehte sich zu seinem Laptop und öffnete eine Suchmaschine. Kurz darauf erschienen Fotos von verschiedenen Eiskellern auf seinem Monitor. »Hast du dir Pläne von dem Haus besorgt?«

»Nein. Ich dachte mir, wir fahren einfach noch mal hin und sehen uns um. Wenn wir nichts finden, können wir uns die immer noch besorgen. Wird aber vermutlich eine Weile dauern, bis wir die bekommen, weil niemand dafür zuständig sein will.«

Thomas klickte sich durch die Suchergebnisse. »Okay, ich gebe dir zumindest teilweise recht«, sagte er nach einer Weile. »Es gibt wohl Bauweisen, da sieht das Teil wirklich aus wie ein Erdloch. Wenn es dann noch so zugewuchert ist wie hier …« Er zeigte auf eines der Bilder und vergrößerte es, damit auch Fabian es erkennen konnte.

»Genau das meine ich. Wenn er sich noch dazu nicht direkt beim Haus befindet, kann man ihn schon übersehen. Ich will ja auch niemandem die Schuld zuschieben und erst recht niemanden anschwärzen. Aber ich finde, dass wir es allemal überprüfen sollten. Umso besser, wenn wir nichts finden.«

»Durchaus. Gute Arbeit, Prior«, sagte Thomas und schaufelte sich einen weiteren Löffel Müsli in den Mund. »Aber eins würde mich dabei interessieren.«

»Und das wäre?«

»Wie bist du auf diese Idee gekommen? Und warum ausgerechnet jetzt erst?«

Fabian lehnte sich auf seinem Stuhl zurück und verschränkte die Arme vor der Brust. Er wollte Josi unbedingt aus dem Spiel lassen, um nicht den Eindruck zu erwecken, dass er wieder zu viel über ihren Fall geredet hatte. Beim letzten Mal hatte er bei einem One-Night-Stand mit der Frau über seine aktuellen

Ermittlungen gesprochen, was beinahe dazu geführt hätte, dass der Täter hätte entkommen können.

»Meine Mutter hat mir diesen Floh ins Ohr gesetzt. Sie würde den Täter am liebsten selbst schnappen, und dann kam sie auf diese Theorie. Bei meiner Oma gab es wohl auch so einen Keller ...« Fabian merkte, wie seine Wangen glühten. Bestimmt lief er gerade rot an und wandte sich deshalb schnell von Thomas ab. Er konnte einfach nicht lügen.

»Dann geht das Lob an deine Mutter. Die erarbeitet sich noch eine Ehrenmedaille. Aber ehrlich gesagt glaube ich noch immer nicht so recht daran, dass er sich dort versteckt hält. Es ist einfach viel zu kalt draußen – und dann noch in einem Keller, der extra dafür gebaut wurde, um die Kälte zu halten?«

»Auf jeden Fall besser, als sich von der Polizei schnappen zu lassen und dann für einige Jahre in den Bau zu wandern, oder meinst du nicht?« Fabian stand auf. Er konnte es kaum erwarten, zum Haus zu fahren. Sein Gefühl sagte ihm, dass er mit seiner Vermutung richtig lag, und sie zumindest einen solchen Keller und mit etwas Glück sogar Brückner auf dem Grundstück finden würden.

»Ich hoffe, dass du recht behältst. Wäre ich allerdings an seiner Stelle, hätte ich mich sofort auf den Weg ins Ausland gemacht, anstatt zu warten, bis mein Fahndungsfoto bei Aktenzeichen XY gezeigt wird.«

»Dabei musst du aber bedenken, dass er verletzt ist. Vielleicht sogar schwer. Die einfachste Lösung ist da erst mal gut genug, und wie sagt man so schön: Auffällig ist am unauffälligsten. Er hat gemerkt, dass ihn bei der ersten Durchsuchung niemand gefunden hat, jetzt fühlt er sich dort sicher. Theoretisch wäre er das auch, hätte ich nicht zufällig mit meiner Mutter über den Erntekeller meiner Oma gesprochen. Normalerweise wäre das Haus der letzte Ort, an dem wir nach ihm suchen würden.«

In dem Punkt stimmte ihm sogar Thomas zu, und nachdem er sein Müsli aufgegessen hatte, machten die beiden sich auf den Weg zum Forsthaus.

Als sie dort ankamen, hatte ein leichter Nieselregen eingesetzt, und die Kälte zog Fabian unangenehm in die Knochen.

»Was für ein Mistwetter«, stöhnte Thomas, als er aus dem Wagen stieg und in eine Pfütze trat. »Wegen dir fange ich mir noch eine Erkältung ein. Ich hab jetzt schon nasse Füße.«

»Du wirst es erstens überleben und mir zweitens noch danken, wenn wir Brückner erwischt haben. Drittens sei doch bitte etwas leiser. Wir müssen uns ja nicht unbedingt ankündigen.« Fabian zeigte auf die Haustür. »Das Siegel ist nicht gebrochen, durch die Vordertür ist er schon mal nicht ins Haus.«

»Bringen wir es einfach hinter uns und suchen diesen verdammten Keller. Dieses Wetter macht mich wahnsinnig.«

Fabian tat ihm den Gefallen und setzte sich in Bewegung. Allerdings nicht, ohne einen Kommentar darüber abzugeben, wie ungeeignet Thomas für Außeneinsätze war: »Das nächste Mal nehme ich wohl besser Susanne mit, wenn es nach draußen geht. Die ist wenigstens nicht aus Zucker, und bestimmt fängt sie sich nicht sofort die Männergrippe ein, wenn eine Windböe an ihr vorbei weht.«

Thomas drohte ihm zum Spaß mit der Faust und ging dann vor ihm zur rechten Seite des Hauses. Langsam liefen sie an der Grundstücksgrenze entlang und suchten die Umgebung ab. Der Boden war schlammig und bedeckt mit feuchtem Laub, sodass man ohne Vorwarnung ständig in irgendwelche Pfützen trat oder aufpassen musste, dass man nicht ausrutschte. Thomas fluchte fortlaufend darüber, dass er seine Schuhe nach diesem Tag vermutlich wegschmeißen konnte. Fabian wollte gerade einen weiteren Witz über Thomas' Befindlichkeiten machen, als etwas seine Aufmerksamkeit erregte. An der Hinterseite des Hauses beschrieb der Zaun einen Bogen und umschloss damit eine kleine Erhebung. Beinahe hätte er sie übersehen, denn sie lag direkt am Waldrand und war mit Sträuchern bewachsen.

Fabian hielt Thomas zurück, der gerade weitergehen wollte, und legte warnend den Zeigefinger an die Lippen. Dann zeigte er auf die Stelle, die er meinte. Thomas sah in die angegebene Richtung, dann nickte er verstehend und deutete Fabian an, zurück zum Wagen zu gehen.

Dort angekommen holte er sein Telefon aus der Jackentasche. »Verstärkung?«, fragte er Fabian.

»Meinst du, das ist notwendig? Wir wissen nicht mal, ob sich unter diesem Hügel tatsächlich ein Eiskeller befindet. Und wenn es wirklich so ist, und Brückner da drin sein sollte, dann ist er mit ziemlicher Sicherheit verletzt.«

Thomas überlegte einen Moment, dann nickte er und holte seine Waffe aus dem Holster. »Hast du eine Taschenlampe im Wagen?«, fragte er schließlich.

Fabian öffnete die Fahrertür und nahm eine Maglite aus der Türablage. »Zur Not schlage ich ihn einfach nieder«, sagte er, entsicherte aber dennoch seine Pistole.

Gemeinsam gingen sie zurück zum Hügel, umrundeten ihn und kamen an eine Öffnung. Sie war zwischen den Sträuchern, die am Zaun wucherten, kaum zu erkennen, zumal jemand noch weitere Äste vor das Loch drapiert hatte. Sie hatten den Eiskeller gefunden. So leise wie möglich drängten sie sich an den Büschen vorbei in den Höhleneingang und erreichten eine Art Tunnel.

Fabian leuchtete ihn mit der Taschenlampe aus. Nach einigen Metern tauchte im Lichtkegel am Ende des Ganges eine in Fels eingelassene Tür auf.

Thomas übernahm nun die Vorhut. In gebückter Haltung schlich er zur Tür, ging daneben in die Hocke und streckte seinen Arm zur Türklinke aus. Auf diese Weise würde er von drinnen nicht direkt zu sehen sein, wenn er gleich die Tür aufmachte. Er legte seine Hand an die Klinke und blickte zu Fabian hoch. Der hob die Waffe und platzierte die Taschenlampe seitlich so an seinem rechten Arm, dass der Lichtkegel das Areal sichtbar machte, auf das er zielte. Dann signalisierte er Thomas, zu öffnen.

Mit einer schnellen Bewegung drückte dieser die Klinke nach unten und zog an der Tür. Es ertönte ein quietschendes Geräusch. Die Tür blieb geschlossen. Entweder sie klemmte oder jemand hatte sich dahinter verbarrikadiert. Thomas gab Fabian ein Zeichen, zu warten. Dann ging er einen Schritt zurück, brüllte: »Polizei! Machen Sie die Tür auf!«, und hängte sich mit seinem ganzen Gewicht nach hinten. Die Tür schwang krachend auf, und Thomas sprang zur Seite, damit Fabian freie Sicht hatte. Alles blieb ruhig.

Fabian leuchtete in die Dunkelheit. Der Raum hatte bestimmt zwanzig Quadratmeter, in der Mitte zogen sich gemauerte Säulen nach oben, um die Decke abzustützen. Der Lichtkegel streifte weiter durch die Schwärze und fiel dann auf den Zipfel einer hellgrünen Wolldecke. Er hob die Maglite. Auf einem Stuhl an der linken Wand kauerte eine Person.

»Keine Bewegung«, rief er und richtete den Lichtstrahl auf ein blutverschmiertes Gesicht. Dann ging er langsam auf ihn zu. Sie hatten ihn. Brückner saß in der Falle.

35. Kapitel

November 2016

Völlig durchgefroren und mit steifem Nacken erwachte Helen gegen Mittag auf dem Sofa im Forsthaus. Die Polster hatte sie in der Nacht mit Wolldecken abgedeckt, um nicht auf Ralfs Blut liegen zu müssen. Sie brauchte einen Moment, um sich zu orientieren. Noch immer war es verwirrend für sie, aufzuwachen und Tageslicht zu sehen. Sie sah auf die Uhr. Halb zehn. Sie hatte kaum drei Stunden geschlafen. Ralf hatte im Haus keine Heizung einbauen lassen, stattdessen beheizte er die Räume mit Kaminen und kleinen Öfen. Helen traute sich nicht, sie anzufeuern. Jemand könnte den Rauch sehen und misstrauisch werden. Schade, dass Ralf sich geweigert hatte, mit nach drinnen zu kommen, sonst hätten sie sich gegenseitig wärmen können. So hatte sie alleine im Haus schlafen müssen – aber immer noch besser als eine weitere Nacht im Eiskeller.

Sie setzte sich auf, zog die Decke enger um sich und rieb sich die Augen, die sie kaum offenhalten konnte, so müde war sie. In der Nacht hatte sie sich stundenlang hin- und hergewälzt und kaum geschlafen. Die Kälte und die Sorge um Ralf hatten sie wachgehalten. Sein Zustand wurde immer schlimmer. Mittlerweile sprach er kein Wort mehr, stöhnte nur hin und wieder vor sich hin, und seine Augen sahen glasig aus. Sogar ihre selbstgekochte Hühnersuppe hatte er nicht angerührt. Dabei war Essen doch so wichtig, wenn man gesund werden wollte.

Irgendwann gegen Morgen war Helen dann in einen unruhigen Schlaf gefallen und hatte geträumt, dass Ralf wieder gesund und sie beide zusammen glücklich waren.

Es war Sophies Schuld, dass dies vorerst ein Traum bleiben musste. Doch Helen würde dafür kämpfen, dass Ralf sich erholte, dass sie fliehen und irgendwo gemeinsam neu anfangen konnten. Vielleicht sogar mit Kindern. Er hatte in letzter Zeit immer mal wieder davon gesprochen, dass er sich vorstellen könnte, welche zu haben. Doch Sophie hatte ständig aufs Neue dafür gesorgt, dass er ihre und damit auch Helens Loyalität infrage stellte. Selbstverständlich konnte er nicht ernsthaft darüber nachdenken, Kinder mit ihr zu haben, wenn er ihr nicht zu einhundert Prozent vertrauen konnte.

Dabei war Ralf überhaupt nicht dieser Unmensch, den Sophie in ihm gesehen hatte. Ja, er wurde leicht zornig und verteilte dann Strafen, doch er hatte stets seine Gründe dafür, die Helen im Nachhinein auch einsah. Wenn sie sich benahmen, dann wurden sie auch gut von ihm behandelt. Sophie schien aber ständig bemüht gewesen zu sein, die Regeln auf irgendeine Art zu brechen, sodass sie die meiste Zeit irgendwelche Einschränkungen zu erleiden hatte.

Helen hingegen durfte ihm oft Gesellschaft leisten, sie schauten Filme, spielten Golf auf einer Konsole oder saßen im Sommer auf der Terrasse und unterhielten sich einfach nur. Selbstverständlich war sie währenddessen immer gefesselt, doch das hatte sie zum Schluss kaum noch gestört. Sie erinnerte sich an seine Lippen, wie er ihren Hals geküsst und ihr dabei sanft den Rücken gestreichelt hatte. An seine Bartstoppeln, die sie oft gekitzelt hatten. An all die schlauen Dinge, die er erzählte.

Nachdenklich rieb Helen sich über die vernarbte Haut an den Handgelenken, wo die Fesseln über die Jahre hinweg ihre Spuren hinterlassen hatten. Endlich war sie frei davon, doch nun war es Ralf, der in einem Gefängnis saß. In einem Gefängnis, das aus seinem eigenen Körper bestand, den Sophie kaputtgemacht hatte. Er war nicht genügend bei Bewusstsein, um mitzubekommen, wie loyal sie sich verhielt. Er konnte sie nicht halten und ihr versprechen, dass alles gut werden würde.

Helen hatte niemanden, während Sophie bei ihrer Familie war und mit ihr die glückliche Wiedervereinigung feierte. Das hatte Helen gestern Abend mit eigenen Augen sehen müssen. Eigentlich hatte sie nur eine Zeitung kaufen wollen, um nachzusehen, ob etwas über sie oder Ralf veröffentlicht worden war. Doch dann war sie plötzlich wie von einem unsichtbaren Band zum Haus von Sophies Eltern gezogen worden. Dort hatte sie einige Zeit auf der gegenüberliegenden Straßenseite gestanden und beobachtet, wie die Familie gemeinsam gegessen hatte.

Helen stand vom Sofa auf und schlurfte in die Küche, um sich einen Tee zu kochen. Langsam gingen die Essensvorräte im Haus endgültig zur Neige, und sie musste sich überlegen, wie sie an Nahrungsmittel kommen sollte. Für einen Einkauf fehlte ihr das Geld. Ralfs Portemonnaie hatten vermutlich die Leute von der Polizei mitgenommen, denn sie hatte es bisher nirgends finden können. Als das Wasser kochte, goss sie es in ihre Tasse und hängte einen Beutel Kamillentee hinein.

Mit der Tasse in der Hand ging sie zurück ins Wohnzimmer und hockte sich im Schneidersitz aufs Sofa. Auf dem Tisch lagen Bilder von Ralf, die sie gestern Abend aus einem der Schränke geholt hatte, damit sie sich nicht so alleine fühlte. Die Fotos zeigten ihn in verschiedenen Phasen seines Lebens. Er war viel gereist, stand mal vor den Pyramiden in Ägypten, mal vor irgendwelchen asiatisch anmutenden Tempeln. Stets war er in Gesellschaft von schicken und reich aussehenden Leuten, oft waren wunderhübsche Frauen dabei, die Helen rasend eifersüchtig machten. Sie nahm sich vor, diese Fotos später draußen im Garten zu verbrennen.

Helen sortierte die Bilder mit den Frauen aus und stieß dabei auf eines, das sie gestern Abend übersehen haben musste. Es zeigte einen kleinen Jungen auf dem Schoß einer wunderschönen jungen Frau. Das musste seine Mutter sein. Sein Vater hatte sie vor seinen Augen umgebracht, als er noch ein kleines Kind gewesen war, und er hatte bei seiner Tante – der Schwester des Mörders – aufwachsen müssen. In einem wunderbaren Moment der Vertrautheit hatte ihr Ralf dieses Geständnis gemacht.

Zärtlich strich sie über das Gesicht des kleinen Jungen. Seine Augenpartie und das freche Grinsen hatten sich bis heute nicht verändert. Er war ein wunderschönes Kind gewesen, und sie fragte sich, wie wohl ihre gemeinsamen Kinder aussehen könnten. Ob sie jemals das Glück haben würde, mit Ralf eine Familie zu gründen? Tränen stiegen ihr in die Augen, als sie an den vergangenen Samstag dachte und daran, was Ralf zu ihr gesagt hatte. Und dann war Sophie gekommen und hatte alles zerstört.

Wütend zerknüllte sie das Foto und warf es auf den Tisch. Als ihr klar wurde, was sie da gerade getan hatte, versuchte sie vorsichtig, das alte Papier wieder glatt zu streichen. Leider ohne Erfolg. Irgendwie musste sie es wieder hinbekommen. Ralf würde ausrasten, wenn er bemerkte, wie sie in seiner Abwesenheit mit seinen persönlichen Dingen umgegangen war. Sie erinnerte sich an früher, als sie Laub im Telefonbuch gepresst hatte, um dann kleine Kunstwerke daraus zu basteln. Auf der Anrichte standen etliche Kochbücher, eines davon war sicher dick genug, um das Foto glattzupressen.

Als sie sich in Richtung Küche umdrehte, nahm sie aus dem Augenwinkel eine Bewegung wahr. Reflexartig ließ sie sich auf die Knie fallen. Auf allen vieren kroch sie in den Flur. Die kleinen Fenster in der Haustür waren so verspiegelt, dass man von drinnen hinausschauen konnte, aber von außen nicht hinein. Sie musste sich auf die Zehenspitzen stellen, um überhaupt etwas zu sehen.

Vor dem Haus hatte ein Auto neben Ralfs Wagen geparkt, und zwei Männer stiegen aus. Einer von ihnen schaute direkt in ihre Richtung. Ihre Eingeweide zogen sich zusammen. Was, wenn sie ins Haus kommen würden?

Sie musste sich sofort ein Versteck suchen. Ihr erster Impuls schickte sie zur Hintertür, doch das war zu riskant. Sie hatte keine Ahnung, wohin die beiden wollten, und im Garten war einfach zu viel freie Fläche zwischen dem Haus und dem Eiskeller. Hier unten und im Keller des Hauses war es zu gefährlich. Also nach oben. Aber wo dort verstecken? Im Schlafzimmer stand nur der Schrank und der war zu offensichtlich, im Bad hatte sie gar keine Versteckmöglichkeit. In Ralfs Büro gab es viele uneinsehbare Ecken und Winkel. Helen stürmte die Treppe hoch. Auf halbem Weg erwischte sie eine Stufe nicht richtig. Gerade noch so konnte sie sich am Handlauf festkrallen und somit Schlimmeres verhindern. Anstatt das Gleichgewicht zu verlieren und die Treppe runterzufallen, stürzte sie lediglich aufs Knie. Sie unterdrückte einen Schmerzensschrei und humpelte weiter.

Im Büro krempelte sie die Hose hoch und begutachtete ihr Bein. Schon jetzt war eine kleine Schwellung am Schienbein zu sehen. Als sie von draußen Stimmen hörte, schlich sie gebückt zum Fenster. Durch die Schlitze im Vorhang schaute sie in den Garten. Die Männer kamen gerade um die Ecke des Hauses und gingen auf das hintere Ende des Grundstücks zu. Genau in die Richtung, in der sich der Eiskeller befand.

»Verpisst euch, ihr Penner! Warum könnt ihr uns nicht einfach in Ruhe lassen?«

Die beiden gingen weiter durch den Garten und hielten mittlerweile direkt auf den Hügel zu, unter dem sich der Eiskeller befand. Jetzt blieb der eine von ihnen stehen und hielt auch den anderen zurück. Danach zeigte er in Richtung des Eingangs. Ihr Herz raste.

»Verschwindet doch endlich. Sophie ist doch frei. Was wollt ihr denn noch?«

Helen stieß die Luft aus, die sie unwillkürlich angehalten hatte. Ihr ganzer Körper zitterte vor Anspannung. Sie schloss die Augen und schickte ein Stoßgebet zum Himmel.

Es schien zu helfen. Statt um den Hügel herum zur Tür des Eiskellers zu gehen, drehten sie ab und verschwanden in die Richtung, aus der sie gekommen waren. Anscheinend wollten sie zu ihrem Wagen. Helen rannte durch den Flur auf die andere Seite des Hauses und schaute dort durchs Fenster. Ihre Hoffnung wurde enttäuscht. Die Männer waren nicht eingestiegen, im Gegenteil. Sie hatten nun jeder eine Waffe und einer von ihnen eine Taschenlampe geholt. Es mussten Polizisten sein. Wahrscheinlich hatte Sophie sie geschickt. Weil sie sich immer noch nicht mit dem zufriedengeben konnte, was sie jetzt wieder hatte. Weil sie Helen alles nehmen wollte.

Doch noch hatte Ralf eine Chance. Das Jagdgewehr. Helen hatte es aus dem Waffenschrank geholt und Ralf neben den Stuhl gestellt, damit er sich im Fall der Fälle verteidigen konnte. Er musste es einfach schaffen. Er musste das Gewehr nehmen und den verdammten Bullen in den Kopf schießen. Damit sie endlich ihre Ruhe hatten und gemeinsam glücklich werden konnten. Ralf und sie, seine einzige Verbündete.

36. Kapitel

November 2016

Sophie lag auf dem Bett und starrte an die Decke. Sie war schon eine ganze Weile wach, doch sie hatte keine Lust, ihr Zimmer zu verlassen. Der Streit von gestern wirkte noch nach, und sie wollte jetzt nicht mit ihrer Mutter über das Thema sprechen. Es klopfte, und die Tür ging einen Spalt auf. Sophie lächelte, als sie ihren Vater sah. Er war der einzige Mensch, der es irgendwie schaffte, normal mit ihr umzugehen, der sie nicht als Opfer sah und sie wie die erwachsene und eigenständige Person behandelte, die sie war. Ihre Mutter hingegen tat gerade so, als wäre sie selbst in dem Keller eingesperrt gewesen, und bemitleidete sich. Dabei behandelte sie Sophie wie ein kleines Mädchen. Lara war mit der ganzen Situation offensichtlich überfordert, was nachvollziehbar, aber deshalb auch nicht weniger anstrengend für Sophie war.

Ihr Vater setzte sich neben sie auf das Bett. »Ist das okay für dich?«, fragte er und sie nickte. »Ich dachte, ich schaue mal nach dir. Du hast dich den ganzen Tag hier im Zimmer vergraben und ich wollte nachsehen, ob alles in Ordnung ist.«

»Es geht mir gut«, sagte Sophie. Sie nahm die Fernbedienung zur Hand und schaltete den Fernseher aus, der ohne Ton gelaufen war.

»Tut mir leid, dass gestern Abend alles so aus dem Ruder gelaufen ist. Deine Mutter weiß einfach nicht, wie sie mit der Situation umgehen soll. Die ganzen Jahre hat sie nur davon gesprochen, wie es sein würde, wenn du wieder da wärst. Nun ist der Tag gekommen, und sie möchte am liebsten sofort alles nachholen, was sie die letzten Jahre verpasst hat.«

Sophie ließ die Schultern hängen. »Glaubst du, ich wüsste, wie ich damit umgehen soll?«, fragte sie und nestelte an dem Ärmel ihres Pullovers herum.

»Natürlich nicht. Du bist traumatisiert und musst dich erst mal zurechtfinden. Aber irgendwie müssen wir das alle, und vielleicht kannst du deine Mutter zumindest ein wenig verstehen. Es wird sich bestimmt bald einspielen.« Im Blick ihres Vaters lagen Zweifel. Dennoch nickte Sophie und zwang sich zu einem Lächeln.

»Aber sie muss auch mich verstehen. Wann immer ich das Haus hier verlasse, bin ich nur eines: dieses Mädchen von damals. Das verschwunden und nach neun Jahren aus heiterem Himmel wieder aufgetaucht ist. Manchmal habe ich das Gefühl, die Nachbarn würden am liebsten zu mir kommen, um mir ihr Mitleid auszusprechen. Wenn ich hier bin, erinnert mich alles daran, was ich damals für einen schrecklichen Fehler begangen und was ich euch damit angetan habe.«

»So darfst du doch nicht denken ...«

»So fühle ich aber«, unterbrach sie ihn. Ihr war klar, dass niemand nachvollziehen konnte, wie es ihr gerade ging. Wie auch? Deswegen musste sie Helen finden.

»Ich versuche trotzdem, verständnisvoll zu sein. Versprochen.«

Eine Weile saßen beide schweigend da, ihr Vater schien das Gesagte auf sich wirken zu lassen. Dann fasste Sophie sich ein Herz und sprach das an, worüber sie die halbe Nacht gegrübelt hatte.

»Darf ich dich was fragen?«

»Selbstverständlich.«

Sophie holte tief Luft. »Eigentlich ist es eher eine Bitte. Ich habe gelogen. Gestern Abend bin ich nicht einfach vor die Tür, weil ich etwas Abstand gebraucht habe. In Wirklichkeit habe ich dort jemanden gesehen.«

Die Augen ihres Vaters wurden groß, und die Farbe wich aus seinem Gesicht. »Meinst du etwa, dass ... war er es? ... Ich meine, glaubst du, der Dreckskerl hat dich gefunden?«

Sophie schüttelte den Kopf. Es war an der Zeit, dass sie mit der Wahrheit rausrückte. »Er *kann* es nicht gewesen sein.«

»Warum bist du da so sicher?«

Sie rang mit sich, doch die Worte wollten ihr einfach nicht über die Lippen kommen. »Weil es Helen war«, flüsterte sie schließlich. Das sollte ihm vorerst als Erklärung ausreichen.

»Du meinst, das Mädchen, das mit dir eingesperrt war, soll gestern hier gewesen sein? Die Polizei sucht nach ihr ...«

»Ja, und ich glaube, genau das macht ihr Angst.«

»Aber sie hat doch gar nichts getan. Ich finde die Vorstellung viel beunruhigender, dass sie sich um diese Jahreszeit alleine dort draußen herumtreibt. Wenn man bedenkt, in welchem körperlichen Zustand du warst ... Sie wird das nicht lange durchhalten. Ich kann mir wirklich nicht vorstellen, dass sie freiwillig ihre Nächte ohne Dach über dem Kopf verbringt.«

»Das könntest du, würdest du ihre Geschichte kennen. Ihre Mutter hat die Familie verlassen, und ihrem Vater war sie scheißegal. Im Gegenteil, er hat regelmäßig dabei zugesehen, wie der Nachbar sie missbraucht hat. Vermutlich hat er sogar Geld dafür genommen.«

Sophies Vater sagte nichts, aber sein Gesichtsausdruck sprach Bände.

»Verstehst du jetzt? Es gibt für sie kein Zuhause, in das sie zurückkehren kann.«

»Das arme Mädchen«, brachte ihr Vater hervor. »Was glaubst du wollte sie hier?«

Sophie zuckte mit den Schultern. »Keine Ahnung. Aber ich habe das Gefühl, dass ich ihr helfen muss. Sie war jahrelang meine einzige Verbündete. Hätte ich sie nicht gehabt, vermutlich wäre ich dort unten verrückt geworden.«

»Welche Rolle spiele ich dabei?«

»Du musst mir dabei helfen«, sagte Sophie und schaute ihrem Vater fest in die Augen. »Mir dabei helfen, sie zu finden.«

Ihr Vater runzelte die Stirn, dann schüttelte er langsam den Kopf. »Hör zu Sophie, es ehrt dich wirklich sehr, dass du dich nach all dem, was du durchgemacht hast, auch noch um deine … um die andere Frau kümmern willst. Aber …«

»Nein!«, rief Sophie und sprang vom Bett auf. »Lass mich erst ausreden, bevor du mir diese Bitte abschlägst. Ich glaube, ich weiß, wo sie steckt. Wir müssen einfach nur hinfahren und sie holen.«

»Und wo soll das sein?«

Sophie senkte ihren Blick. »Im Forsthaus.«

Nun stand ihr Vater ebenfalls auf und schüttelte vehement den Kopf. »Nein. Es tut mir leid, Sophie, aber das ist Aufgabe der Polizei. Sie suchen immer noch nach dem Täter. Er läuft frei herum, und du willst, dass ich dich zu seinem Haus fahre? Das ist vollkommen verrückt. Außerdem glaube ich nun wirklich nicht, dass sie freiwillig dorthin zurückgekehrt wäre.«

»Und wenn ich dir sage …«

»Kein wenn, Sophie. Du wirst mich nicht davon überzeugen können, nicht in diesem Leben.«

»Aber ich sage dir, dass er tot ist«, schrie Sophie es endlich hinaus.

37. Kapitel

November 2016

Die durchsichtige Plastikschürze, die der Gerichtsmediziner Gering über dem grünen Kittel trug, knisterte leise, als er um den Sektionstisch herumging.

Mit einem schalen Geschmack auf der Zunge betrachtete Fabian die Fraktur an Brückners Hinterkopf. Der Gegenstand, mit dem auf Brückner eingeschlagen worden war, hatte eine tiefe Wunde in seinem Kopf hinterlassen. Einer der Hiebe hatte den Schädelknochen zum Bersten gebracht. Die Haut war an der Oberseite aufgeplatzt und gab den Blick auf den gesplitterten Schädel frei. Seine Hände waren mit dunklen Flecken und Striemen übersät. An seinen Pobacken und den Oberschenkeln erkannte man seitlich tiefrote, teils ins bräunliche verlaufende Bereiche – die Totenflecken.

»Wie Sie sehen, ist er eindeutig in der sitzenden Position verstorben, in der Sie ihn aufgefunden haben«, sagte Dietmar Gering und hob Brückners Oberschenkel leicht an, damit Fabian und Thomas die Flecken besser sehen konnten. »Todesursache war die stumpfe Gewalteinwirkung auf den Hinterkopf. Beim Versuch, seinen Kopf zu schützen, wurden ihm zwei Finger an seiner rechten Hand zertrümmert, weitere passive Abwehrverletzungen befinden sich an der linken.«

Brückner lag noch auf dem Edelstahltisch, wo ihn nach Abschluss der Obduktion die Präparatoren säubern und anziehen würden. Auf der Ablage über dem Waschbecken zu Brückners Füßen lagen die verschiedensten Obduktionsinstrumente, teilweise noch mit Blut und anderen Körperflüssigkeiten verschmutzt.

»Was schätzen Sie, wie lange nach dem letzten Schlag hat er noch gelebt?«, fragte Fabian. Er konnte sich nur schwer vorstellen, dass Brückner, selbst wenn er nach diesen heftigen Schlägen auf den Kopf noch am Leben gewesen wäre, eigenständig die Flucht aus dem Haus gelungen war.

»Das ist schwer einzuschätzen. Ich kann nur sagen, dass ich anhand der Wundalterung von einer kurzen Überlebenszeit ausgehe. Also zwischen dreißig Minuten bis höchstens vierundzwanzig Stunden. Aufgrund der Schwere der Verletzungen schätze ich, dass er maximal noch drei oder vier Stunden hatte. Außerdem befand sich das Risotto, das Sie auf dem Herd gefunden haben, nur angedaut in seinem Magen, was darauf hindeutet, dass er kurz nach dem Essen verstorben ist. Davon abgesehen eine persönliche Einschätzung: Nach solch einer massiven Gewalteinwirkung war er vermutlich nicht mehr lange bei Bewusstsein.«

»Es ist also wahrscheinlich, dass ihm irgendjemand Hilfe geleistet hat«, stellte Thomas fest. »Irgendjemand hat ihn dort hingebracht, ihn zugedeckt und gewartet, bis wir unsere Arbeiten am Haus abgeschlossen haben.«

»Haben Sie eine Theorie, welches Tatwerkzeug verwendet wurde?«, fragte Fabian.

»Wenn Sie mir bitte folgen würden.« Gering zeigte auf einen roten Fleck mit geradlinigen Vertiefungen, der sich deutlich von der rasierten Kopfhaut abhob. »Diese Quetsch-Risswunden deuten darauf hin, dass es sich um einen breitflächigen Gegenstand handelt. Wir haben Partikel gefunden, die schicke ich ans Labor, aber ich tippe auf einen Mauerstein oder Ähnliches.«

»Und was ist mit ihr?« Thomas nickte mit dem Kopf zu der zweiten Leiche, die auf dem anderen Sektionstisch lag und teilweise mit einem weißen Tuch abgedeckt war. Fabian vermied es, der Richtung zu folgen, der kurze Blick vorhin hatte ihm gereicht. Die Frau, wie sie mittlerweile wussten, war schon eine Weile tot. So hatte ihr Körper bis auf die Form nicht mehr viel Menschliches.

»Was genau wollen Sie wissen? Viel gibt es noch nicht zu sagen«, murmelte Gering, während er zum zweiten Sektionstisch schlenderte. Dort zog er das weiße Tuch ein Stück nach unten. »Die Obduktion findet erst noch statt. Ich bin davon ausgegangen, dass Ihnen die andere Leiche lieber ist.«

Fabian starrte die blauen Fliesen auf dem Boden an und zwang sich, durch den Mund zu atmen, obwohl die Tote längst nicht mehr roch.

»Irgendwas zur Liegezeit?«, fragte Thomas, der schon immer weniger Probleme mit verwesten Körpern hatte.

»Schwierig in diesem Fall. Der Eiskeller bietet quasi optimale Temperaturen zur Leichenlagerung. Zwischen zwei und vier Jahren ist ohne genauere Tests alles möglich. Wenn Sie sich außerdem mal ihren Knöchel hier ansehen …« Gering hatte das rechte Bein der Leiche aufgedeckt und hob den Unterschenkel an. Ihr Fuß stand in einem unnatürlichen Winkel vom Bein ab. »Das hier ist entweder sozusagen ein Transportschaden, oder es hat ihr vor ihrem Tod ziemliche Schmerzen bereitet. Das war es aber auch schon, alles Weitere folgt dann morgen, für heute sind wir erst mal durch.«

Fabian war heilfroh, dass er endlich aus dem Sektionssaal herauskam, und pumpte die kühle Novemberluft tief in seine Lungen. »Du fährst«, sagte er zu Thomas und warf ihm den Autoschlüssel zu.

»Dass dich so was nach all den Jahren noch umhaut ...«

Fabian zuckte nur mit den Schultern. Er hatte selbst keine Erklärung dafür, weshalb ihm die Leiche der Frau so zusetzte. Eigentlich war er Schlimmeres gewöhnt. Wenn zum Beispiel jemand einsam in seiner Wohnung verstarb und erst entdeckt wurde, wenn Nachbarn sich wegen des Geruchs beschwerten. Gegen die Überreste, die es bei solchen Fällen zu begutachten gab, war die gekühlte Leiche der Unbekannten nahezu harmlos.

Sie stiegen in den Dienstwagen, und Thomas lenkte ihn vom Parkplatz. Es war bereits später Nachmittag und die Dämmerung hatte eingesetzt.

»Was hältst du von einem Feierabendbierchen zum Runterkommen?«, fragte Thomas.

Eigentlich hatte Fabian später noch trainieren wollen, doch momentan kam ihm Alkohol verlockender vor, also stimmte er zu.

Etwa zwanzig Minuten später saßen beide in ihrer Stammkneipe, dem Walschers, und hatten jeder ein

Weizenbier vor sich. Thomas bediente sich aus einer Schale Erdnüsse, die ihnen der Kellner gebracht hatte.

»Was glaubst du, was da am Samstag passiert ist?«, fragte Fabian, nachdem er einen großen Schluck von seinem Bier genommen hatte.

»Mh«, machte Thomas und schluckte ausnahmsweise zunächst den zerkauten Inhalt seines Mundes herunter, bevor er weitersprach. »Ich würde sagen, es gibt eigentlich nur eine mögliche Version.«

»Wenn du von Versionen sprichst, muss es doch automatisch mehrere geben.«

»Jetzt hör auf, hier einen auf Klugscheißer zu machen. Natürlich gibt es mehrere Varianten. Theoretisch könnte alles ein großer Zufall gewesen sein, und irgendjemand kam ins Haus, hat Brückner am Nachmittag niedergeschlagen und ist wieder verschwunden, weil er nichts von den Mädchen wusste. Die haben die Gelegenheit genutzt und sind geflohen. Allerdings halte ich das für sehr unwahrscheinlich.«

»Trotzdem eine Möglichkeit, die wir nicht ausschließen sollten.«

»Quatsch nicht. Ich sage dir jetzt, wie es war. Helen rennt nicht hinter Sophie aus dem Haus. Stattdessen geht sie ins Wohnzimmer, wo Brückner sitzt und fernsieht. Sie schlägt ihn nieder, will ganz sichergehen, dass er sie nicht erwischt. Brückner ist allerdings nicht sofort tot. Aus Angst vor der Polizei schleppt er sich zu seinem Keller, um sich dort etwas zu erholen, und verstirbt.« Anscheinend zufrieden mit seiner Erklärung hob er sein Weizenbierglas an und prostete Fabian zu. »Und jetzt haben wir fürs Erste Feierabend.«

Fabian hob ebenfalls sein Glas, hielt dann aber inne. »Klingt alles sehr plausibel«, sagte er und rieb sich über die Stoppeln auf seiner Wange. Sein Bart sah mittlerweile aus, als leide er im Gesicht unter kreisrundem Haarausfall. »Aber ich glaube, du ziehst voreilige Schlüsse. Es passen da nämlich zwei Dinge überhaupt nicht ins Bild. Erstens, die Gläser auf dem Tisch. Zweitens, der Lippenstift. Brückner muss mit jemandem zusammen vor dem Fernseher gesessen haben.«

»Na, das lässt sich doch erklären«, unterbrach Thomas ihn. »Er könnte zum Beispiel Besuch gehabt haben. Eine Frau, dann kommt es zum Streit, sie lässt ihn sitzen. Oder Sophie hat uns angelogen, um Helen zu decken. Vielleicht war sie diejenige, die oben bei ihm gesessen hat. Helen kam, hat ihn niedergeschlagen, und sie ist geflohen.«

Das war typisch Thomas. Er hatte sich eine Theorie zurechtgelegt, die er so lange verteidigen würde, bis Fabian ihm akzeptable Argumente lieferte. »Du hast doch Sophies Zustand gesehen. Glaubst du, jemand, der so unterernährt ist, hätte die Kraft, einen erwachsenen Mann zu überwältigen?«

Thomas schüttelte den Kopf. »Vielleicht war Helens Zustand wesentlich besser. Oder sie hat ihn überrascht. Wie du selbst sagst, hat Brückner vermutlich vor dem Fernseher gesessen, als es passiert ist. Die Spuren auf der Couch sprechen eine eindeutige Sprache.«

»Bleibt die Frage, wo Helen ist, wenn es so gewesen sein sollte. Wir müssen unbedingt noch mal mit Sophie sprechen. In dieser Sache sind wir uns einig. Sie hat uns nicht die ganze Wahrheit gesagt.«

»Das werden wir«, sagte Thomas und hob erneut sein Glas. »Morgen. Und jetzt schaltest du deinen Kopf aus und trinkst einen mit mir.«

Fabian gab nach, auch wenn es ihm schwerfiel. Am liebsten wäre er sofort losgefahren, um Sophie noch einmal zu befragen.

Auch später am Abend ging ihm der Fall nicht aus dem Kopf. Er zappte von Programm zu Programm, doch fand nichts, was seine Aufmerksamkeit fesselte. Nicht mal auf seine neue Lieblingsserie *Stranger Things* bei Netflix konnte er sich konzentrieren und schaltete sie nach einer Viertelstunde aus, weil er nichts von der Handlung mitbekommen hatte. Irgendwas musste er bei dem Fall übersehen haben, und es nervte ihn, dass er einfach nicht daraufkam, was es war.

Um sich abzulenken, nahm er sein Handy und schrieb Josi eine Nachricht.

Wie läuft es mit der Wohnung? Schon was gehört?, fragte er und merkte zu spät, dass es bereits nach elf war. Josi schlief bestimmt längst.

Zu seinem Erstaunen dauerte es nicht lange, bis er eine Antwort bekam:

Good News. Ich darf noch Ende des Monats umziehen!

Das ist ja fantastisch, tippte Fabian, und obwohl er das Treppenhaus vorgestern noch verflucht hatte, schickte er hinterher: *Wenn du Hilfe beim Umzug brauchst, dann bin ich gerne dabei.*

Das wäre das dritte Mal diesen Monat, dass sie sich treffen würden, und er müsste lügen, zu behaupten, dass er sich nicht jetzt schon darauf freute. Auch wenn er versuchte, das Gefühl zu unterdrücken, er konnte sich nicht helfen: Josi war eine verdammt interessante Frau, und er mochte ihre Gesellschaft.

Auf das Angebot komme ich gerne zurück, vielen Dank. Jetzt gehe ich noch mal mit Lumpi raus, und dann muss ich schlafen. Wegen des Umzugs melde ich mich bei dir, schrieb sie.

Am liebsten hätte Fabian ihr angeboten, sie beim nächtlichen Spaziergang zu begleiten, doch mit dem Auto bräuchte er mindestens zwanzig Minuten von Niederrad ins Nordend. Also antwortete er nur: *Pass auf dich auf. Und schlaf später gut.*

Von Josi kam lediglich ein Smiley zurück, dann schwieg sein Handy. Eine Weile starrte er darauf und wünschte sich, das kleine Licht würde anfangen zu blinken und ihm signalisieren, dass noch eine Nachricht gekommen war. Als dies nicht passierte, zog er sich aus und legte sich ins Bett.

Anstelle des Falls war es nun Josi, die in seinen Gedanken herumspukte. Es dauerte lange, bis ihm die Augen zufielen. Im Halbschlaf wanderten seine Gedanken noch einmal zurück zu Helen, und plötzlich schreckte er auf. Eine fixe Idee war ihm durch den schläfrigen Kopf geschossen, und er versuchte, sie festzuhalten, damit sie nicht sofort wieder aus seinem Bewusstsein verschwand. Schnell nahm er sein Handy und notierte sich ein paar Stichworte. Dann fiel er endlich in einen unruhigen Schlaf.

38. Kapitel - 2016

November 2016

»Deine Mutter wird mich dafür umbringen«, sagte Sophies Vater, als er den Wagen startete. Dann lenkte er ihn rückwärts aus der Einfahrt.

»Wir werden es ihr einfach nicht erzählen«, murmelte Sophie. Vor Aufregung konnte sie kaum atmen, doch das wollte sie ihren Vater nicht spüren lassen. Sie war sich sicher, dass Helen zurück ins Haus gegangen war. Doch sie ahnte auch, dass Helen ganz bestimmt nicht begeistert sein würde, wenn sie beide dort auftauchten. Sie wollte nicht gerettet werden, das hatte sie ihr oft genug gesagt. Sophie konnte nur hoffen, dass Helens Wut wegen Samstagabend mittlerweile ein wenig verraucht war.

»Denk aber an unsere Abmachung. Sobald du Helen gefunden hast, fahren wir zur Polizei und du sagst denen endlich die Wahrheit darüber, was am Samstag passiert ist«, sagte ihr Vater, nachdem sie eine Weile geschwiegen hatten.

Sophie senkte den Kopf und nickte. »Ist gut«, murmelte sie.

Ihr Vater streckte den Arm zu ihr rüber und drückte ihr aufmunternd die Schulter. Hinter ihnen hupte ein Wagen und überholte sie dann. »Überholverbot, du Vollidiot«, rief ihr Vater dem Fahrer hinterher.

»Entschuldige, das musste sein. Manchmal fragt man sich, ob die Leute ihren Führerschein im Lotto gewonnen haben. Zurück zu dir. Vor der Polizei musst du keine Angst haben. Es war Notwehr, und du kommst dafür ganz sicher nicht ins Gefängnis.«

Wieder nickte sie, doch sie war nicht davon überzeugt, dass ihr Vater recht hatte. Sie hatte ihm nicht die ganze Wahrheit erzählt. Noch hoffte sie, dass sie Helen davon überzeugen konnte, ihre Version der Geschichte zu bestätigen. Jetzt, da Ralf außer Gefecht war – in Sophies Kopf hieß er noch immer so, obwohl sie mittlerweile wusste, dass sein Name in Wirklichkeit Harald gewesen war – würde Helen vielleicht endlich uneingeschränkt zu ihr halten. Es waren nur noch sie beide übrig, wie könnte sie da nicht loyal sein, nach allem, was sie gemeinsam durchgemacht hatten?

»Ich schlage vor, dass ich mich zuerst mal hier umschaue. Alleine. Du bleibst so lange im Auto und verriegelst die Türen. Wenn alles in Ordnung ist, hole ich dich und wir schauen uns zusammen um.« Ihr Vater öffnete die Fahrertür.

»Anscheinend lässt du da eh nicht mit dir diskutieren ...«, murmelte Sophie.

»Ganz genau«, sagte ihr Vater und stieg aus, bevor Sophie sich weiter dazu äußern konnte. Von draußen deutete er auf die Mittelkonsole, wo sich der Knopf für die Türschlösser befand. Sophie seufzte und drückte ihn. Das klackende Geräusch des Schließmechanismus ertönte. Ihr Vater überprüfte, ob die Türen wirklich verschlossen waren, dann winkte er Sophie und setzte sich in Bewegung.

Draußen war es leicht neblig. Ihr Vater ging um das Haus herum, schaute sich dabei ständig in alle Richtungen um. Die ganze Szenerie wirkte so unheimlich, als stamme sie direkt aus *Underworld*. Damals, bevor Sophie verschleppt worden war, hatte der Vampirfilm zu ihren Lieblingsfilmen gehört. Heute fragte sie sich, was sie jemals an diesen Blutsaugern gefunden hatte. Wäre sie nie auf dieses dämliche Forum gestoßen, hätte sie Ralf nie kennengelernt und dürfte nun ein normales Leben führen. Sie fragte sich, was sie wohl nach dem Abitur studiert hätte, welche Länder sie bereist hätte und wo sie nun leben würde. Ralf hatte ihr all diese Möglichkeiten genommen und stattdessen ein psychisches Wrack aus ihr gemacht.

Mit dem Handrücken wischte Sophie sich über die Augen. Sie wollte nicht in Selbstmitleid versinken. Ihr neues Leben fing an und sie würde versuchen, das Beste daraus machen.

Sophie schaute sich um. Ihr Vater war mittlerweile hinter dem Haus verschwunden. Aus dem Augenwinkel nahm sie allerdings eine andere Bewegung wahr. Hatte sie gerade jemanden am Küchenfenster gesehen? Aufgrund der Spiegelung konnte sie nur schemenhaft erkennen, was sich dahinter befand, und jetzt war alles ruhig. Sophie begann, am ganzen Körper zu zittern. Es schnürte ihr die Kehle zu, wenn sie daran dachte, was alles hinter diesen Mauern geschehen war. Gesetzt den Fall, dass sie recht hatte: Wie konnte Helen es ertragen, hier freiwillig auch nur eine Sekunde zu sein?

Nach einer Weile war Sophies Vater immer noch nicht zurück, doch es hielt sie einfach nicht mehr im Auto. Sie entriegelte das Schloss, stieg aus und lauschte. Bis auf das leise Brummen der Autos, das der Wind von der entfernten Straße herüberwehte, war es ruhig.

Unschlüssig stand sie neben dem Wagen und fragte sich, was sie jetzt tun sollte. Ja, sie wollte Helen unbedingt finden. Doch ausgerechnet hierher zurückzukommen, war eine dumme Idee gewesen. Ihr Vater hatte recht gehabt. Sie hätte auf ihn hören und einfach zur Polizei gehen sollen, um dort die Wahrheit über den Abend zu erzählen. Helen konnte sich nicht für immer verstecken, und Sophie würde die Konsequenzen schon irgendwie ertragen. Genau das war es, was sie nun tun sollten.

»Papa?«, rief sie. Er gab keine Antwort. »Papa? Wo steckst du?« Sophie ging um das Auto herum, um am Haus vorbeischauen zu können. Der Schotter knirschte leise unter ihren Füßen und sie blieb stehen. Keine Spur von ihrem Vater. Ein Schauer jagte über ihren Rücken und sie überlegte, ob sie sich nicht besser wieder in den Wagen setzen und die Türen verriegeln sollte. In diesem Moment hörte sie ein Geräusch. Ein dumpfes Klacken, als hätte jemand die Tür oder ein Fenster geöffnet. Sie suchte die Fassade ab und entdeckte schließlich, dass die Haustür einen Spalt offenstand.

»Papa, wo bist du?« Ihre Stimme war nur noch ein nervöses Fiepsen.

Ralf ist tot. Dir kann überhaupt nichts passieren, versuchte sie, sich zu beruhigen. Dennoch schlug ihr Herz bis zum Hals.

Vielleicht war ihr Vater über die Terrasse ins Haus gegangen und hatte die Tür für Sophie geöffnet.

Doch weshalb kam er nicht raus, wenn sie nach ihm rief? War er bei Helen? Hatte er sie gefunden? Oder war es gar Helen selbst, die die Tür geöffnet hatte?

Sophie fasste sich ein Herz und ging auf das Haus zu. Noch immer ließ ihr Vater sich nicht blicken. Ob sie lieber hier draußen auf ihn warten sollte? Nein, es hatte einen Grund, weshalb Helen ihr die Tür aufgemacht hatte. Sie war bereit, mit ihr zu sprechen.

Ohne weiteres Zögern ging Sophie zur Haustür und stieß sie auf. Beim Anblick des Flurs brachen Erinnerungen über sie herein. Mit einem Mal raubte ihr Angst die Luft zum Atmen. Stocksteif stand sie im Türrahmen und konnte sich selbst dann nicht bewegen, als Helen aus dem Wohnzimmer kam. Sie ging direkt auf sie zu, in ihrer Hand hielt sie ein langes Messer. Sophie wollte etwas sagen, doch ihr Mund klappte lautlos auf und zu. Helen kam näher.

»Du bist zurückgekommen, hm?«, sagte sie und stellte sich vor Sophie. Mit irrem Blick schaute sie ihr in die Augen. »Kannst wohl doch nicht ohne ihn leben, du Schlampe? Aber jetzt ist es zu spät.« Helen warf das Messer zur Seite, ballte die Faust und schlug Sophie mitten ins Gesicht. Der Schmerz explodierte in ihrem Kopf und Sophie spürte, wie Blut aus ihrer Nase schoss und über ihren Mund lief.

»Du bist zu spät, hörst du?« Helens Stimme war nun ein hysterisches Kreischen. »Gestern haben sie ihn abgeholt. Die haben ihn mir weggenommen! Wegen dir, du verdammte Schlampe!« Ein zweiter Schlag traf Sophie, sie taumelte. Ihr wurde schwarz vor Augen. Sie merkte gerade noch, wie ihre Beine nachgaben und sie zur Seite kippte. Sie fiel genau in Helens Arme, dann verlor sie das Bewusstsein.

39. Kapitel

November 2016

»Ich weiß jetzt, was die ganze Zeit nicht ins Bild gepasst hat«, sagte Fabian zu Thomas, als sie am nächsten Morgen im Büro zusammenkamen. Er nahm sein Handy aus der Jackentasche und öffnete die Notizblock-Datei, die er in der Nacht erstellt hatte. Er hatte so wenig geschlafen, dass er diese Erinnerungsstütze nun brauchte. »Der Verbandskasten ...«

»Inwiefern sollte der denn nicht gepasst haben?«, winkte Thomas ab. »Ist doch klar, dass er sich erst mal seine blutende Kopfwunde versorgt, bevor er sich aus dem Staub macht. Er konnte ja in etwa kalkulieren, wie viel Zeit ihm bleibt, bis die Polizei vor der Tür steht.«

Fabian warf ihm einen genervten Blick zu. »Darf ich jetzt ausreden? Vielleicht würdest du dann einsehen, dass ich gar nicht so falsch liege.«

»Entschuldigung, ich dachte nur, du könntest dir die Worte sparen.« Als er Fabians Gesichtsausdruck sah, hob er abwehrend die Hände. »Schon gut, ich bin still. Versprochen.«

»Also, wir haben den Verbandskasten im Wohnzimmer«, sagte Fabian. Als Thomas bereits ansetzen wollte, um etwas zu erwidern, fügte er schnell hinzu: »Ja, da waren seine, aber auch unbekannte

Fingerabdrücke drauf. Allerdings haben wir keine Blutspuren gefunden, die darauf hindeuten, dass er den Erste-Hilfe-Kasten selbst aus dem Auto geholt hat. Außerdem waren da noch die Finger seiner rechten Hand, die beim Versuch, die Schläge abzuwehren, zertrümmert wurden.«

»Du hast ja recht. Darüber habe ich letzte Nacht auch nachgedacht. Im Endeffekt bringt uns das aber nicht weiter, wenn wir wissen wollen, wer Brückner niedergeschlagen hat. Und vor allem gibt es uns keinen Hinweis darauf, wo sich Helen jetzt aufhält.«

»Vielleicht schon«, entgegnete Fabian. »Es bestätigt zumindest meine Theorie, dass er in jedem Fall Hilfe gehabt hat. Und ich habe da eine Ahnung, wie es abgelaufen sein könnte.«

»Deine Ahnungen kenne ich.« Thomas lehnte sich nach vorne und deutete mit der Banane in seiner Hand über den Schreibtisch hinweg auf Fabian. »Halten wir uns doch an die Fakten und spekulieren nicht herum. Das Wichtigste momentan ist doch, dass wir Helen finden. Und zwar lebend.«

»Meiner Meinung nach hängt das alles zusammen. Ich glaube nämlich, dass Helen diejenige war, die Brückner geholfen hat.«

»Warum zur Hölle sollte sie das gemacht haben? Das ergibt meiner Meinung nach überhaupt keinen Sinn.«

»Ich dachte mir schon, dass du das nicht hören willst.« Fabian drehte sich auf seinem Bürostuhl um hundertachtzig Grad und holte den Text aus dem Drucker, den er gerade ausgedruckt hatte. Er rollte zurück an seinen Schreibtisch und überflog den Zettel, bis er die gewünschte Stelle gefunden hatte. Die markierte er und warf dann den Ausdruck auf Thomas' Schreibtisch. »Lies«, sagte er und lehnte sich zurück.

Anstatt sich den Text durchzulesen, warf Thomas nur einen kurzen Blick darauf und legte ihn dann zur Seite. »Stockholm-Syndrom, hm? Abgesehen davon, dass ich dieser Theorie nicht viel abgewinnen kann, wäre sie mit der Flucht aus dem Keller doch in die Freiheit entkommen. Warum sollte sie sich dann immer noch mit ihm solidarisieren, wenn keine Gefahr mehr von ihm ausgeht?«

Fabian zuckte mit den Schultern und verschränkte die Arme vor der Brust. »Hättest du wenigstens mal kurz drüber gelesen, wüsstest du, wovon ich spreche. Die Identifikation mit dem Geiselnehmer kann durchaus noch über die eigentliche Geiselsituation hinaus anhalten. Schau dir doch einfach mal die markierte Stelle an.«

Thomas seufzte theatralisch, nahm sich aber erneut den Ausdruck vor und las dieses Mal tatsächlich. »... Perspektivübernahme ... gegen die Polizei ankämpft, obwohl Geiselnehmer bereits außer Gefecht ... steckenbleiben in anderer Perspektive ...«

»Danke für den Vortrag, das hatte ich selbst schon alles gelesen. Die Situation im Keller war prädestiniert dafür, dass eines der beiden Mädchen sich irgendwann auf seine Seite schlägt. Es ist quasi wie aus dem Lehrbuch. Was wir bisher von Sophie erfahren konnten, lässt darauf schließen, dass er Bestrafungs- und Belohnungsphasen immer abgewechselt und dabei die

Mädchen in eine Art Konkurrenz-Situation zueinander gebracht hat. Widerspruch wurde sanktioniert, Gehorsam wurde belohnt. Um zu überleben, hat Helen sich angepasst.« Fabian hielt einen Moment inne und rief sich in Erinnerung, was er am Vortag gelesen hatte. »Das Opfer, in unserem Fall Helen, unterwirft sich dermaßen dem Stärkeren, bis es seine Perspektive einnimmt. Folglich stimmt sie irgendwann dem Geiselnehmer in allen Belangen vollkommen zu, und das über Jahre hinweg. Dadurch entgeht sie seinem Zorn und empfindet ständig Dankbarkeit dafür, dass er sie verschont. So lange, bis sie schließlich gar nicht mehr weiß, wie die eigene Position war, und die Welt nur noch durch seine Augen bewertet. Das heißt, für sie sind wir jetzt die Feinde, Sophie ist vermutlich ebenfalls ihre Gegnerin und Brückner ist unverstanden, und sie muss ihn beschützen.«

»Schon gut, schon gut!« Thomas machte mit seinen Händen ein Timeout-Zeichen. »Für mich klingt es zwar abwegig, aber ich muss zugeben, es besteht tatsächlich zumindest die Möglichkeit, dass du recht hast. Und weil ich mir am Ende nicht von dir vorhalten lassen will, dass du es ja gewusst hast, stimme ich dir also zu. Und was willst du nun tun? Wie bringt uns das weiter?«

»Es führt uns direkt zu ihr.«

»Ich verstehe nicht ...«

»Wenn wirklich zutrifft, was ich sage, dann gibt es nur einen Ort, an dem wir sie finden.«

»Du meinst im Haus? Wir müssten schon ziemlich blind sein, sie dort die ganze Zeit übersehen zu haben.«

»Nun, immerhin waren wir auch blind genug, Brückner in seinem Versteck zu übersehen, obwohl das quasi direkt vor unserer Nase war. Vermutlich war sie sogar im Haus, als wir die Leiche gefunden haben.«

»Eins verstehe ich noch nicht«, sagte Thomas. »Wie passt dieses Essen für zwei ins Bild? Der Wein? Und wer hat Brückner letztlich niedergeschlagen?«

»Sophie hat Susanne davon erzählt, dass er sie abwechselnd nach oben geholt hat, um mit ihnen zu essen, Filme zu schauen und sie anschließend zu vergewaltigen. Vielleicht hat sie uns belogen, was den Ablauf des Abends angeht. Möglicherweise war sie gar nicht im Keller, sondern mit Brückner oben und Helen war diejenige, die durch die offene Tür entkommen konnte. Sie kommt nach oben, sieht die beiden auf dem Sofa, wird eifersüchtig und schlägt zu. Sophie nutzt die Gelegenheit, flüchtet. Dann wird Helen sich bewusst, was sie getan hat, und sie versucht es rückgängig zu machen, indem sie Brückners Wunden versorgt und ihn aus dem Haus holt, damit wir ihn nicht finden.«

»Und warum hat Sophie uns nicht die Wahrheit gesagt?«

Fabian zuckte mit den Schultern. »Vermutlich, um Helen zu schützen. Immerhin hat sie Brückner erledigt und dürfte damit eine Art Heldin für sie sein. Nur dank ihr konnte Sophie überhaupt entkommen. Vorausgesetzt, es hat sich so abgespielt.«

Thomas massierte sich mit Zeigefinger und Daumen die Nasenwurzel. »Na gut, ich gebe zu, unter der Voraussetzung, dass Helen wirklich unter dem

Stockholm-Syndrom leidet, klingt deine Geschichte plausibel. Wie lautet demnach dein Plan?«

»Susanne ist unterwegs zu den Gauthiers, um Sophie noch mal zu befragen. Wir beide fahren zu Brückners Haus und sehen uns um. Selbst wenn Helen nicht vor Ort ist, finden wir vielleicht Hinweise darauf, dass sie sich in letzter Zeit dort aufgehalten hat.«

»Also schön.« Thomas schaute theatralisch gequält zum Fenster. Gerade hatte Regen eingesetzt. »Du hast wirklich die besten Ideen, was man bei diesem Wetter anstellen kann.«

»Und du bist wirklich ein Jammerlappen«, sagte Fabian und lachte. »Denk einfach daran, dass wir den Fall dann bald zu den Akten legen können.«

40. Kapitel

November 2016

Mit schmerzverzerrtem Gesicht begutachtete Helen ihre Fingerknöchel. Eigentlich hatte sie nicht geplant, mit bloßen Händen auf Sophie einzuschlagen. Das Messer hatte nur als Abschreckung gedient, so schnell wollte sie Sophie nicht ernsthaft verletzen. Für später hatte sie im Wohnzimmer extra den Schürhaken bereitgelegt. Doch als sie Sophie gesehen hatte, war die Wut in ihr hochgekocht, und sie hatte sich nicht beherrschen können. Jetzt bereute sie es. Aber diesen Fehler würde sie nicht noch einmal begehen.

Sophie saß gefesselt auf einem Küchenstuhl und war noch nicht wieder bei Bewusstsein. Der Schürhaken lehnte am Tisch daneben, das Blut von Sophies Vater daran war noch nicht getrocknet. Sie nahm ihn in die Hand, setzte sich auf das Sofa und schlug mit der Spitze leicht gegen Sophies Knie. Als diese nicht reagierte, schlug sie heftiger zu, bis Sophie schließlich mit einem Schmerzlaut aufschreckte.

Verwirrt blickte sie sich im Raum um. Sie versuchte, ihre Arme zu bewegen, die Helen mit einem Seil auf der Rückseite der Lehne festgebunden hatte.

»Was ... was soll das?«, stammelte Sophie.

»Was soll das, was soll das«, äffte Helen sie nach. »Dasselbe könnte ich dich fragen. Was zur Hölle hast du hier verloren?«

Einen Moment wirkte Sophie verwirrt, dann schüttelte sie den Kopf. »Ich war auf der Suche nach dir. Wollte mit dir reden. Du brauchst ...«

»Eins ist klar«, unterbrach Helen sie. »Dich brauche ich schon mal ganz bestimmt nicht. Wie kommst du nur auf die Idee, dass ich auch nur ein Wort mit dir wechseln will, nach dem, was du getan hast?«

Sophie rüttelte erneut an den Fesseln. Ohne Erfolg.

»Wo ist mein Vater?«

»Ich habe mich um ihn gekümmert. Er wird uns so schnell nicht stören.« Helen setzte ein eiskaltes Lächeln auf.

Sophies Augen weiteten sich vor Schreck. »Wie meinst du das? Was hast du mit ihm gemacht?«

»Siehst du das da an deiner Hose?«, fragte Helen und Sophie folgte ihrem Blick. »Das Blut stammt von ihm.« Beinahe verschwörerisch hielt Helen den blutigen Schürhaken vor Sophies Gesicht und drehte ihn langsam hin und her. Sie genoss einen Moment die Fassungslosigkeit in Sophies Augen und fuhr dann fort: »Aber du musst dir keine Sorgen machen. Im Gegensatz zu uns wird er nur für eine Weile schlafen und dann mit Kopfschmerzen wieder aufwachen.«

»Im Gegensatz zu uns?«, fragte Sophie. Der Schmerz in ihrem Blick hatte sich nun zu Angst gewandelt.

»Richtig. Wir beide machen einen etwas längeren Schlaf. Genauer gesagt werden wir nie wieder aufwachen.« Helen grinste breit und deutete auf den Kamin. »Ist dir doch sicher schon aufgefallen, wie schön warm es hier drin ist, oder?«

Sophies Blick wanderte zwischen dem Schürhaken und dem Kamin hin und her. »Tu das nicht«, flüsterte sie.

»Aber, aber. Ich bin doch noch gar nicht fertig. Der Abzug ist verstopft. Es wird nicht lange dauern, bis uns die Luft zum Atmen ausgehen wird und wir Ralf folgen. Deine Familie hingegen muss mit dem Wissen weiterleben, dich zweimal verloren zu haben. Und weißt du auch, wessen Schuld das ist?«

Wieder nickte Sophie. »Ich habe meinen Vater gebeten, mich hierherzufahren. Es ist meine Schuld.«

»Genau«, brüllte Helen und schlug den Schürhaken mit voller Wucht gegen Sophies Schulter. Die wimmerte und krümmte sich vor Schmerzen, soweit es die Fesseln zuließen. »So wie es deine verdammte Schuld ist, dass sie mir Ralf weggenommen haben. Du hättest einfach gehen sollen. Dich umdrehen und auf Nimmerwiedersehen verschwinden. Ich hätte endlich mit ihm glücklich werden können. Aber du konntest es mir einfach nicht gönnen, du verdammte Schlampe!« Sie schlug erneut zu und Sophie schrie auf.

»Bitte. Hör auf damit. Du musst das doch nicht machen.«

»Und du musstest Ralf nicht niederschlagen. Es war unnötig. So wie das hier. Du hast selbst dafür gesorgt, dass es so weit kam. Weil du einfach keine Ruhe geben kannst.«

»Aber siehst du denn nicht, was er uns angetan hat?«, brüllte Sophie. »Er hat uns beinahe zehn Jahre unseres Lebens gestohlen. Hat uns eingesperrt und zu seinen Sexsklavinnen gemacht. Er hat uns hungern lassen, hat uns geschlagen. Wie kannst du auf seiner Seite sein?«

»Das hat er doch nur gemacht, wenn wir nicht auf ihn gehört haben. So ein Zusammenleben erfordert nun mal Regeln. Bloß weil du dich nie daran halten wolltest, ist Ralf kein schlechter Mensch.«

»Was muss ein Mensch denn noch alles tun, um in deinen Augen als schlecht zu gelten?«

Helen stoppte Sophie, indem sie ihr den Schürhaken quer durchs Gesicht zog. Dort, wo er ihre Haut berührt hatte, hinterließ er einen dunklen Aschestreifen. Blut sickerte aus ihrem Mundwinkel, als sie aufstöhnte.

»Genug jetzt«, sagte Helen. Im Keller hatten sie diese Diskussion wieder und wieder geführt, und es hatte nichts gebracht. Sophie wollte nicht einsehen, dass Ralf ein liebenswerter Mensch war, dessen Fehler man akzeptieren musste. Für sie würde er immer das Monster bleiben, der sie von ihrer ach so tollen Familie weggeholt hatte.

Bei dem Gedanken an Ralf wurde Helen plötzlich schwermütig. Er hatte das Gewehr nicht benutzt, als die beiden Polizisten in den Eiskeller gegangen waren, zumindest hatte Helen keinen Schuss gehört. Vermutlich war er so hoffnungslos gewesen, dass er sich einfach ergeben hatte. Helen hatte sich eine ganze

Weile nicht getraut, aus dem Fenster zu schauen. Als sie sich dann doch ein Herz gefasst hatte, hatte sie Ralf dort unten gesehen. Er lag auf einer Trage, fast komplett abgedeckt mit einer schwarzen Folie. Zwei Männer in weißen Anzügen standen daneben, bedeckten schließlich auch sein Gesicht und trugen ihn davon. Da hatte Helen begriffen, dass er tot war. Die Polizisten mussten ihn umgebracht haben.

Ihr Herz verkrampfte, als der Schmerz über sie hereinbrach, Schmerz, der sich in Wut verwandelte, sobald sie Sophie ansah.

Dort, wo der Schürhaken sie im Gesicht getroffen hatte, zeichnete sich bereits eine Schwellung ab.

»Er hätte sich niemals von diesen Schweinen so überrumpeln lassen, wenn du ihn nicht zuvor niedergeschlagen hättest«, presste sie hervor. Nun standen auch ihr Tränen in den Augen. »Ich wollte ihn gesund pflegen. Mit ihm zusammen sein. Jetzt ist er nicht mehr da, und ich will ohne ihn auch nicht weiterleben.«

Sophie schaute sie entgeistert an. »Aber ... aber er war doch längst tot. Du hättest ihn gar nicht retten können.«

»So ein Unsinn«, brüllte Helen. »Du hast überhaupt keine Ahnung. Als ich zurück ins Haus gekommen bin, lag er vor dem Sofa. Zusammengekrümmt, hat gewinselt vor Schmerzen. Ich habe ihm aufgeholfen, die Schubkarre geholt und ihn in unser Geheimversteck gebracht.« Helen blickte zum Fenster.

»Du meinst den Eiskeller?«, fragte Sophie und Helen fuhr herum.

»Woher weißt du davon?«

»Von Ralf, woher sonst? Glaubst du wirklich, du warst etwas Besonderes für ihn? Er hat bei uns beiden dieselbe Masche abgezogen, nur dass ich – im Gegensatz zu dir – nicht auf ihn reingefallen bin.«

Helen griff den Schürhaken fester und drosch damit auf Sophies Knie ein. Die stöhnte auf.

»Ruhe jetzt! Halt einfach dein verdammtes Maul!« Helen wollte nichts davon hören, dass Ralf auch Sophie von dem Ort erzählt hatte. Sie wollte nicht daran erinnert werden, dass er Sophie regelmäßig gefickt hatte, während sich Helen im Keller die Fäuste an den Wänden blutig geschlagen hatte.

Wütend feuerte sie den Schürhaken in die Ecke und hielt sich den Kopf. Ihr war schwindelig von der Anstrengung. Anscheinend begann die Kohlenmonoxidkonzentration im Raum bereits zu steigen. Nicht mehr lange, und sie würden in einen gnädigen Schlaf fallen, und Helen könnte endlich alles vergessen. Sie lehnte sich zurück, atmete tief durch und versuchte, Sophies Schluchzen auszublenden.

41. Kapitel

Fünf Tage zuvor

Mit angehaltenem Atem lauschte Sophie den Schritten, die sich über die Treppe entfernten. Die Gedanken rasten durch ihren Kopf, doch sie musste sich irgendwie zur Ruhe zwingen. Auf keinen Fall durfte sie nun überstürzt handeln und damit riskieren, dass etwas schiefging. Zweifel nagten an ihr, ob sie sich vielleicht verhört hatte. Ob sie möglicherweise einfach *überhört* hatte, wie Ralf die Tür wieder verriegelt hatte. Doch ein anderer Teil in ihr war sich sicher. Sie hatte das Schloss nicht gehört. Er musste es vergessen haben.

Bisher war das nur einmal vorgekommen. Da hatte er sie alleingelassen, ohne abzuschließen. Naiv, wie sie gewesen war, hatte Sophie sofort die Tür geöffnet. Sie hatte nicht geahnt, dass er sich direkt im angrenzenden Kellerraum befunden hatte, von wo er zwei Tassen Kakao hatte holen wollen. Sie war ihm quasi direkt in die Arme gelaufen, und seit diesem Zwischenfall, wie er es nannte, hatte er stets die Tür hinter sich abgeschlossen. Doch dieses Mal war er mit Helen nach oben gegangen. Der Weg war frei.

Dennoch wollte Sophie noch etwas warten. Sie kannte den Ablauf. Jetzt würde er in der Küche stehen und gemeinsam mit Helen kochen, außer er hatte etwas bestellt. Dann würden sie essen und in dieser Zeit war das Risiko, im Flur entdeckt zu werden, viel zu hoch. Wenn er sie bemerkte, war alles aus. Also musste sie sich gedulden, bis sie die Bodendielen im Wohnzimmer hörte. Das war das Zeichen, dass sie sich einen Film anschauten. Alternativ gingen sie gleich nach oben, dann würde Sophie das Knarzen der Stufen hören.

Vielleicht machten sie aber auch etwas ganz anderes. Was hatte Ralf zu Helen gesagt, als er sie abgeholt hatte? Er habe etwas *Besonderes* für den Abend geplant. Was das wohl zu bedeuten hatte? Sophie konnte nur hoffen, dass es sehr lang dauerte, umso länger würde ihre Flucht unentdeckt bleiben.

Um sich zu stärken, aß sie etwas von den Kartoffeln, die Ralf ihr hingestellt hatte. Die erste Mahlzeit seit drei Tagen. Dann setzte sie sich direkt vor die Tür und lauschte. Eine Ewigkeit lang schien nichts zu passieren. Sie hörte nur hin und wieder, wie Helen lachte. Dann endlich kam das Geräusch, auf das sie gewartet hatte. Der Dielenboden im Wohnzimmer ächzte, und wenn sie genau darauf achtete, konnte Sophie sogar den Ton des Fernsehers hören.

Sie stand auf und hielt den Atem an. Ihre Hand zitterte, als sie sie nach der Türklinke streckte. Während sie gewartet hatte, hatte sie sich überlegt, was besser wäre: Ein schneller Ruck, der vielleicht ein lautes Geräusch, aber immerhin nur eines davon erzeugte, oder langsames Drücken, das oft unberechenbar war. Ihre Entscheidung war auf den Ruck gefallen. Kein Zögern. Sie stieß die angehaltene Luft aus und drückte die Klinke nach unten.

Mit einem Klacken sprang sie auf. Hektisch suchte Sophie den Raum ab, der sich vor ihr auftat. Ralf war nicht zu sehen. Auch von oben war keine

Veränderung wahrzunehmen. Es schien, als habe sie keine Aufmerksamkeit erregt. Jetzt schaute sich Sophie noch mal mit etwas mehr Ruhe um und entdeckte einen Stapel Mauersteine in einer Ecke. Sie nahm einen davon in die Hand. Sollte ihre Flucht entdeckt werden, könnte sie den Stein zumindest werfen oder versuchen, Ralf niederzuschlagen, wenn er ihr zu nahe kam. Es gab für das hier nur diesen einen Versuch, und wenn der fehlschlug, würde Ralf sie vermutlich töten.

Außer dem Stein konnte sie nichts Weiteres von Nutzen entdecken und ging zur Treppe. Sie stieg ein paar Stufen hinauf, hielt dann inne und lauschte. Ralf und Helen schienen sich leise zu unterhalten, doch der Fernseher war zu laut, als dass Sophie hätte verstehen können, worüber sie sprachen.

Sie ging weiter und erreichte die Tür am Ende der Treppe. Dort wechselte sie den Stein in ihre rechte Hand, mit der sie besser würde zuschlagen können. Die Tür gab ein leises Ächzen von sich, als Sophie sie aufstieß. Sie schlüpfte hindurch und lehnte sie hinter sich an. Von hier aus konnte sie das Flackern des Fernsehers im Wohnzimmer sowie einen Teil der Couch sehen. Ralf saß auf der rechten Seite und hatte seinen linken Arm auf der Lehne platziert.

Obwohl das Wohnzimmer am anderen Ende des Flurs lag, glaubte Sophie, er müsse jeden Moment ihren Herzschlag hören und sich umdrehen.

Bevor das passieren konnte, wandte sie sich nach links und schlich zur Haustür. Sie drückte die Klinke nach unten, doch es passierte nichts. Die Tür bewegte sich keinen Millimeter. Ralf musste sie abgeschlossen haben.

Sophie spürte Tränen in sich aufsteigen, doch sie unterdrückte sie. Sie musste ruhig bleiben, überlegen. Wo konnte Ralf seine Schlüssel versteckt haben?

Sie tastete seine Jacke ab, die an der Garderobe hing, zog die Schublade der Kommode auf, die darunter stand. Kein Schlüssel. Verzweifelt schaute sie sich um. Plötzlich traf die Erkenntnis sie wie ein Schlag. Wenn Ralf in den Keller kam, hatte er den Schlüsselbund immer mit einem Karabinerhaken an einer seiner Gürtelschlaufen befestigt. Vermutlich befand er sich jetzt genau dort. Sophie begann zu zittern. Die Freiheit war schon zum Greifen nah. Zu nah, um wieder zurück in den Keller zu gehen und sich weiter von ihm einsperren zu lassen. Sie war nicht bereit, jetzt einfach so aufzugeben.

Sie betrachtete den Stein in ihrer Hand. Wenn sie es geschickt anstellte, konnte sie sich durch den Flur von hinten an Ralf heranschleichen. Vielleicht schaffte sie es, ihm ein oder zwei Mal mit dem Mauerstein auf den Schädel zu schlagen, bevor er überhaupt verstand, was gerade mit ihm geschah. Außerdem wäre er vollkommen unvorbereitet und hätte sicherlich so schnell keine Waffe greifbar. Aber egal, wie ihre Chancen standen, sie musste es versuchen. Alles war besser, als wieder zurück in den Keller zu müssen.

Konzentriert schlich sie durch die Diele und wich dabei den Stellen aus, an denen der Boden knarzen würde. Sie kannte sie alle, hatte in den Jahren, wenn sie ihm oben Gesellschaft leisten musste, den Flur regelrecht analysiert. Hatte, ohne dass er es mitbekam, geübt und sich eingeprägt, welchen Weg sie gehen musste, um geräuschlos durchs Haus zu kommen.

Der Weg durch die Diele kam ihr wie eine Ewigkeit vor, doch tatsächlich gelangte sie ins Wohnzimmer, ohne bemerkt zu werden. Nur einmal knarzte ganz leise eine Holzdiele, was aber nicht lauter war als das Knacken, das in so einem alten Haus sowieso zur gewohnten Geräuschkulisse gehörte.

Es waren nur noch wenige Schritte bis zum Sofa, da wandte Helen den Kopf und schaute Sophie direkt ins Gesicht.

Einen Moment erstarrte sie, doch Helen ließ sich zunächst nichts anmerken. Als Sophie einen weiteren Schritt nach vorne machte, schüttelte Helen kaum merklich den Kopf. Dann rief sie plötzlich: »Vorsicht!«

Doch für Ralf war es zu spät. Sophie stand bereits hinter ihm. Sie holte mit dem Stein aus und schlug ihn mit voller Wucht auf seinen Hinterkopf. Sofort strömte Blut aus der Stelle, an der sie ihn getroffen hatte.

»Fuck«, brüllte er, und seine Hände schossen an die Wunde. Er zog den Kopf zwischen die Schultern ein. Sophie schlug ein zweites Mal zu, und Ralf schrie erneut auf. Offensichtlich hatte sie ihm mit dem schweren Stein die Finger zertrümmert. Er nahm die Hände von seinem Kopf. Das Blut lief ihm den Nacken herunter und tropfte auf die Polster. Helen war mittlerweile aufgesprungen und rannte um das Sofa herum auf Sophie zu.

»Hör auf, hör sofort auf!«, kreischte sie hysterisch.

Sophie holte noch einmal aus und ließ den Stein auf Ralfs Kopf hinabsausen. Und dann noch mal und noch mal, bis es ein knackendes Geräusch gab und Ralf nach vorne sackte. Helen drehte nun mitten in der Bewegung ab, wechselte die Richtung und stürzte auf Ralf zu. Sie fiel vor ihm auf die Knie und hob seinen Kopf an. Anscheinend war er bewusstlos.

»Was hast du getan?«, schluchzte Helen unter Tränen. »Warum hast du mir das angetan? Er hat sich doch eh nicht mehr für dich interessiert. Wie bist du überhaupt aus dem verdammten Keller rausgekommen? Du solltest überhaupt nicht hier sein!«

Entgeistert starrte Sophie Helen an. Was redete sie da? Sie musste völlig verrückt sein, sich auf Ralfs Seite zu stellen.

»Aber du wirst sehen, was du davon hast. Dafür werden sie dich verhaften. Das ist Mord und die Polizei wird dich wegsperren.«

»Das war Notwehr«, sagte Sophie mit zitternder Stimme. Tatsächlich war sie nicht sicher, ob es das wirklich war.

Helen stand auf und wischte sich mit dem Handrücken übers Gesicht. Ralfs Blut hinterließ eine rote Spur auf ihrer Wange. Einen Moment stand sie einfach nur da und starrte Sophie wild an. Dann stürmte sie zur Terrassentür und verschwand nach draußen.

»Warte doch, Helen. Wir müssen die Polizei rufen!«

Panik ergriff von Sophie Besitz. Was, wenn Helen recht hatte? Wie könnte sie glaubhaft darstellen, dass sie in Notwehr gehandelt hatte? Vor ihr auf dem Boden stöhnte Ralf. Sein Atem ging schwer, und um seinen Kopf hatte sich mittlerweile eine Blutlache gebildet. Vermutlich starb er gerade. Sie musste raus hier, sofort.

Sophie hob den Stein auf, den sie in der Zwischenzeit fallen gelassen hatte. Der Schlüsselbund lag auf dem Sofa. Sophie nahm ihn auf und ging mit zittrigen Knien in den Flur. Dort schlüpfte sie in Ralfs Schuhe, schloss die Tür auf und flüchtete in den Wald.

Immer wieder rief sie nach Helen, doch sie konnte sie nirgends entdecken. Irgendwo auf dem Weg vergrub sie den Stein im feuchten Waldboden und säuberte ihre blutverschmierten Finger und ihr Gesicht so gut es ging mit feuchtem Laub. Dann rannte sie weiter in Richtung Straße.

Ihre Lungen brannten und ihre Füße rutschten in den viel zu großen Schuhen hin und her. Doch all das spürte sie kaum.

Sie war frei. Endlich frei.

42. Kapitel

November 2016

»Ich hoffe, du hast nicht wieder die falschen Schuhe für einen kurzen Spaziergang an«, sagte Fabian, als er den Wagen am Wegrand parkte. »Es ist nämlich besser, wenn wir ab hier zu Fuß gehen. So hat sie keine Zeit, sich zu verstecken, sobald sie den Motor hört.«

»Auf jeden Fall sind es die richtigen, um dir damit in den Hintern zu treten, wenn du dich noch einmal über mich lustig machst«, entgegnete Thomas und stieß die Beifahrertür auf. Der Regen hatte inzwischen nachgelassen.

In Fabians Jackentasche vibrierte es, und er nahm sein Handy heraus. »Sophie ist nicht zu Hause«, sagte er, nachdem er die Nachricht von Susanne gelesen hatte. »Ist wohl mit ihrem Vater unterwegs, aber die Mutter versucht, sie zu erreichen, und richtet ihnen aus, dass sie bei Susanne im Büro vorbeischauen sollen.«

»Mit etwas Glück sind wir bis dahin schlauer.«

Gemeinsam gingen sie den geschotterten Waldweg entlang. Das feuchte Laub roch modrig und raschelte unter ihren Füßen. Anspannung machte sich in Fabian breit, und er war froh, dass Thomas sich gerade nicht unterhalten wollte. Vermutlich ging es ihm genauso, und er konnte es kaum abwarten, bis sie endlich am Haus waren. Fabian bemerkte, dass er die Hand an die Waffe legte, und zwang sich zur Ruhe. Sie wollten Helen nicht verschrecken, sondern mit ihr reden. Bisher wussten sie ja nicht mal, ob seine Theorie wirklich stimmte, und er sollte sie als Opfer sehen, nicht als eine weitere Täterin. Doch irgendetwas machte ihn sicher, dass er richtig lag.

Sie näherten sich dem Haus, und Fabian verlangsamte seinen Schritt. Thomas tat es ihm gleich. In der Einfahrt stand ein Wagen hinter dem von Brückner. Sie blieben stehen. Fabian entzifferte mit zusammengekniffenen Augen das Kennzeichen und gab es an die Zentrale durch. Der Halter des Wagens war Joachim Gauthier, Sophies Vater.

»Was, glaubst du, wollen die beiden hier?«, fragte ihn Thomas, nachdem er ihm die Information mitgeteilt hatte.

»Möglicherweise sieht Sophie sich als Helens Verbündete und kam auf die gleiche Idee wie wir, hier zu suchen«, sagte Fabian. »Ich befürchte nur, dass Helen das vollkommen anders sieht. Neben uns dürfte Sophie zu ihren größten Feinden gehören.«

»Und jetzt? Glaubst du, sie und ihr Vater sind in Gefahr?«

»Lass uns ein Stück in den Wald reingehen und das Haus erst mal umrunden«, schlug Fabian mit gesenkter Stimme vor, obwohl man ihn auf diese Entfernung beim Haus ganz sicher nicht hören konnte. »Dann können wir die Lage checken und sehen, ob sich hinter den Fenstern was tut.«

»Du hältst sie echt für gefährlich, oder?«

Fabian überlegte einen Moment, dann nickte er. »Sie hat so lange ihre eigene Persönlichkeit unterdrückt, dass sie vollkommen Brückners Ansichten übernommen hat. Damit sind wir ihre Feinde, und ich halte sie momentan für unberechenbar.«

»Also gut. Lass uns außenrum gehen.«

Bis auf das Auto von Joachim Gauthier wirkte das Grundstück verlassen. Auch im Haus schien sich nichts zu rühren. Sie gingen weiter und erreichten die Rückseite. Als sie über eine leichte Erhebung kamen, sahen sie, dass einige Meter vor der Terrasse jemand im Gras lag. Der Statur nach zu urteilen, handelte es sich dabei um einen Mann.

Automatisch zog Fabian seine Dienstwaffe und schaute sich um. Die Vorhänge vor der Terrassentür waren zugezogen.

Thomas berührte ihn an der Schulter und bedeutete ihm, mitzukommen. In gebückter Haltung gingen sie zu der Stelle, an der sie gestern ein Loch in den Zaun, der rund um das Grundstück verlief, geschnitten hatten, damit der Eingang zum Eiskeller besser zu erreichen war.

Nun hatte auch Thomas seine Waffe gezückt und gemeinsam stürmten sie auf die Person zu. Beim Näherkommen erkannte Fabian, dass Blut an seinem Hinterkopf klebte.

»Ruf den Krankenwagen«, sagte er zu Thomas und kniete sich neben den Mann. Er war bewusstlos, aber atmete noch. Als Fabian ihn auf den Rücken drehte, erkannte er Joachim Gauthier. Seine Kleidung war vollständig durchnässt vom Regen, er lag also schon eine Weile hier. Helen musste ihn niedergeschlagen und Sophie in ihre Gewalt gebracht haben.

43. Kapitel

November 2016

Nach einer Weile stand Helen auf und ging im Zimmer auf und ab. Zu dem leichten Schwindel hatten sich mittlerweile Kopfschmerzen gesellt. Zwischenzeitlich hatte ihr die Vorstellung, zu ersticken, solche Angst gemacht, dass sie kurz davor gewesen war, die Fenster zu öffnen. Jetzt zog sie die Vorhänge zur Terrasse zu, damit sie gar nicht erst wieder auf eine solche Idee kam.

Jetzt war der falsche Moment, um Schwäche zu zeigen. Sie würde es später nur bereuen. Ralf war tot, und damit hatte ihr Leben seinen Sinn verloren. Sie hatte um ihn gekämpft und verloren. Nun gab es keinen Ort mehr, an den sie gehen konnte. Vermutlich hatte sie Sophies Vater getötet, wofür man sie garantiert einsperren würde. Zwar hatte sie Sophie gesagt, dass er wieder aufwachen würde, doch in Wirklichkeit bezweifelte sie das. Als sie ihm den Schürhaken gegen die Schläfe gedonnert hatte, war er umgefallen wie ein nasser Sack. Da er sich auf dem Boden zusammengekrümmt hatte, hatte sie quasi aus Reflex auch noch auf seinen Hinterkopf eingeschlagen. So wie Sophie es bei Ralf getan hatte.

Das hatte sie nun davon, die dämliche Kuh. Saß auf dem Stuhl und heulte rum. Dabei würden es ihre Eltern sein, die am meisten litten. Sie selbst hatte es bald hinter sich. Helen lachte leise. Sie stellte sich neben Sophie und tätschelte mit dem Schürhaken ihre Wange. »Hast dir dein Leben in Freiheit sicher auch anders vorgestellt.«

Sophie schluchzte.

»Draußen lauern eben viele Gefahren. Ist ja nicht so, als hätte Ralf dich nicht davor gewarnt. Er hat uns hier beschützt vor der Welt da draußen. Aber du wolltest es ja nicht anders.«

Sophie wandte ihren Kopf ab. Dicke Tränen kullerten aus ihren Augen. Helen hätte sie am liebsten in den Keller gebracht und eingesperrt, damit sie dort starb, wo sie am allerwenigsten sein wollte. Doch sie hatte keine Ahnung, ob das Kohlenmonoxid bis dorthin gelangen würde. Bei ihrem Glück überlebte Sophie die ganze Sache und wurde gerettet. Nein, das konnte sie nicht riskieren. Also musste sie ihr Gejammer wohl noch eine Weile ertragen.

Damit das Feuer der Luft auch genug Sauerstoff entzog, legte Helen zwei weitere Holzscheite nach. Selbst mit dem neuen Holz war die Flamme nur klein. Offensichtlich bekam sie zu wenig Sauerstoff.

Zufrieden setzte sie sich zurück aufs Sofa. Bestimmt würde es nicht mehr lange dauern, bis sie endlich einschlafen würde. Und dann könnte sie mit Ralf zusammen sein. So, wie er es sich gewünscht hatte.

44. Kapitel

November 2016

Fabian brachte Joachim Gauthier in die stabile Seitenlage. Danach zog er seine Regenjacke aus und deckte den Oberkörper des Bewusstlosen damit ab. In der Zwischenzeit hatte Thomas das Telefonat mit dem Notdienst beendet.

»Ich gehe rechts ums Haus, du schaust links durch die Fenster«, sagte Fabian und wählte Thomas' Nummer auf seinem Handy, damit sie sich auf dem Laufenden halten konnten. »Vorne entscheiden wir dann, ob wir reingehen.«

Thomas nahm Fabians Anruf an und gab ihm dann ein Zeichen. Gebückt eilte er zum Haus und über die Terrasse und verschwand hinter der Ecke. Fabian lief zum ersten Fenster und spähte hindurch. Vor sich sah er die Küche. Sie wirkte verlassen.

»Zwei Personen im Wohnzimmer. Eine davon gefesselt. Sie bewegen sich nicht«, gab Thomas über das Telefon durch.

Fabian zog sich an der Fensterbank hoch, um besser hinüber ins Wohnzimmer sehen zu können. Nun erkannte er auf der linken Seite einen Stuhl. Er stand mit dem Rücken zu ihm und darauf saß die gefesselte Person. Sie bewegte sich nicht. Die zweite saß auf dem Sofa. Von ihr sah Fabian nur die Beine, da ihm ein

Küchenschrank die Sicht versperrte. Auch sie schien vollkommen regungslos.

Schließlich entdeckte er den Kamin neben der Terrassentür. Ein schwaches Feuer flackerte. Fabian wunderte sich, ihm war überhaupt kein Rauch aufgefallen, als sie vorhin auf das Grundstück gekommen waren.

»Scheinen beide bewusstlos zu sein. Wie ist deine Position?«, fragte Fabian in sein Handy und ging zurück zur Hinterseite des Hauses.

»Stehe vor der Haustür. Wo bleibst du?«

»Warte einen Moment. Ich will noch mal bei der Terrasse schauen, ob ich etwas durch die Schlitze erkennen kann.«

»Alles klar, ich gehe schon mal rein«, sagte Thomas und beendete den Anruf, bevor Fabian etwas darauf erwidern konnte. Kurz darauf war ein lautes Krachen von der Vorderseite des Hauses zu hören.

Fabian schaute durch den schmalen Spalt zwischen den beiden Vorhängen und konnte nun die Frau auf dem Sofa von vorne sehen. Wie bei Sophie waren ihre Haare kurz geschoren. Allerdings war sie in sehr viel besserer körperlicher Verfassung. Da von ihr keine Gefahr auszugehen schien, sicherte Fabian seine Waffe, steckte sie in sein Holster und machte sich auf den Weg zur Vordertür.

Als er dort ankam, war Thomas bereits im Gebäude verschwunden. Gerade als Fabian ebenfalls das Haus betreten wollte, ging die Tür am anderen Ende des Flurs auf und Thomas erschien. Er hielt sich den Kopf und taumelte aus dem Wohnzimmer.

»Scheiße«, sagte er, seine Stimme klang müde. »Mir ist so schwin…« Mehr brachte er nicht heraus, sondern kippte nach vorne und fiel längs in den Flur.

Fabian unterdrückte den Impuls, zu ihm zu rennen. Stattdessen machte er langsam einen Schritt zurück und zückte seine Pistole. War etwa noch jemand im Haus, der Thomas niedergeschlagen hatte? Ein Komplize Brückners, der Helen festgehalten und nun auch Sophie in seine Gewalt gebracht hatte?

»Polizei! Kommen Sie raus!«, brüllte er und zielte auf die Wohnzimmertür.

Im Haus blieb alles ruhig. Und doch lag Thomas bewusstlos auf dem Flur. So wie Helen und Sophie bewusstlos im Wohnzimmer lagen.

Und plötzlich wurde Fabian klar, was passiert sein musste.

Das Feuer. Der fehlende Rauch.

Helen musste versucht haben, Sophie und sich selbst mit Kohlenmonoxid zu vergiften, und hatte deswegen den Abzug des Kamins mit irgendetwas blockiert.

Fabian riss sein Handy aus der Hosentasche und wählte die Notrufnummer. Nachdem er das Telefonat beendet hatte, stürmte er zurück zur Terrasse, wo er die Scheibe der Glastür einschlug, um frische Luft ins Haus zu lassen. Er war kurz davor, reinzugehen und Thomas rauszuholen, doch das durfte er auf keinen Fall tun.

Die Dame am Telefon hatte ihm unmissverständlich klargemacht, dass er auf keinen Fall ins Haus gehen durfte.

Es kam Fabian wie eine Ewigkeit vor, bis endlich der Krankenwagen und kurz danach die Feuerwehr eintrafen.

Zwanzig Minuten später waren Sophie und Helen auf dem Weg ins Krankenhaus in Höchst, weil es dort eine Überdruckkammer gab. Man hatte sie intubiert, um sie zu beatmen. Sophies Vater hatte eine schwere Gehirnerschütterung davongetragen und war ebenfalls im Krankenwagen. Zumindest war er wieder bei Bewusstsein. Thomas, der der Kohlenmonoxidkonzentration nur kurz ausgesetzt gewesen war, atmete durch eine Sauerstoffmaske. Aber auch er würde später noch in die Klinik müssen, um seinen Zustand kontrollieren zu lassen.

»Ihr Kollege hat viel Glück gehabt«, sagte einer der Feuerwehrmänner. »Es war ziemlich leichtsinnig, da einfach so reinzugehen. Zum Glück sind Sie draußen geblieben, sonst hätte das richtig ins Auge gehen können.«

Thomas warf dem Mann einen bissigen Blick zu.

»Ich bin mir sicher, so etwas wird ihm nie wieder passieren«, sagte Fabian und grinste Thomas an. Das würde er sich noch eine Weile anhören müssen.

45. Kapitel

Einen Tag darauf

Fabian saß mit Susanne Berger im Walschers und wartete auf Thomas. Der Kollege hatte alles gut überstanden und war mittlerweile wieder aus dem Krankenhaus entlassen worden.

»Ich kann es immer noch nicht fassen, dass Helen ihrem Peiniger Brückner so verfallen war«, sagte Susanne und schüttelte den Kopf. »So sehr, dass sie sogar Sophie umbringen wollte, weil sie glaubte, die hätte ihr Leben zerstört.«

»Was meinst du mit *war* und *glaubte?*«, fragte Fabian und schaute sich suchend nach Thomas um. Es war ihm unangenehm, mit Susanne allein zu sein. Zwischen ihnen herrschte immer noch eine gewisse Spannung, weil sie sich weigerte, das längst überfällige klärende Gespräch zu führen. Als er seinen Kollegen nirgends entdeckte, fuhr er fort: »Sie ist immer noch der festen Überzeugung, dass es sich bei Brückner um den Mann ihrer Träume handelt. Die Misshandlungen und Vergewaltigungen, das Einsperren im Keller, sie blendet alles aus. Momentan weigert sie sich sogar, eine Aussage zu machen, weil sie ihn nicht belasten will.«

»Wird wohl auf Schuldunfähigkeit hinauslaufen«, entgegnete Susanne achselzuckend. »Kein Wunder. Wenn ich versucht hätte, zwei Tage lang einen Toten gesund zu pflegen, würde ich vermutlich auch durchdrehen. Der Aufenthalt in der Psychiatrie ist dringend notwendig.«

Fabian nickte und nahm einen Schluck aus seinem Glas. Helen war seiner Ansicht nach nicht erst seit Brückners Tod völlig unzurechnungsfähig gewesen. Er hatte sie so unter Kontrolle gehabt, dass sie sogar jetzt noch glaubte, ihre ganze Existenz hinge von ihm ab. Offensichtlich hatte Brückner die Entführung der Mädchen nicht nur logistisch bis ins Detail geplant. Er hatte sich auch Gedanken darüber gemacht, wie er sie so manipulieren konnte, dass sie sich irgendwann auf seine Seite stellten und wie im Fall von Helen sogar in ihn verliebten. Oder zumindest glaubten, so zu empfinden. So hatte er sich endlich das gesichert, was ihm als Jugendlicher und junger Erwachsener verwehrt geblieben war: eine dauerhafte Beziehung mit einer Frau, die sich seinen perversen Wünschen und Vorlieben voll und ganz unterwarf.

»Glaubst du wirklich, er hat die Kellertür vergessen?«, fragte Susanne, die mittlerweile von Sophie die Wahrheit über den Ablauf des vergangenen Samstagabends erfahren hatte.

»Kann schon sein. Trotz aller Routine, die er hatte, können solche Fehler passieren. So wie man manchmal vergisst, den Herd auszuschalten.«

»Entschuldigung«, sagte eine weibliche Stimme, und Fabian schaute auf. Vor ihm stand Josi und lächelte ihn strahlend an. »Das ist ja ein Zufall, dass ich dich hier treffe.«

»Oh, ja ... Wie ... schön«, stammelte Fabian und deutete auf Susanne. »Das hier ist meine Kollegin. Susanne Berger.« Obwohl er keinerlei Grund dazu hatte, war es ihm unangenehm, dass Josi ihn hier mit Susanne sah.

»Kann ich mich zu euch setzen? An der Bar ist es langweilig so alleine.«

»Nein, tut mir leid«, antwortete Susanne schnell, bevor Fabian etwas sagen konnte. »Das hat nichts mit Ihnen persönlich zu tun, aber wir warten hier auf einen Kollegen und trinken quasi auf unseren erfolgreich abgeschlossenen Fall.«

Josi war einen Moment sprachlos und schaute so, als wüsste sie nicht, was sie von Susannes schroffer Abweisung halten sollte. Dann wandte sie sich wieder Fabian zu, lächelte ihn an und sagte: »Gar kein Problem. Ich schreibe dir dann einfach wegen der Wohnung.« Sie nickte in Susannes Richtung und ging zurück an die Bar, wo sie sich auf einen der Hocker setzte und mit dem Kellner sprach.

»Manche Leute haben auch überhaupt kein Gespür dafür, wenn es gerade nicht passt«, murmelte Susanne.

Fabian war so perplex, dass ihm darauf nicht mal eine Antwort einfiel. Er drehte sich noch einmal zur Bar und sah, wie Josi gerade zahlte und ihre Jacke anzog. Auf keinen Fall wollte er, dass sie mit diesem Eindruck die Bar verließ.

Aus seiner Hosentasche kramte er einen Zehn-Euro-Schein hervor und legte ihn auf den Tisch, dann stand er auf.

»Das war wirklich unmöglich von dir. Ich verschwinde«, sagte er und ließ Susanne alleine am Tisch zurück. Auf dem Weg zur Tür zog er seine Jacke an.

Draußen entdeckte er Josi, die gerade in ein Taxi einsteigen wollte.

»Warte«, rief er und winkte ihr zu. Sie schaute sich um und sah ihn. Sofort war da wieder das Lächeln auf ihrem Gesicht, das Fabian automatisch ebenfalls zum Grinsen brachte.

Josi beugte sich zurück in den Wagen, sprach kurz mit dem Taxifahrer und schlug schließlich die Tür zu. Der Fahrer gab Gas und brauste ohne sie davon.

»Tut mir leid«, sagte Fabian und hob entschuldigend die Hände. »Ich weiß gar nicht, was ich zu dem Verhalten meiner Kollegin sagen soll.«

»Sie steht auf dich.« Josi zwinkerte ihm zu.

Fabian winkte ab. »Quatsch, das glaube ich nicht.«

»So, wie sie dich angeschmachtet hat, als ich euch von der Theke aus beobachtet habe. Ich bin ehrlich gesagt auch nur rübergekommen, weil ich wissen wollte, ob sie deine Freundin ist«, gestand Josi.

»Du hast wirklich gedacht, sie ist ...«

»Hätte ich darauf wetten müssen, ja.«

»Oh je.« Fabian schüttelte sich leicht. »Da muss ich wohl noch an meiner Wirkung auf andere arbeiten. Ich will ihr ja keine falschen Hoffnungen machen.«

Josi strahlte ihn an. »Das ist so ritterlich von dir.«

»Wie sieht es aus, hast du Lust, was zu essen?«

»Aber was wird aus eurem Kollegentreffen?«

Fabian zuckte mit den Schultern. »Thomas kann auch alleine ein Bier mit ihr trinken. Er wird verstehen, dass ich etwas Besseres zu tun habe. Gleich hier in der Nähe ist das *Pistazie*. Ein superleckerer Perser, wenn du darauf Lust hast.« Er hielt ihr den angewinkelten Arm hin, wo Josi sich unterhakte. Gemeinsam setzten sie sich in Bewegung.

»Auf zum *Pistazie*«, bestätigte Josi. »Ich sterbe vor Hunger.«

Danksagung

Da ist es nun, das zweite Buch einer Reihe. Noch vor einem Jahr konnte ich mir nicht vorstellen, jemals eine Reihe zu schreiben. Erst recht nicht mit einem Ermittler. Doch Sie, liebe Leserinnen und Leser haben meinen Fabian so sehr ins Herz geschlossen, dass Sie mehr von ihm erfahren wollten. Und auch mir erging es während des Schreibens von „So bitter die Schuld“ nicht anders. Also machte ich eine mögliche Fortsetzung mit dem Team Prior und Wendtner (für mich selbst) davon abhängig, wie gut das Buch bei Ihnen ankommt.

Nun, was soll ich sagen. Sie haben das Buch nicht nur zu meiner ersten Nummer 1 gemacht, nein. Es war unter den Finalisten des Storyteller-Awards und durfte sich wochenlang in verschiedenen Bestsellerlisten tummeln. Ein eindeutiges Zeichen für mich. Also habe ich meine Angst überwunden, die Charaktere ausgekramt und einen weiteren Fall für Fabian und Thomas geschrieben. Ich hoffe sehr, dass ich Ihre Erwartungen damit nicht enttäuscht habe und der Fall um Sophie mit der Geschichte von Josi mithalten kann.

Dafür gilt mein Dank natürlich Ihnen. Sie haben dieses Buch gekauft und (vermutlich, denn sonst wären Sie ja nicht hier) auch gelesen. Ich hoffe sehr, dass es Ihnen gefallen hat.

Sollte Sie noch Fragen an mich haben, schreiben Sie mir gerne eine Mail, besuchen Sie mich auf meiner Homepage oder folgen Sie mir auf Facebook (es gibt dort immer mal wieder kleinere oder größere Gewinnspiele, melden Sie sich einfach in der Mailingliste an, wenn Sie nichts mehr verpassen wollen):

melisa.schwermer@gmail.com

www.melisa-schwermer.de

https://www.facebook.com/melisa.schwermer

Ich bin immer bemüht, so schnell und ausführlich wie irgendwie möglich zu antworten, auch wenn es manchmal einige Tage dauern kann.

Bedanken muss oder darf ich mich dieses Mal bei verschiedenen Menschen. Das Buch war – vor allem was die Ermittlungsarbeit angeht – sehr rechercheintensiv. Danke an E., dass du mir so geduldig alle meine Fragen beantwortet hast und nicht genervt warst, als ich doch „nur noch eine Kleinigkeit" wissen wollte. Dank dir ist Fabian nun authentisch. Danke auch Jürgen Eglseer vom Amrûn Verlag, dass du meine Kohlenmonoxid-Vergiftung realistisch gehalten hast. Danke an meine Lektorin Susanne, die mit mir die Geschichte umgeworfen hat, als ich gemerkt habe, ich komme so nicht weiter und natürlich für das hervorragende Lektorat. Simona, vielen Dank für deinen fantastischen zweiten Durchgang und danke an Jasmin und Sylvia für euren letzten Blick. Martin Gresch, meine Muse für den Schluss, auch dir danke. Mit dir hat die Geschichte um Sophie ihr fulminantes Ende gefunden. Ihr alle habt mir geholfen, das beste aus meiner Geschichte rauszuholen.

Vielen Dank an meine lieben und wunderbaren Testleserinnen. Ihr macht mir Mut, wenn ich glaube, dass meine Geschichte stinkend langweilig ist und ihr motiviert mich, weiterzumachen. Ihr macht mir Komplimente in einem Stadium, in dem das Manuskript sicher noch keine verdient hat und sagt mir außerdem ehrlich, wo noch Verbesserungspotential ist und etwas falsch läuft. Ihr bereichert meine Arbeit, vielen Dank.

Ein letzter Dank geht wie immer an Stefan, der wie immer viel Geduld beweisen musste, wenn ich mal wieder bis spätabends vor dem Computer geklemmt habe.

Bis zum nächsten Mal,

Ihre Melisa Schwermer

9069372R00180

Printed in Germany
by Amazon Distribution
GmbH, Leipzig